지팡이와 두문불출

지팡이와 두문불출

황경운 산문집

 푸른사상
PRUNSASANG

책을 내면서

삶이란 만남과 헤어짐을 축으로 사람, 사물, 자연과 시간들에 얽힌 부산물이라 했습니다. 혈연을 시작으로 소중했던 만남들도 과거에 묻히고 잊을 길 없는데 운명이라 할는지요. 그렇지만 세월은 흘러도 글은 남는다고 했습니다. 첫 번째 수필집을 낸 지도 12년이 지났습니다.

기다림으로 가는 2019년, 사는 것이 기다림인가요. 사랑하는 것이 기다림인가요. 만남을 갈망하며 그리움으로 희망을 찾아 가슴 설레는 하늘바라기의 행복감이 이런 것이 아닐는지요.

이산의 한을 안고 고향 그리며 쫓기듯 살아온 인고의 나날, 인터넷 문화에 옥죄이는 현실, 나이의 무게를 실감하고 있지만 종이 향 그윽한 책이 더욱 그리워집니다. 글쓰기는 나의 일상 길동무요 나를 보듬어주는 버팀목이었습니다. 문우들이 책을 보내오면 읽을 때마다 도전을 받으며 빚진 느낌이 들었습니다.

얼마 전에야 아버지의 족적이 확인되는 글을 접하게 되었습니다.

오라버니의 자서전에 끼워져 있던 『주간조선』 특집, 「반세기의 시점에서 본 3·1운동」(1969.3.2) 기사였습니다. 미처 읽지 못하고 넘겨버렸던 게 운명이라 할는지요. 아버지께서 상하이(上海) 임시정부에서 파견된 요원이었고, 군자금 전달자로 활동하신 기사를 확인하

지팡이와 두문불출

게 되었습니다. 구전(口傳)이 아닌 공인된 활자체였습니다.

지금 나는 아버지의 족적을 밝혀드려야 한다는 의무감과 자긍심(自矜心)에 문집 출간을 서두르게 되었습니다. 내 생애 최선의 효가 될 수 있기를 바라며 감사하는 마음입니다.

2000년대부터 새문안교회 문예창작반을 지도해오신 오인문 선생님에게, 산문집이 나오기까지 정성으로 이끌어주신 안재찬 선생님께 깊이 감사드립니다.

새문안교회 문예창작반을 위시해서 타래, 문향, 수필작가회 좌장님들, 동인들, 사랑하는 모든 문우들의 건필을 기원 드립니다.

음으로 양으로 힘이 되어주신 남편 임급주 장로님, 사랑하는 가족들에게 감사합니다. 그리고 출판을 담당해주신 푸른사상사 한봉숙 사장님께 감사 인사 드립니다.

2019년 여름
지헌(芝軒) 황경운

신앙과 생활의 본이 되는 삶

황경운 장로의 수필집 『하늘에 그린 초상화』(2006) 출간 이후 바쁜 생활 중에도 틈틈이 글을 써오다가 두 번째 산문집을 내게 된 것을 기뻐하며 축하를 드립니다.

60년 가까이 동고동락해오면서 남편으로서 지켜본 황 장로는 섬세하고 온유한 성격이지만 무슨 일에든 최선을 다하며 완벽주의자라고 할까 자기 관리에 철저합니다. 타고난 문학소녀의 기질과 피곤하리만큼 배움에 대한 의욕이 대단합니다. 일상의 일기와 신앙일기를 쓰면서 이산의 절절한 애환을 달래어왔습니다.

새문안교회 교육3부에서 2001년에 시작된 '기독교 문예창작반'에서 학습하며 2003년 『한국수필』로 등단한 후 다른 수필 서클을 전전하면서 많은 동인지를 내며 오늘에 이르렀습니다.

1994년 방배동으로 이사한 후 IT시대에 적응하려고 컴퓨터학원에서 3개월간 학습한 것이 큰 전기가 될 줄 몰랐습니다. 처음엔 컴맹으로 남겠노라 거부했던 아내였습니다.

어렸을 때 돌아가신 부친(황형진)은 평양에서 처음 세워진 장대현교회(1894년 창립) 창립집사로, 특히 3·1운동 전후해서 상하이 임시정부의 요원으로 활동하며 국내 각지에서 모금한 자금을 전달하는 역할도 하셨습니다. 황경운 장로에게는 이런 진실한 믿음과 애국심을 가지신 부친의 DNA가 흐르고 있나 봅니다.

모태신앙으로 언제나 말씀 중심의 생활을 하고 있으며 애국심도 예사롭지 않습니다. 새문안교회 권사로, 그리고 첫 번째 여장로로 임직하여 정년에 이르기까지 성실하게 교회를 섬기며 역지사지의 본이 되어 베푸는 일에 언제나 앞장선 여인입니다.

새문안교회 교인으로 가정주부로, 어머니로, 할머니로, 신앙과 생활의 본이 되는 삶의 길을 살아왔음에 박수를 보내며 산문집 출판을 축하합니다.

2019년 7월
임급주 장로

차례

▪▪ **책을 내면서**　　4
▪▪ **신앙과 생활의 본이 되는 삶**　　6

제1부　황혼의 들녘에서 영혼의 노래를

이름 석 자　●　15

살아서 돌아오신 아버지　●　20

태극기　●　23

조류인간　●　28

존재의 무게　●　32

황혼의 들녘에서 영혼의 노래를　●　39

햇볕 냄새　●　44

꿈　●　47

제2부　못 부친 편지

달빛과의 랑데부　●　55

어버이날에 어머니를 생각하며　●　58

삶의 굽이마다 하늘을 보며　●　63

고요한 침묵　●　67

나이테는 더해가는데　●　71

못 부친 편지　●　77

지팡이와 두문불출

절제의 미학 • 82

가곡에 시름을 잊고 • 86

제3부 **빛과 빚**

성찰의 추 • 93

손 잡고 걸어온 세월 • 96

하나회 • 100

빛과 빚 • 111

로스앤젤레스에서 온 소식 • 115

친구 • 119

여전도협의회 • 123

믿음의 선배님과의 만남 • 127

저출산 유감 • 138

우물쭈물하다가 • 142

지팡이 • 146

잃어버린 신발 • 149

두문불출 • 153

차례

제4부 ## 생명 질서의 코러스

선택 • 159

소풍 • 164

꽃이 연(緣)이 되어 • 169

피서 한 자락 • 173

설 나들이 • 176

생명 질서의 코러스 • 180

눈치 • 184

유머 • 189

노래는 나래를 펴고 • 193

수필집 날개를 달고 • 197

제5부 ## 성막의 설계사

경인(庚寅)년 새날을 열며 • 205

성막의 설계사 (1) • 210

시련 • 214

여로 • 219

기다림의 정서 • 224

지팡이와 두문불출

주치의 • 230

천만 불 미소 • 234

교통사고 • 238

성막의 설계사 (2) • 243

제6부 기도문

수필집 출판기념예배 기도 • 251

여전도회 주일 연합헌신예배 • 253

권사회 정기기도회 • 257

한나여전도회 월례회 기도 • 260

제18회 여성 세미나 • 263

중국어성경반 기도 • 266

성탄절 2부예배 기도 • 269

중국어성경반 중국인 유학생팀 영성훈련예배 기도 • 273

중국어성경반 새날에 드리는 기도 • 276

새문안 기독교문예창작반 제10집 출판기념예배 기도 • 278

『새문안교회 여성 110년사』 출판 감사예배 • 280

한나여전도회 생일 기도 • 283

신년예배 기도 • 285

차례

제7부 **핏줄의 화음마당**

어린 시절의 그리움 • 291

외할아버지 신문기사가 감동을 • 293

신앙생활의 모범 • 295

열정과 도전 • 296

호수에 비친 상 • 297

가족들의 원천이자 지팡이 • 299

할머니의 손과 발 • 300

지팡이와 두문불출

제1부

황혼의 들녘에서 영혼의 노래를

이름 석 자 | 살아서 돌아오신 아버지 | 태극기 | 조류인간 | 존재의 무게 |

황혼의 들녘에서 영혼의 노래를 | 햇볕 냄새 | 꿈

이름 석 자

누구든 아이가 세상에 태어나면 부모들은 그의 이름부터 짓는다. 새 생명에 평생 지닐 고유한 사랑의 증표를 붙여주는 것이다. 그 이름 속에는 건강과 성공을 비는 부모들의 바람이 담겨 있다. 출생신고로 사회의 한 구성원이 되고 한평생 그 이름으로 모든 것을 살다가 세상을 떠난다.

이름을 짓기란 쉬운 일이 아니다. 그래서 부모들은 이름을 짓기 위해 유명한 작명소를 찾게 되나 보다. 작명에는 근본적으로 타고난 사주에 운기를 종합적으로 분석, 부족한 점을 보강해서 결점을 개선한다는 큰 뜻이 있다. 사주는 선천 운, 이름은 후천 운이라 했다. 사람의 겉마음과 속마음, 이 두 가지가 조화를 이루어 나타난 것이 그 사람의 '성'과 '격'이 된다고 했다. 그렇지만 타고난 운명은 분명 존재해도 노력 여하에 따라서 얼마든지 달라질 수 있는 것이 인생이 아니던가.

이두형 시인은 "사람이 한평생을 사는데 늘 그림자처럼 떠나지 않는 것 중에 아마도 큰 비중을 차지하는 것이 이름 석 자라는 것엔 누구도 별반 반대하지 않으리라" 했다. 사람들의 이름은 그들의 운명이 되어 유구한 사람살이를 이어가리라.

"호랑이는 죽어서 가죽을 남기고 사람은 죽어서 이름을 남긴다." 내가 비록 무로 돌아간다 할지라도 사람들의 기억 속에 내가 존재한다면 나는 존재하는 것, 나의 의지와 심체와는 무관하게 나는 그들의 마음속에 엄연히 존재하게 된다.

'하늘 성명학자'들은 이름을 짓고 허무는 것 역시 모두 하늘의 인연이라고 한다. 창세기 17장 5절, "이제 후로는 네 이름을 '아브람'이라 하지 아니하고 '아브라함'이라 하리니 이는 내가 너를 여러 민족의 아버지가 되게 함이니라." 15~16절에 보면 "하나님이 또 '아브라함'에게 이르시되 네 아내 '사래'는 이름을 '사래'라 하지 말고 '사라'라 하라. 내가 그에게 복을 주어 그가 네게 아들을 낳아주게 하며 내가 그에게 복을 주어 그를 여러 민족의 어머니가 되게 하리니 민족의 여러 왕이 그에게서 나리라." 이름과 운명의 상관관계를 나타내주는 말씀이다.

내 이름은 황경운(黃景雲), 항렬(行列)이 운 자이다. 우리 육남매는 용(龍雲), 성(聖雲), 영(榮雲), 봉(鳳雲), 경(景雲), 학운(鶴雲)이다. 철이 들면서 나는 구름 운 자가 마음에 들지 않았다. 예쁜 이름들이 많고 많건만 하필이면 떠도는 느낌의 구름인가. 예민했던 사춘기에 예쁜 이

름들을 발견하면 노트에 적어보기 일쑤였다. 경치 좋은 구름도 있으
련만 내 이름의 구름은 웬일인지 먹구름이 연상되곤 했다. 그렇다고
불만 토한 일은 없다. 남자형제인 용운 봉운 학운의 구름은 새들처
럼 자유롭게 날 수 있고, 성운 영운은 추상적이기는 하나 그 기개가
큰 점에서 훌륭하게 느껴졌다. 그러면서도 가끔 유연하게 흘러가는
구름을 머릿속에 그려보면 불현듯 따라가고픈 마음이 생겼다. '범
가는 데 바람 가고 용 가는 데 구름 가고 구름 갈 제 비가 오고, 봉
가는 데 황이 가고'란 말을 떠올리면 오라버니 이름들은 다 좋게 느
껴졌다. 남동생 학운은 여러모로 부러운 이름이었다.

1940년경, 일제의 창씨개명이 강요될 때 오라버니가 우리 성이 오
하라(大原)라고 했다. 운(雲) 자가 싫었던 나는 이때다 싶어 얼른 운
(雲) 자를 빼고 대신 자(子) 자를 넣어 경자(景子)가 되었다. 그러나 그
건 학교에서만 사용된 이름이었다. 철없던 시절의 난센스다.

새문안교회 장로로 안수례를 받기까지 나는 서울노회에서 이른바
장로고시를 위한 교육을 받았다. 교육은 1997년 9월 22일부터 10월
7일까지, 매 월요일 오후 6시부터 10시 55분까지 열세 과목을 섭렵
하는 방대한 강행군이었다. 서울노회는 대한예수교 장로회 산하 60
개 노회 중의 하나이지만 한국의 중심이 되는 교회들이 거의 이에
소속되어 있다. 이들 교회에서 선출된 멤버는 모두 서른두 명, 그중
에 여자는 네 명이었다.

강사의 출석 체크로 상견례를 하고 강의가 시작되었다. 새문안교

회 차례가 되면 그때마다 폭소가 터졌다. 웃음바다가 되곤 했다. 강사는 영문을 알 리가 없었다. 안수집사인 이계희, 강인애란 이름을 여자로 알고 권사라고 부르고, 황경운은 남자로 알고 집사라고 불렀기 때문이다. 이를 잘 아는 학생들은 폭소가 터질밖에. 출석을 부를 때마다 긴장된 분위기를 누그러뜨리는 데 내 이름이 크게 일조한 셈이다. 그 후부터 내 이름이 조금씩 좋아지긴 했지만, 유독 남성들 틈에서 살아야 하는 숙명적인 기운이 바로 이 이름에서 크게 비롯된 것이 아닐까 하는 생각을 해보기도 했다.

요즈음 아이들의 이름은 매우 다양해졌다. 해방둥이 이름에는 영(永) 자가 줄을 달았었다. 전쟁을 겪으며 장수하기를 바라는 부모 마음이 반영된 탓이리라. 여자 이름에는 영자 순자 정자 등, 자(子)를 많이 썼다. 1975년경에는 자녀의 성공을 바라는 뜻으로 성호(成浩) 정훈(政勳) 같은 이름이 많아지고 여자는 미영(美玲), 은미(恩美)같이 자(子) 자가 사라졌다. 1980년대에는 순한글 이름이 유행했었다. 그러나 이들이 성인이 되면서 어른 이름으로는 걸맞지 않다는 인식이 생겨 퇴조 현상이 두드러졌다. 최근 1~2년 사이에는 민준(남) 서연(여) 등 세련된 이름들이 나타났다. 한편 민서, 지민, 지원 등, 중성적인 느낌의 이름들이 시류를 타고 있다고 한다.

우리 부부는 아들들의 이름은 물론, 손자 손녀들의 이름, 멀리 미국에 있는 조카 봉춘이(나의 바로 위의 언니의 딸. 언니는 미수복지구 거주)의 두 딸 이름, 그녀의 손자 손녀 이름을 지어주느라 머리를 싸맸다.

황혼의 들녘에서 영혼의 노래를

글자 획수를 가지고 따지는 수리 성명학을 근거로, 부르기 쉽고 쓰기 쉽고 맑고 밝은 이름을 짓느라 정성을 모았다. 이름값을 톡톡히 해주기를 바라면서…….

내가 세상에 태어나면서 부모에게서 받은 이름 석 자는 부모의 숨결이 담겨 있는 사랑의 메시지다. 평생을 지탱해주는 '참'이며 '도리'며 '아름다움'이다. 이름에 부끄럽지 않은 삶, 그것이 곧 '효'며 '충'이며 물려주어야 할 유산이 아니겠는가!

살아서 돌아오신 아버지

일제 당시 대한부인회 총무로 일하면서 치맛자락 속에 군자금을 감춰 항일투사에게 전하다가 왜경에 붙들려 4년간 옥고를 치렀던 이름 없던 여인. 그가 바로 3·1운동 반세기를 눈앞에 두고 지난 22일 노환으로 별세한 한영신(韓永信, 84) 여사. 어린 외동딸 하나를 집안에 팽개쳐두고 32세의 청청한 나이에 3·1운동에 참가, 어두운 태양의 그늘을 딛고 나라사랑의 길에 나선 한 여사, 피아니스트 한동일(韓東一) 군의 외조모.

3·1운동 전후해서 대한부인회 총무로 있으면서 진남포 등지에 지부를 두고 상해 임시정부에 보낼 군자금 모집운동에 앞장섰던 것이 그 시초. 각처에서 모은 군자금은 당시 상해 임시정부에서 파견된 황형건(우신건 여사 부군), 이수일, 김재덕 씨 등에게 몸소 전달하였다. 그러다가 3·1운동이 발발하자 드디어 왜경에게 붙잡혀 진남포 형무소로 끌려갔다.

— 오라버니 황용운의 자서전에 끼워 있던 신문기사 요약

황형건(黃亨建), 내가 어릴 때 돌아가신 아버지, 오라버니 앨범에서 얻어온 아버지 사진에는 엄마 품에 안긴 색동저고리 차림의 나의 모습이 있다. 6·25전쟁으로 어머니와도 헤어져 가슴 시린 설운 세월, 의사였던 오라버니가 병약한 나를 부모 대신 돌보아주셨기에 오늘의 내가 있다. 오라버니도 장로다. 그의 자서전에서 아버지에 대한 발자취를 읽을 수 있었다.

나의 아버지는(1878.11.9). 모태신앙으로 평양 장대현교회의 창립집사셨다. 상하이 임시

정부(1919.4.13 수립)에서 파견되어 독립자금 전달책으로 활동하셨다는 『주간조선(週刊朝鮮)』 기사를 직접 확인하게 되었다. 나에게 아버지는 이미 잊혀진 존재였다. 이 세상에선 먼 이름일 뿐, 유년의 기억도, 빈자리도 느껴보지 못하고 그리움이고 아픔이었다. 그러나 살아온 나의 날들이 헛되지 않고 바른 길 걸어왔음은 아버지 얼이 내 가

슴에 스미어 있기 때문임을 자부하며 감읍하는 바다.

아버지가 섬기던 장대현교회, 어릴 때 아련한 기억 속에 남아 있다. 남녀 출입구가 따로 있었고 'ㄱ'자 가운데 휘장이 처져 있고, 피아노도 누군가가 곁에 서서 핸들을 돌려주던 기억, 종탑도 기념비도 지금 생각해보니 새문안교회 것과 흡사했다.

58년 전 대구의 피난살이를 접고 서울로 이사를 왔다. 먼저 교회를 찾아 나서서 새문안교회에 등록하게 된 것도 이끄시는 손길, 보내신 이의 섭리가 우연이 아닌 필연이었음을 감사 감격할 뿐이다.

3·1운동 100주년 기념예배를 드리면서 '3·1운동 50돌'을 앞두고 숨진 한영신 여사의 한많은 충혼을 기리며 그녀가 계셨기에 아버지의 의로운 삶이 밝혀졌음에 감사한다. 우리 민족의 자존을, 잃어버린 역사를 되찾아나갈 것을 다짐한다.

빛바랜 사진 속의 엄숙한 아버지! 생전에 불러보지 못한 이름 아버지를 목 놓아 불러본다.

태극기

교회에 가기 위해 집을 나섰다. 한나여전도회 총회가 있는 날이다. '문향' 모임은 빠지고 서둘러 택시를 탔다. 무심코 자리에 앉았는데 운전대 앞 계기판 중앙에 앙증스러운 태극기가 시선을 끈다. 반가워서 나도 모르게 말을 걸었다. "태극기를 달고 달리는 택시는 처음입니다. 기사분의 마인드가 멋져요."

강직해 보이는 50대 중반쯤의 기사가 웃으며 대답한다. "그렇게 생각하는 이는 나이 드신 어른들뿐이지요. 젊은이들은 관심도 없어요."

"교육 부재지요."

"그래요. 맞아요."

내비게이션도 핸드폰도 액세서리도 없는 밋밋한 택시이다. 나라 상징인 국기, 우리의 정체성을 일깨워주는 상징이 아닌가. 기사가 팬을 돌려준다. 펄럭이는 태극기가 가슴을 뭉클하게 한다. 일제강점기, 우리 국기는 구경도 할 수 없었다. 일본 국기인 히노마루를 우리 국기인 줄 알고 많이도 그려댔다. 야마토다마시(大和魂)가 어떻고 저떻고 하면서⋯⋯. 친구들과 같이 〈올드 랭 사인(Auld lang syne)〉의 곡조에 "동해물과 백두산이 마르고 닳도록"을 부를라치면 마냥 감격해 눈물 짓곤 했었다.

그런데도 우리 아이들에게 애국하는 일과 조국의 정체성을 깨우치는 일에 등한하지 않았나 싶다. 국수주의적인 입장은 아니지만 적어도 태극기를 바라보면 문득 멈춰지는 무엇이 있어야 하지 않을까. 외국에 나가면 다 애국자가 된다고는 하지만.

우리 집에는 태극기가 여럿 있다. 1957년 유학길에 오를 때 김춘배 목사 사모가 손수 수놓아 건네준 태극기를 비롯해서 필요에 따라 크기를 달리한 종류들이다. 경축일에는 으레 아이들과 함께 일찍 국기를 내걸고 일몰이면 거두어들이곤 했다. 아이들이 공부에 바빠지면서부터 우리 부부가 이를 전담하게 되었다. 우리는 집을 두 번 지었는데, 그때마다 국기게양대를 보기 좋게 세웠다. 아파트로 이사를 오니 베란다에 게양대가 설치되어 있다. 그런데도 국경일에 둘러보면 국기를 띄운 집이 많지 않았다. 그나마 점점 그 숫자가 줄어만 가는 것 같다.

교회에서는 국경일마다 강대상 오른편에 국기를, 왼편에 교회기를 세워놓는다. 하나님이 보호하시는 대한민국, 하나님이 바로 임재하시는 교회 모습이어서 숙연해진다. 타종과 함께 시작되는 예배를 마치면 애국가를 제창한다. 잔잔한 감격이 온몸을 감싼다.

누구든 자기 나라 국기에 대한 경외심이 없을까만 나는 태극기를 변변히 그려본 적도 없다. 사괘(四卦)에 대한 사상도 제대로 익히지 못하고 있다. 택시 기사의 태극기 사랑에 생각이 깊어져 참회하는 심정으로 그 유래와 의미를 살펴보았다.

태극기는 1949년 10월 15일 문교부 고시 제2호로 그 제정이 공포되었다. 태극기는 원래 박영효(朴泳孝, 1861~1939)가 만든 것으로 알려졌다. 특명전권대사 겸 수신사로 일본에 파견될 때 메이지마루(明治丸) 선상에서 창안하여 1882년 9월 25일 일본 숙소에 게양했다는 것이다. 그 후 새 자료와 연구가 잇따라 수정이 불가피하게 됐다. 역관 이응준(1832~?)이 미국 함정 스와타라(Swatara) 선상에서 국기를 만들어 제물포에서 열린 조인식 석상에 나란히 게양했다 한다. 그 형태는 그간 정확히 모르고 있었다. 그런데 2004년 1월 미 해군 항해국의 문서 「해상국가들의 깃발」에 수록된 태극기를 윤형원 아트뱅크 대표가 발견, 공개했다. 지금과 비교하면 사괘의 좌우가 바뀌고 태극 모양이 약간 다른 것이었다. 세상을 놀라게 한 것은 "1882년 7월 19일"이라고 기록된 그 책자의 출간 일자였다. 조미조약 체결 두 달 뒤에서 '박영효 태극기' 보다 2개월 이상 앞선 것이었다. 2008년 5월 열린 '국기 원형(原形) 자료 분석 보고회'에서 이 태극기는 조미조약 체결 당시 걸었던 '이응준 태극기'가 분명하다는 점에 동의했다. 박영효는 이응준의 태극기에서 괘의 좌·우를 바꾼 태극기를 만

들었고 1883년 3월 6일 조선의 국기로 공식 선포한 것이다.

태극(太極) 문양의 의미는 음(陰, 파랑)과 양(陽, 빨강)의 조화다. 우주 만물이 음양의 조화로 생성하고 발전하는 대자연의 순리를 형상화한 것이다. 국기의 흰색 바탕은 밝음과 순수, 평화를 사랑하는 민족성을 의미한다. 태극의 사괘(四卦)는 창조적인 우주관을 담고 있다.

≡ …건[乾] · 천[天] · 춘[春] · 동[東] · 인[仁]

☷ …곤[坤] · 지[地] · 하[夏] · 서[西] · 의[義]

☲ …이[離] · 일[日] · 추[秋] · 남[南] · 예[禮]

☵ …감[坎] · 달[月] · 동[冬] · 북[北] · 지[智]를 상징한다.

태극기는 바로 평화(平和) · 단일(單一) · 창조(創造) · 광명(光明) · 무궁(無窮)을 상징한 것이다.

국기에는 국민 정신의 선양이 서려 있다. 국기를 받드는 마음은 곧 나라 사랑의 마음이다. 국기는 국가와 더불어 흥망을 같이하는 운명적인 존재라 할 수 있다. 태극기에 담긴 우리 민족의 정체성과 자주성을 자연스럽게 받아들이게 하는 교육은 어렸을 적부터 몸에 배도록 해야 한다. 어린이들에게 태극기를 정확하게 그릴 수 있도록 가르쳐야 한다. 우리의 유적지를 비롯해서 도처에서 볼 수 있는 다양한 태극 문양을 통해 나라의 정체성이 온몸에 배어들도록 해야 한다. 이건 결국 교육이 책임져야 할 소중한 과제다.

국기법에 규정된 알아두어야 할 한 사례를 부언한다.

2009년 8월 23일 국립서울현충원에서 진행된 고 김대중 전 대통

황혼의 들녘에서 영혼의 노래를

령의 안장식에서 국방부 의장대 소속 운구 요원들은 가로 5미터, 세로 3미터의 대형 태극기로 고인의 관을 덮어 제단에서 묘역으로 운구했다. 관을 덮은 태극기를 삼각형 모양으로 접어 유족에게 전달했다. 하관 직후 이 여사가 이것도 유품이니 고인이 지니고 가시면 좋겠다며 다시 고인의 관 위에 올려놓고 허토 의식을 거행했다.

국기법은 국기를 영구에 덮을 때에는 국기가 땅에 닿지 않도록 하고 영구와 함께 매장해서는 안 된다고 규정하고 있다. 이에 따라 현충원 관계자들이 오후 8시 10분쯤, 유족 동의하에 태극기를 꺼내 유족에게 전달하게 되었다는 후문이다.

조류인간

    교회 문예창작교실의 공부가 시작되었다. 방학 후 두 달 만의 일이다. 낯익은 멤버들은 다른 행사 때문에 빠졌지만 새로운 얼굴들이 많아 반가웠다. 그만큼 활성화가 된 탓일까. O 교수의 열강에 새 날을 열 힘이 실린다.

    방학숙제였던 '빛과 빛'이란 제목의 글 네댓 편이 올라왔다. 개학 첫날부터 또 숙제였다. 주제는 '소외감'. 전에 없던 열의이다.

    소외감은 무릇 소통이 되지 않는 막막한 상태이다. 끈 떨어진 뒤웅박 신세랄까. 따돌림을 당해 혼자 쭈그리고 앉은 그런 느낌의 말이다.

    창세기 2장 18절에 보면 "여호와 하나님이 가라사대 사람이 독처하는 것이 좋지 못하니 내가 그를 위하여 돕는 배필을 지으리라. 그리고 아담의 갈비뼈를 취하여 하와를 지어 짝지어주셨다."라는 말

황혼의 들녘에서 영혼의 노래를

씀이 있다.

　사람은 서로 돕도록 태어난 피조물이다. 돕는다는 것이 과연 무엇일까. 남을 위하여 애를 쓰고 남의 괴로움이나 어려움을 덜어주고 잘못됨이 없게 이끌어주는 일이다. 남을 위한다는 것이 어디 그리 쉬운 일인가. 하지만 하나님의 형상으로 지음 받은 사람은 선을 좇고 악을 버리는 성성(聖性)을 지녔기에 돕는다는 것은 바로 당위(當爲)이다. 원래 인간의 영은 고독한데 이 고독은 사랑과 그 사랑에서 오는 강렬한 공감의 정만이 이겨낼 수 있다고 한다.

　세상을 살아가자면 누구나 소외감을 느낄 때가 없지 않을 것이다. 친구, 가족, 배우자, 직장 등등에 얽힌 사랑의 물결이 관심 밖으로 밀려났을 때 그 소외감은 죽음과 같은 고통이라 할 것이다. 견디어 낼 수 없기에 자아를 포기하는 경우가 비일비재하지 않던가. 권력자도 그 지배 체계에서 소외되면 자책과 실의, 자조의 늪에 빠지면서 끝내는 자살로 이어지기 일쑤이다.

　기러기 아빠, 대한민국에만 서식하는 조류인간! 이제는 보편화되어 사전에도 올라 있는 어휘. 『워싱턴 포스트』지도 '기러기(Gireugi)'라는 타이틀로 이를 집중 조명하고 있다. 1년에 한두 번 가족을 만나러 가는 '원조 기러기 아빠'가 있는가 하면 재력과 시간이 넉넉해 수시로 드나들며 상봉하는 '독수리 아빠'도 있다. 돈과 시간에 쫓겨 만나러 가기 힘든 '펭귄 아빠'도 있다.

　'기러기 아빠'의 시원은 1960~1970년대 해외 건설 붐을 타고 가족을 떠나 사우디아라비아 등지에서 집단적으로 일을 하던 산업전사들에게 붙여진 이름이었다. 그러다가 국제화 시대의 도래로 영어를 위한 조기유학의 붐이 일어 엄마가 아이들을 따라나서면서 홀로 집에 남게 된 아빠를 지칭하는 말이 되었다. 2007년 현재 자그마치 18만~20만 명에 이른다니 놀라운 일이다. 아내와 자녀를 떠나보낸 후, 외로움과 경제적 어려움에 시달린 '펭귄 아빠'가 속출해 사회문제로 떠오르게 되었다. 조기유학 현지 상담 전문가들에 따르면 기러기 아빠들의 버팀 한계는 2년 정도라고 한다.

자녀들의 영어 능력 향상을 위해 지나친 희생을 치르는 것이 아닌가 싶다. 우리 현실은 어떤가? 엄청난 사교육비까지 지불하며 대학에 입학하고 졸업을 해도 일자리를 얻을 수 없는 형편이어서 젊은 이들의 제2의 성공을 기대하며 감수하는 조치이지만 바람만큼 일을 거두고 있는지 의심이다. 아이들의 발달에 필요한 아버지의 역할인 가족 간의 조화로운 인성의 함양은 과연 어떻게 물어야 할 것인가.

우리 집에서도 일찍 오라버니를 미국에 보내고 부모님이 무척 애를 태우셨다. 그런데 우리도 아들을 미국에 보냈으니 참 기이한 인연이다. 일제강점기에 집에서 학비를 보낸다는 것은 아예 불가능한 일이었다. 오라버니는 선교사의 도움이 있었지만 호된 고학을 했다. 우리 아이들은 그에 비하면 엄청난 행운이다. 결혼하고 부부가 함께 유학길에 올랐으니 말이다. 돈을 유산으로 물려주는 것보다 다양한 교양과 경험을 쌓고 전문성을 길러 나라와 사회에 보탬이 되는 능력

황혼의 들녘에서 영혼의 노래를

과 인품을 유산으로 물려주자고 나름대로 온 힘을 다한 셈이다. 이젠 오랜 별리에서 벗어나고 싶은 심정인데, 당당한 금의환향을 고대하고 있는데 무얼 더 바라는지 머뭇거리며 돌아오지 않고 있다. 그 성취를 기쁨으로 참고 있지만 다른 의미의 소외감에 가슴이 저리기도 한다.

고독은 그 고독을 불러들이는 자의 몫이라 한다. 산다는 것은 원천적으로 고독한 것, 강해지기 위해서도 일단은 고독해야 한다. 자식 없는 늙은이, 부모 없는 어린이 등 의지할 데 없는 고독은 그 고독으로 따뜻한 사랑을 받을 수 있을 때만 위안이 되고 활력이 된다. 사랑은 행복을 위해서 있는 것이 아니라 고독한 고뇌와 인내에서 얼마만큼 강인해질 수 있는가를 끌어내기 위해 있다고 한다. 힘은 희망을 가진 사람들에게 주어지고 용기는 가슴속의 의지에서 일어나는 것. 가정과 부부, 경쟁과 성공, 삶의 목적과 행복이 무엇인가를 새록새록 생각해보아야겠다.

존재의 무게

6·25 한국전쟁으로 1950년 12월 1일, 젊은이들만 평양을 출발하여 피난길에 올랐다. 작전상 후퇴로 잠시 피하려던 계획이 줄줄이 대구까지 밀려 평양을 출발한 지 꼭 20일 만에 대구 오라버니 댁에 도착하였다. 6·25로 겪은 이산의 한은 지금도 깊은 상흔으로 남아 있지만 공산치하에서 젖과 꿀이 흐르는 가나안으로 출애굽시킨 하나님의 은혜가 놀랍고 감사할 뿐이다. 아울러 하나님께서는 절대 비참해지지 않고 긍정적인 사고로 세상을 바라보는 지혜를 주셨다.

계명대학교 간호학과를 졸업하고, 뉴질랜드에 유학할 수 있는 특전으로 1957~1958년 공중보건과 모자보건을 수학했다.

대구에서 임급주 장로와 결혼하고 1960년 서울로 이사, 새문안교회에 출석하였다.

1968년 상도동에 정착하여 2층 돌집에서 14년간을 살았다. 정부 시책인 상도터널 공사로 집을 헐고 철수할 수밖에 없는 불운이 닥쳤다. 다행히 논현동에 벽돌집을 짓고 이사, 입주 감사 예배를 드리며, 좋은 장막을 허락하신 은혜에 보답하고자 집을 개방하기로 하였다. 1984년, 한국교회 100주년 기념대회에 초청받은 미국의 목사 부부를 홈스테이도 시키고, 당회와 교회의 찬양대와 크고 작은 집회, 사회와 집안의 대소사를 집으로 모셨다. 나는 마르다의 역할을 즐겨했다. 사람들 앞에 나서는 것을 좋아하지 않았다.

1985년 2월 26일, 집을 개방하니 물 만난 고기처럼 강도까지 침입하였다. 그날 나는 여성의 전화에서 매 맞는 여성들을 위한 전화 상담을, 큰아들은 교회(남현교회) 학생들을 인솔하여 난지도 어린이집을 방문, 작은아들은 교회 중등부 모임에 가고 파출부 혼자 집을 지키고 있었다. 이런 때 왜 강도가 들었는지. 인명피해가 없었음을 감사하며 세상 물질을 배설물로 여기라는 말씀을 떠올렸다. 25년간 사모은 패물이 폐물이 되는 계기가 되었고 장신구에 대한 애착을 버리게 되었다.

1980년, 장신대 부설 교회여성지도자교육원에서 2년간 공부하였다. 장로 부인으로 무엇인가 배워야 한다는 목마름이 있었다. 큰 동기부여가 된 셈이다. 이수한, 박병숙, 김명진 권사님과 같이 공부했다. 3기 동기생, 지금 '하나회'라는 조직에서 장학 사업을 같이 하고 있다. 1981년 장년 여전도회 회장은 이수한 권사님. 나는 회계로 선출되어 여전도회 활동에 깊이 관여하게 되었다. 1985년 9월 29일 권사로 취임, 구역장, 지역장, 제직회 봉사부장, 친교부장 새온성가대 대장 등, 교회가 맡겨주는 어떤 역할도 순종해나갔다. 시마다 때마다 쓰시기 위해 교육시키고 준비하시는 은총에 감사드리며 한 해도 거르지 않고 쓰임받고 있다는 사실에 자긍심을 가지고 성실하게 봉사하였다.

1983년 여성의 전화가 개원, 제2기 상담원으로 교육을 받고 2년간 상담원으로 봉사하며 제8, 9기 교회 지도자 연수 과정도 이수(1985년), 자원봉사에 열중하였다.

1987년, 교회 창립 100주년을 맞아 이수한 권사님의 재정 지원을 받아 '여성 세미나'를 창설, 해마다 교회 창립 기념일을 전후해서 여성 강사를 초빙, 세미나를 계속할 것을 결의하여 시행해오고 있다.

여성 세미나의 본질은 여성의 의식 개발과 지도력, 능력 향상을 위한 교육이다. 정보화 시대로 급속하게 발전해나가는 21세기, 이에 부응하는 선교 여성들로 거듭나기 위한 '여성 세미나', 염려되는 것은 점점 인원 동원이 부실해지며, 참여도가 줄고 있다는 것이다. 관심과 의욕의 실추, 구태를 벗고 과감하게 새롭게 도전할 수 있는 모티브는 무엇일까? 다 같이 고민하고 풀어나가야 할 과제가 아닐까 싶다.

새문안교회에 여전도회가 조직된 이래, 주된 사업은 개척교회를 지원하는 일이었다. 개척교회 설립 기금은 바자회에서 마련, 기금이 모아지면 교회를 개척하고 지원하는 전통이 계속 이어져왔다. 1993년 내가 1여전도회 회장과 협의회 회장을 맡고 있을 때 영암 성산교회에서 4,500만 원의 교회 건축 지원 요청이 있었다. 2여전도회 김혜원, 3여전도회 남양희, 4여전도회 권순호 회장과 같이 활동하였다. 지원금이 각 여전도회로 답지, 김홍련 권사는 내 집을 짓기 전에 하나님의 전을 먼저 지어야 한다며 적금한 500만 원을 몽땅 내놓으셨다. 벽돌 한 장 시멘트 한 포대라도 감당하겠노라는 뜨거운 열기는 그해 10월 18일, 김동익 목사님 참석 아래 신축된 예배당에서 감격적인 봉헌예배를 드리게 하였다. 전남 영암까지 오가는 데 열두 시간이 걸리는 길을 여호와 이레의 감격 속에 봉사한 한 해였다.

한편 1991년부터 1994년까지 여전도회 전국연합회 소속 교육원 대학원 4년 과정을 이향란 장로와 같이 수료했다.

1995년 5월부터 11월까지 제3기 환경 통신강좌 교양 과정을 수료, 이 모든 과정 역시 하나님께서 쓰시기 위한 영적 동기부여였음을 감사한다.

1997년 11월 16일, 새문안교회의 최초 여장로로 세움받았다. 좀 더 심도 있는 헌신을 원하신다는 소명에 가슴이 떨려왔다.

시숙도, 남편도, 오라버니도 장로인데 저까지 장로로 세워주시다니. 두렵고 당혹스러운 마음 금할 수 없었다. 그러나 나를 밀어주고 기도해주시는 분들의 기대에 보답해야 한다는 책임을 절감하며 교회의 변화된 위상에 순응하며 좌로나 우로나 치우치지 않는 정도를 걷기로 다짐했다. 여장로로 안수받을 때의 감격을 잊을 수가 없다. 와병 중이신 김동익 목사님이 목발을 짚고 집례하셨다. 이듬해 1998

년 4월 1일 목사님이 소천, 4월 4일 서울 노회장으로 장례 예식이 끝나고 17년간 몸담았던 교회를 떠나셨다. 그때 내가 장로로 처음 맡은 부서가 친교부장이었다. 새문안 동산까지 조문 행렬이 줄을 이었다. 1,000명이 넘는 하관예배 조문객을 정중하게 모실 수 있었음을 감사한다.

1999년 제직회 대학부장 명을 받았다. 당시 IMF 파동으로 학생들의 장학금 지원이 많았지만 다 받아들이지 못한 것이 아쉬움으로 남아 있다. 장차 이 나라의 주역이 될 청년들에게 적극적인 장학 지원이 요청된다. 1999년이면 벌써 10년 전의 일, 대학부가 부활, 본격적인 활동을 시작한 지 얼마 되지 않아서 학생들은 제직의 자녀들이 대부분이었다. 나는 지도위원을 많이 세웠다(12명). 문을 활짝 열고 학생들을 받아들였다. 학교를 방문하며 지도를 해나갔지만 연말, 빠져나가는 학생이 적지 않았다. 그 지도위원들은 지금 장로로, 안수집사로, 권사로 요직을 맡아 수고하고 있다. 지도위원들의 노고에 다시 감사드린다. 교회와 대학이 긴밀한 연계를 가지고 학생들 하나하나를 잘 지도해나간다면 빠져나가는 학생이 줄어들 것이다.

2000년 2월 26일, 임시당회에서 이수영 목사님 청빙이 만장일치로 가결되었을 때의 감격을 잊을 수 없다. 담임목사 청빙을 위한 2년 반 동안의 기도가 드디어 응답이 된 것이다.

2000년 12월 12일부터 16일까지, 2001년 12월 2일부터 8일까지 한·태 선교위원 중앙위원으로 태국을 두 번 방문할 수 있었다. 몇

황혼의 들녘에서 영혼의 노래를

몇 위원들만 다녀오던 폐쇄적인 과거와는 달리 개방정책을 감행한 것이 주효하여 태국 선교가 활성화되어나갔다. 태국의 위원들이 한국을 방문하는 프로그램으로 서로 오가며 선교의 비전을 넓히며 우의를 다지는 좋은 계기가 되었다.

2000년 맡은 부서는 하나성가대, 2001년에는 새로핌성가대 대장을 끝으로 4년의 임기를 마쳤다. 성가대 대장을 맡으며 2년간 연속 송구영신 예배를 주관했던 감격이 큰 기억으로 남아 지울 수 없다.

2001년 1월 13일 주일, 4년의 시무장로 임기를 마치고 공로장로로 추대되었다.

은퇴 후를 대비해서 2001년 교육3부에 신설된 기독교 문예창작반에서 글공부를 시작했다. 등단(2002년 11월 23일 『한국문인』으로, 이듬해 12월 23일 『한국수필』로 등단) 이후 문학 활동을 계속하고 있다. 2006년 10원 26일, 수필집 『하늘에 그린 초상화』를 출판했다. 삶의 애환을 담은 글을 통해 신앙과 문학의 일치점을 찾아 새로운 장르를 열어나가고 싶다.

세월의 무게는 쌓이는데 존재의 무게는 가벼워지고 있음은 어쩔 수 없는 일. 한평생 살아오면서 시대와 역사를 통해 친히 양육시키시고, 때로는 시련과 연단을 주어 강하게 하시며, 하나님의 예정을 준비시키시고 하나하나 이루어나가시는 절대자의 실재를 내 삶 속에서 체험하며 살아왔다. 나에게 베푸시는 은혜와 사랑이 하도 많아, 갚고 갚아도 다 갚을 길이 없는데, 하나님의 그 엄청난 사랑과 은혜를 나누며 섬기는 삶을 통해서만 보답되리라 확신한다.

여전도회 전국연합회 통계에 의하면 현재 우리 예장 통합교단의 여장로 수는 300명, 제92회 총회에 보고된 바에 의하면 399명이다. 장자 교회인 새문안교회 여장로 수가 통틀어 다섯 명, 그것도 은퇴 세 명, 시무가 두 명뿐인 것이 부끄러울 뿐이다. 60여 년이란 오랜 기다림에서 여성 안수가 법제화된 지 12년, 새문안 여성들의 의식 개선과 자기개발이 시급하다. 교회 안의 여성들의 인적 지적 자원이 사장되는 것이 안타까울 뿐이다. "새문안 여성들이여, 깰지어다" "힘을 낼지어다" 외치고 싶다. 교회의 항존직인 장로님, 안수집사님, 권사님들의 기도와 협조가 여장로 선출의 키가 됨을 명심하여 주기 바란다.

황혼의 들녘에서 영혼의 노래를

황혼의 들녘에서 영혼의 노래를

늘고 싶지 않다면 마음의 주름부터 펴라는 말이 있다. 세상을 향한 모든 욕심 때문에 찌푸려지기 일쑤인 얼굴을 잔잔히 다독거리라는 뜻이다. 무엇이든 다 채우려 욕심을 부리면 힘겹고 충돌이 일어나게 마련이다. 작은 일일지라도 성실을 다하다 보면 시간 가는 줄을 모르게 된다.

내 나이를 의식하게 된 것은 다리를 다치게 되면서다. 연쇄적으로 일어나는 아픔과 불편이 한두 곳이 아니다. 아! 어느새 그렇듯 근력이 쇠잔해졌구나. 미처 깨닫지도 못하는 사이 노령의 하강 곡선이 깊어진 것이다. 진지하게 나이테를 헤아리며 나름대로 건강하게 지혜를 간구할 수밖에. 그것은 곧 늙음에 대한 준비이기도 하다. 생각은 마냥 그렇게 하면서도 실제는 막막하고 난감하기 이를 데 없다.

죽음 자체는 확실한 것이지만 그것이 언제 어떻게 올 것인지는 아무도 알 수 없는 불확실한 것이기 때문이리라. 죽음을 대비한다는 것은 이승이라는 학교에서 배움을 마치고 저승이라는 상급학교에 진학코자 하는 준비라 할 수 있다. 그래서 이승에서 배운 삶의 지혜는 바로 정신적인 자산으로 생로병사의 순환 질서를 두려움 없이 받아들이는 것이라 할 수 있다. 계절 따라 변화하는 자연의 이치를 관조해보아도 언젠가는 우리도 그를 따라야 옳지 않겠는가.

사람이 곱게 늙는다는 것, 그것은 내면세계의 충일이다. 신의 뜻이며 궁극적인 소망이고 가치이며 의미이다.

매사를 나보다 한 발 앞서가는 남편은 61년 전, 두고 온 고향, 부모형제는 물론 선조들의 살아온 발자취까지를 책으로 엮을 준비에 골몰하고 있다. 나도 덩달아 고무되어 작품 제2집을 구상하게 된다.

영원히 살 것처럼 배우고 내일 죽을 것처럼 오늘을 살 수 있다면 더 바랄 것이 없다. 오늘 아침 『조선일보』에 실린 에세이는 많은 감회를 안겨주었다. 거대한 자연 속의 아주 작은 점에 불과한 나, 나란 존재는 과연 무엇일까. 삶의 일상에서 서로 서로 필요한 존재이기를 바라며 살고는 있지만……. 산다는 것은 끊임없는 변화의 흐름이다. 누구도 막을 수 없는 흐름으로 새로움을 잉태하고 실존케 하고 마침내 왔던 길을 되돌아간다. 내가 있는 세상, 그것이 살아가는 이유이고 꿈을 꾸는 이유이다.

시편 90편 9절~10절, 모세는 그 기도 중에서 "우리의 모든 날이 주의 분노 중에 지나가며 우리의 평생이 순식간에 다하였나이다. 우리의 연수가 칠십이요, 강건하면 팔십이라도 그 연수의 자랑은 수고

황혼의 들녘에서 영혼의 노래를

와 슬픔뿐이요 신속히 가니 우리가 날아가나이다." 했다.

　무엇인가 내가 할 수 있고 가족이나 다른 사람에게 기쁨과 도움을 줄 수 있을 때까지만 살 수 있다면 그게 바로 보람된 인생이 아니겠는가. 그러나 오지도 않을 불확실한 미래에 대한 기대감 때문에 얼른 욕심을 내려놓지 못하니……. 그런 가운데 가족이나 친구가 많아서 헤어짐이 많게 되면 그만큼 상실감도 크지 않겠는가. 유형적인 것, 물질적인 것은 세월의 흐름 따라 변화하게 되어 있다. 그러나 우리에게는 걱정 근심 고뇌와 슬픔, 애통함이 없는 마땅히 돌아가야 할 영원한 본향이 있지 않은가.

　엊그제 10년 전에 타계한 시숙을 찾아갔다. 경기도 남양주시 진건읍 사능리 소재 영락교회 공원묘지의 유택으로. 해마다 3월 6일 기일이면 어김없이 성묘하고 있다. 이번에는 미국에서 돌아온 막내네 세 식구도 동행했다. 3월이지만 스산한 바람이 뺨을 때린다. 동장군이 버티고 있어 그런지 꽤나 추웠다. 듬성듬성하던 묘역은 10년 사이 꽉 들어찼다. 시숙은 아들 하나 딸 다섯을 두었다. 그중 효성스런 둘째 딸만이 우리와 일행이 되었다. 표토가 아직 풀리지 않아서 조화(造花)를 심기가 힘들었다. 여기저기서 포실한 흙을 날라다 세웠다. 시숙 생전의 모습을 떠올리며 묵념을 올렸다. 우리 식구를 대할 때마다 그리도 반겨주시던 분. 무심한 다른 자녀들이 떠올려졌다. 머지않아 우리도 돌아가야 하는 운명임을 피부로 느끼며 돌아왔다. 작년까지만 해도 미처 생각지 못했던 일이었다. 나이테의 무게는 어쩔 수 없나 보다.

또 한 가지 평양 여고 동창생의 가슴 시린 사연이 떠올랐다. 주변 정리를 마친 그녀는 딸에게 사후를 의탁하고 삶을 거두었다. 지난해 10월에 있었던 일이다. 2남 1녀를 둔 그녀는 오래전에 바람둥이 남편을 앞서 보냈다. 아들 둘을 미국에 보내서 공부시켰다. 사랑하고 신뢰했던 둘째 아들의 참척, 그 아들은 금융계의 CEO로 세계를 누비며 활동했다. 그녀의 자존(自尊)은 친구들에게도 그 사실을 밝히지 않았다. 혼자 여러 해 동안 가슴앓이를 버텨오다 지병 악화로 마지막 길을 택했다. 그녀의 딸 식구 외에는 아무도 모르게 세상을 뜬 것이다. 가슴 에이는 충격과 함께 한동안 애잔한 연민의 정을 금할 수 없었다. 몹쓸 짓을! 오죽했으면? 순간의 착각이 비극의 드라마로 연출되는가. 통한의 눈물을 흘렸다.

흔히 알고 있는 오복(五福) 중에 고종명(考終命)이 있다. 그것은 늙어서 목숨을 다하되 비명횡사하지 않고 수(壽), 부(富), 강녕(康寧), 유호덕(悠好德)의 네 덕목을 잘 영위하다가 유족들이 지켜보는 가운데 본가에서 운명하는 것이다. 누구나 바라고 누리기를 갈망하지만 하늘의 뜻을 어찌 헤아릴 수 있으랴.

나는 늘그막에 글쓰기를 시작했다. 사람이 함께 더불어 나누는 문학은 마음을 열게 하고 잘못을 뉘우치게 해준다. 글을 쓰면서도 무력감에 빠져 힘들고 괴로워도 글을 얻었을 때의 기쁨은 귀한 보상이요 은혜가 아닐 수 없다. 자연과 교감하면서 그 가운데 진리를 음미하며 나의 존재의 실존을 확인할 수 있으므로 행복하다. 인생 황혼의 들녘에 서서 삶을 관조하며 영혼의 노래 부르리.

　세상과 이별할 때 주위 사람을 지치고 힘들게 한다든지 괴롭고 아프게 하지 않을 수 있다면 더 바랄 것이 없으련만.

햇볕 냄새

사흘이 멀다 하고 장맛비가 주룩주룩 내린다.

유별나게 여름을 타는 나에게 문득 더위를 식혀주는 그 비가 더없이 고맙지만 습기를 몰고 와 집 안은 온통 눅눅하고 끈적끈적해져서 인내에도 한계가 있음을 부인할 길이 없다.

지난 주일, 이따금 구름이 지나기도 했지만 모처럼 햇볕이 쨍쨍했다. 마침 앞 베란다의 빨랫대가 비어 있어 이부자리를 가득 널어놓고 교회를 다녀왔다. 침구를 거두며 오래간만에 햇볕 냄새에 젖었다. 유리창을 넘어오는 햇살의 단 냄새, 쨍하게 와닿지는 않지만 누룽지 같은 은은한 냄새, 그 보들보들한 감촉은 몸을 깔끔하게 감싸 안아준다. 햇볕의 고마움을 새삼 느낀다.

어린 시절, 어머니는 이부자리를 빨랫줄이 휘어지도록 널곤 했다. 튼튼한 장대로 빨랫줄을 돋우어 높이 널었다. 걷을 때는 앞서 막대

황혼의 들녘에서 영혼의 노래를

기로 이부자리를 펑펑 두들겼다. 탄력이 되살아난 수북한 이부자리에 털썩 몸을 누이면 잘 익은 햇볕 냄새가 코를 찔렀다. 폭신폭신, 어머니 품속 같아 쉬이 단잠에 빠져들곤 했다.

단독주택에서 살았을 적에는 옥외 베란다가 있어 침구의 일광욕에는 안성맞춤이었다. 나는 어려서부터 알게 모르게 몸과 마음에 배어 있는 어머니의 생활 방식을 되찾아 여름에도 장마철이 아니면 이부자리와 보료, 방석 등을 수시로 말리곤 했다. 침대 매트리스도 널었다. 잠깐의 수고로 먼지와 진드기를 비롯해서 습기와 냄새 등을 소멸시켜주는 햇볕의 고마움을 익히 배웠기 때문이다.

내 고향의 날씨는 비교적 건조해서 여름철에도 그늘에만 들면 더운 줄을 모르고 자랐다. 혹독한 추위에도 그런대로 적응되었다. 그러다 20대를 대구에서 살면서 그 지독한 여름의 더위를 견디느라 사는 것 같지도 않았다. 처음으로 잠들지 못하는, 어휘조차 생소한 열대야(熱帶夜)를 겪었다. 그때마다 문득 향수에 젖어 꽁꽁 얼어붙은 고향 평양의 겨울을 떠올리며 고향의 여름나기를 그리워했다.

생태계 파괴와 지구 온난화로 우리나라는 지난 13년간 지속적으로 난동 현상이 일어나고 있다 한다. 기상 질서가 우기와 건기로 나누는 아열대성 기후로 변한다더니, 과연 장마가 끝난 8월인데도 보름 동안이나 거의 매일 비가 오다시피 한다. 7월에 형성되는 여름 장마는 남쪽에서 북상하지만 가을 장마의 경우는 북쪽에서 남하하는 소나기성 구름으로 지역적 강수량의 편차가 크다고 한다. 장마 후인

8월 상순인데도 장마철보다 더 많은 비가 내렸고 8월 하순의 평균 기온도 중순 때보다 상승하는 등, 예년과 다른 기상이변이다. 사계절이 분명한 금수강산 이 땅의 기후를 사뭇 자랑하여왔는데……

입추(立秋)가 지나면 콧김이 서늘해진다는 속설이 있다. 어느 해인가, 8월 초에 강원도 강릉으로 피서를 갔다가 물이 차가워 해수욕을 못 하고 돌아온 기억이 있다. 그런데 올해는 처서가 지나 가을 문턱인데도 심술궂은 폭염이 기승이니 언제 끝이 나려나.

8월 말일까지도 예측 불허했던 날씨가 금방 수그러졌다. 아침 기온이 22도, 불어오는 정체 불명의 바람결이 가을을 알린다. 창 너머 멀리 바라다보이는 북악산이 선명하게 시야에 들어온다. 그런데 알다가 모를 것은, 9월에 접어들어서도 또 비가 내리고 있다. 여름의 햇빛 마중할 날은 아무래도 가을로 미루어져야 하나 보다.

아파트로 이사 오면서부터는 침구의 햇볕 마중은 불가능이다. 근근이 2년을 버텨왔다. 앞 베란다의 화초들을 방 안으로 옮기고 마루를 깔았다. 빨래도 널고, 번갈아 침구도 널 심산이었다. 나는 보송보송해진 침구를 거둘 때마다 햇볕 냄새를 탐하며 어머니 냄새 같은 환상에 행복해지곤 한다.

오늘도 나는 먼 하늘나라의 햇볕 아래 삶을 관조하며 세속에 덕지덕지 얼룩진 일상을 훌훌 털어버리고 부끄러움 없는 여정을 다짐한다.

황혼의 들녘에서 영혼의 노래를

꿈

나는 사춘기 때 계단을 훨훨 날아다니는 꿈을 자주 꾸었다. 계단 꼭대기에서 바닥까지 공중을 날아서 내려오는 찰나 제풀에 놀라 꿈에서 깨어나곤 했다. 그때의 장쾌한 신명이라니……. 내 키가 훌쩍 커진 까닭이 바로 그것이려니 싶다.

꿈이란 무엇일까. 고도로 발달된 현대과학으로도 그 정체를 다 파악했는지 알 수 없는 일이다. 많은 학자들이 끈질기게 연구하며 그것을 줄곧 풀이해왔다. 경험을 빌리기도 하고 심층심리를 분석하기도 했다. 꿈은 닥쳐올 불행이나 행운을 여러모로 시사하기 일쑤다. 사람은 하룻밤 사이에도 네댓 번의 꿈을 꾼다고 한다. 피로하거나 걱정거리가 있을 때는 더 잦다고 하지만 그 암시에 기대고 싶은 것은 거의 본능이라 할 것이다.

어렸을 적에 나는 그 꿈 얘기를 자주 털어놓았다. 어머니는 어떤 때 개꿈이라고도 어떤 땐 좋은 꿈이라고도 했다. 나는 지금도 생사를 알 길 없는 고향의 어머니를 그리며 꿈에서나마 뵙게 되기를 갈망하고 있다. 그러나 어머니는 좀처럼 꿈에 잘 나타나지 않으셨다. 지금까지 서너 번 뵈었는데, 한번은 남편이 깨우는 바람에 무산되었고, 그 외엔 뵐 때마다 말없이 멀리 서 계셔서 나를 더욱 안타깝게 했다.

나는 1970년대 발간된 꿈 풀이 사전을 두 권 가지고 있다. 하나는 전통적인 해몽법이고 다른 하나는 정신분석학적인 해몽편람이다. 수상한 꿈을 꾸게 되면 지금도 어렸을 때 어머니에게 꿈 이야기 하듯 그 너덜너덜해진 책을 뒤적인다. 재미도 있지만 더러는 앞뒤가 맞지 않고 또 애매한 풀이들이 많다.

"새해 좋은 꿈을 많이 꾸었니?" 세배를 받는 어른들의 그런 덕담은 새해의 희망과 이어졌다. 혼기를 앞둔 처녀 총각에겐 시집가고 장가갈 사연을, 사업하는 사람에겐 돈 잘 벌 축재를, 입학기의 학생에겐 합격하는 감동 등을 각각 끌어다 붙였다. 어쩌다 돼지꿈이라도 꾸게 되면 누구는 복권을 산다고 했다. 발설되면 효험이 없어진다며 보석처럼 감추기도 했다. 한낱 허망한 일로 생각하는 이도 있지만 잠시나마 흐뭇한 기대가 아닐 수 없다.

나의 꿈은 비교적 잘 맞는 편이다. 한번은 친구가 느닷없이 머리를 짧게 커트하고 나타났다. 하도 기이해서 꿈 풀이 책을 뒤적였다. 그녀 신상에 어려움이 닥쳐올 징후였다. 걱정 가운데 지켜보았더니 한참 후에 그것이 사실로 나타났다.

황혼의 들녘에서 영혼의 노래를

나에게는 잊히지 않는 꿈이 하나 있다. 바닷가를 거닌 꿈이다. 대합조개가 눈에 띄었다. 얼른 달려가 막 잡으려는데 갑자기 파도가 쓸어버렸다. 아쉬워서 멍하니 서 있었다. 난데없이 그곳에서 물줄기가 솟았다. 그 후, 이상하게도 계곡마다 물줄기가 솟는 꿈을 자주 꾸게 되었다. 그것이 우리 막내아들의 태몽이 아니었던가 싶다.

그런 꿈에도 마음을 붙일 곳이 없어서였을까. 나는 해마다 생일이나 결혼한 날이 되면 보석을 사 모았었는데, 어느 핸가 집에 도둑이 들어 그것들을 훔쳐가 버렸다. 25년간 모든 애장품이 한순간에 물거품이 되어 분노가 치밀었지만 하늘의 뜻으로 받아들이고 그에 대한 애착을 접었다. 그러나 용케도 도둑들의 손이 미치지 못한 반지가 몇 개 있었다. 그것을 아이들에게 나누어주기로 최근 마음을 굳혔다.

미국에 살고 있는 며느리에게는 이미 아들 희준이 출산 기념으로 루비 반지를 약속한 바 있다. 조카가 생각났다. 둘째언니의 딸인 그 조카는 미국 이민 37년째다. 1971년 5월 19일 성혼식, 그해 섣달에 장녀를 출산했다. 시아버지의 초상을 치르곤, 아장걸음하는 그 아기를 데리고 1973년, 미국으로 훌쩍 이민을 갔었다. 친정 조카 여섯 중에 딸이나 다름없는 유일한 혈육인데 얼마나 서운하고 가슴 아팠는지 모른다. 게다가 늘씬하고 살결이 백옥 같은 미인형 아닌가. 나는 비취 반지를 그녀에게 주리라 마음먹었다. 마침 조카가 안부전화를 걸어와서 그 뜻을 전했다. 그 반지는 우리 부부가 결혼 20주년이 되던 해에 마음먹고 장만한 고가의 것이다. 큰 비취에 각 다이아몬드로 둘레를 싼 호화스런 것이다.

"어머, 이모! 나는 사실 39년 전에 이모한테서 비취 반지를 받았다?" 전화선을 타고 온 그녀의 이야기였다. 하루는 이모가 외출에서 돌아와서 비취 반지를 꺼내주었단다. 영롱한 빛에 홀려 있는데 끼어보라고 해서 끼어보니 꼭 맞았다. 그저 끼어보라는 걸로 알았는데 '네 것으로 사 왔으니 끼어라' 하는 말에 얼마나 좋던지 '이모!' 하고 소스라치니 꿈이었단다.

39년 만에 털어놓은 꿈 얘기. 친지들은 다 '딸을 낳을 태몽'이라 했었다. 바로 예쁜 첫딸 소영이를 낳았다. 그녀도 벌써 두 남매의 엄마가 되어 있다. "그때 꿈에서 받고 이번에 또 받으니 비취 반지 두 번 받는 셈이야." 하면서 '곱쟁이 기쁨'이라고 크게 웃는다. 직접 만난 듯 기쁨이 전신으로 퍼져왔다.

조카가 꿈에서 받은 반지와 실지로 받게 될 비취 반지가 꼭 들어맞는다는 것은 39년 전 이미 예정되었던 것일까, 아니면 우연의 일치일까?

물건의 주인은 하늘이 정해주시는 것도 같다. 보석도 마찬가지다. 값으로 따지지 않고 그 안에 담긴 정성과 의미를 잘 새기라고 그 '꿈'을 통해 가르쳐주신 게 아닐까. '내 소유'라고 지금까지 생각해왔던 것들도 모두 내 소유가 아님을 깨닫게 해준 꿈 이야기다.

머나먼 이국 땅, 미국 조카에게로 그 비취 반지를 보내게 된 천리

(天理)가 마냥 신묘(神妙)하다. 꿈처럼 인간에게 신비로운 느낌을 안겨주는 영험도 없으리라.

우리는 평생, 인생의 3분의 1을 잠을 자면서 보낸다. 잠은 생명을 유지해주고 활력소를 제공한다. 뇌신경세포가 피곤해져서 병에 빠지는 것을 막아주는 자기방어 역할도 한다. 잠을 잘 자면 치매 예방에도 도움이 된다고 한다. 프로이트는 '꿈은 마음속 깊은 곳에 숨어 있는 무의식의 발로'라고 했다. 꿈을 꿀 때 우리의 의식은 현저히 약화되고 무의식과 잠재의식이 활동을 시작한다는 것이다. 꿈의 공간은 과연 휴식의 공간일까. 부단하고 몽롱한 어떤 운동으로 이루어져 있는 것이 아닐까. 꿈에서 깨어났을 때 우리의 머릿속에 남는 것은 밤 동안 겪은 삶의 편린들뿐, 꿈은 꿈일 뿐인가. 꿈과 현실은 동떨어져 있어 얼토당토 않게 느껴지기도 하고, 근거 없는 괴기한 것일 때가 많다는 것이다. 그렇게 쉽게 생각할 것이 아니라고도 했다. 그 꿈속에서 내가 진정 바라는 것과 또 다른 모습을 볼 수 있다는 것. 그렇기 때문에 꿈을 해석함으로써 자신에 대해서 좀 더 알 수 있고 여러 가지 심리적 문제에 대한 해결책을 찾을 수 있다고 한다.

꿈은 이루어진다. 어찌 젊은이에게만 국한되랴. 우리 모두를 향한 끊임없는 도전이 아닐 수 없다. 꿈을 밀고 나가는 힘은 이성이 아니라 희망이라 했다. 꿈과 희망은 신앙의 원천이며 이루시는 이는 절대자시다. 희망을 갈망하며 추구하는 사람은 결코 외면당하지도 않으며, 희망을 안고 사는 동안 아무리 고통스러워도 견디고 용감하게 살 수 있는 것. 꿈과 현실은 결코 일치하지도 않으며 거리가 멀고 망망하다. 그러나 오로지 '꿈'만이 목적을 고귀하게 만든다는 사실을 알고 있다면 '꿈은 이루어진다'라는 신념으로 살아가야 하리라. 태양은 내일도 뜨지 않는가. 태양이 뜬다는 진리는 우리를 희망차게 해준다.

황혼의 들녘에서 영혼의 노래를

제2부

못 부친 편지

달빛과의 랑데부 | 어버이날에 어머니를 생각하며 | 삶의 굽이마다 하늘을
보며 | 고요한 침묵 | 나이테는 더해가는데 | 못 부친 편지 | 절제의 미학 |
가곡에 시름을 잊고

달빛과의 랑데부

달을 한가히 쳐다볼 겨를 없이 숨 가쁘게 살아왔나 보다. 어느 날 밤 남쪽 침실 창문 아래, 침대의 머리맡이 유난히 환했다. 휘영청 밝은 달빛이었다. 와! 탄성이 절로 나왔다. 약간 이지러진 상현달이 내 베갯머리를 하얗게 덮고 있었다.

정서가 메말라 무심했을까, 일상이 고단해서 쉽게 잠들어버린 것일까. 이 집에서 어느새 15년을 살았는데도 창문으로 가까이 다가온 달빛이 고요히 감싸주듯 한 정경을 예전엔 느끼지 못했다.

밤은 자기 위해서, 휴식을 위해서, 아니 삶 자체를 잠시 잊기 위해서 마련한 것이라면 어째서 달은 해보다 매력 있게 외로움과 그리움을 일깨워주는 걸까. 달빛은 푸른 물빛과도 같은 차가움에도 포근하고 은은함을 자아낸다. 어둠과 함께 공존하면서 어둠을 밝히고 만상을 고루 비추며 젖어들게 하기 때문이리라.

달은 지구의 유일한 위성이다. 주기적으로 소멸과 생성을 반복하는 살아 있는 신비다. 초승달에서 반달이, 다시 보름달이 되고 그믐달로 이지러지는 변용을 바라보며 시인들은 그 신비에 이끌려 시를 읊었다. 달을 보면 자연스럽게 시인이 되던 시대, 울고 웃는 사람들의 정서에 따라 천 갈래 만 갈래 엇갈릴 것이다.

과학 또한 위성을 쏘아 올려 그 개발에 심혈을 기울이고 있는 현실이지만 가슴으로 달을 바라볼 때 흰 토끼가 약을 찧는 성결(聖潔), 숭고(崇高), 존엄(尊嚴)은 사람의 본성이며 달에 대한 그리움은 변할 수 없는 향수라 했다.

> 봄가을 없이 밤마다 돋는 달도 예전엔 미처 몰랐어요
> 이렇게 사무치게 그리울 줄도 예전엔 미처 몰랐어요
> 달이 암만 밝아도 쳐다볼 줄을 예전엔 미처 몰랐어요.
> 이제금 저 달이 설움인 줄은 예전엔 미처 몰랐어요.
> — 김소월, 「예전엔 미처 몰랐어요」

비스듬히 스며들던 그 달빛이 한가위 때는 만월이 되어 더욱 환하게 다가왔다. 아들네 식구와 탁 트인 베란다에 나가 달마중을 했다. 충천(沖天)에 두둥실, 온화한 달빛이었다. 밤이 깊어 침실의 영창(影窓)이 환해졌다. 다정한 이야기 하듯 달빛은 아직도 눈에 삼삼한 고향을 불러냈다. TV를 통해 지켜본 이산가족의 만남은 그나마 축복받은 분들이란 생각이 들었다. 단절의 아픔, 어머니 향한 그리움을 달빛에 새겨보노라면 새삼 그리움과 사무치는 설움이 밀려오곤

했다.

지금 나는 감성이 무디어졌는지, 체념한 채 살아온 육신 탓인지 달빛 아래 누워 편안해졌으니 세월의 무게는 어쩔 수 없나 보다.

추석을 전후해서 나는 달빛과의 랑데부를 즐겼다. 새벽이면 사라지는 달, 밤은 깊어 고요한데 청명한 하늘에 '달이 하 밝으니 삼경(三更)이 낮이로다' 했던가. 새벽 0시 50분, 잠든 남편을 깨우고 싶었다. 달빛이 휘황해서다. 그러나 혼자 지새는 달밤이 더욱 낭만적일 것이란 마음을 어찌하랴. 가슴에 차오르는 달빛, 달과의 세레나데는 나의 서정을 한껏 드맑게 해주었다.

음력 열아흐레, 달이 차차 높아졌다. 누워서 고개를 쳐들고 하늘에 걸린 달을 쳐다본다. 달이 아파트 지붕 위에서 사라질 때까지 나는 달과 마주했다. 애절한 감상도 어느덧 사라지고 세상 근심 따위도 끼어들 수 없는 가라앉은 마음이 된다. 어머니 품속 같은 달빛, 아련한 그리움과 단절의 아픔이 겹쳐 저 달을 향한 차가운 처연(凄然)한 경지가 가슴 깊이 밀려오는 것이다.

성찰의 감성은 달과의 랑데부에서 비롯된 것이리라. 잡다한 세속을 일탈하고픈, 그래서 사람들이 그것을 빌어 마지않는 정서대로 달을 보며 나도 공손히 손을 모아본다. 돌고 도는 달, 다음 해 한가위엔 내 가슴에 뜰 만월을 기약하며 한껏 품어보리라.

어버이날에 어머니를 생각하며

어머니! 사뭇 격조했습니다. 안녕하시지요. 우리가 서울로 이사한 그 이듬해(1961년) 처음으로 새문안교회에서 '어머니날' 행사가 있었습니다. 한 청년이 달려와 카네이션을 달아주었습니다. 벅찬 감동이 가슴에 와닿았습니다. 저도 어머니에게 이 꽃을 달아드릴 수 있었으면……. 가슴에 단 카네이션이 어머니를 향한 그리움의 표상이 되었습니다. 그리하여 해마다 어머니날이 되면 제가 카네이션에 안기는 어머니의 딸이 됩니다.

어머니! 오늘은 5월 8일, '어버이주일'로 예배를 드렸습니다. 장로님의 기도가 끝난 후 부른 찬송가 579장, 〈어머니의 넓은 사랑〉은 어머니를 향한 절절한 상념이 가슴으로 파고들었습니다. 어머니! 들어보세요.

어머니의 넓은 사랑 귀하고도 귀하다

그 사랑이 언제든지 나를 감싸줍니다.
내가 울 때 어머니는 주께 기도드리고
내가 기뻐 웃을 때에 찬송 부르십니다.
홀로 누워 괴로울 때 헤매다가 지칠 때
부르시던 찬송 소리 귀에 살아옵니다.
온유하고 겸손하며 올바르고 굳세게
어머니의 뜻 받들어 보람 있게 살리라.
풍파 많은 세상에서 선한 싸움 싸우다
생명 시내 흐르는 곳 길이 함께 살리라.

어머니! 저는 예배 시간 내내 볼을 타고 흐르는 눈물을 주체할 수 없었습니다. 어버이날에 안타까운 소식을 전하게 되어서요. 이 땅에 생존해 있는 막내아들 학운이의 아내, 어머니 며느리 손영옥의 이병(罹病) 소식입니다. 결혼 48년차, 남들이 모두 부러워하는 가정입니다. 서울에서 살다가 둘째 아들 영웅이가 천안에 병원을 개업하게 되어 이사한 지 7년이 되었습니다.

지난달 19일, 영웅이의 전화를 받았습니다. 좋지 않은 소식에 저는 반사적으로 "아니야, 그건 아니야, 왜 그래, 그럴 수 없어" 대성통곡이 터졌습니다. 웅이의 오열도 한참 이어졌습니다. 혈뇨(血尿)가 유일한 증상, 뇨관(尿管)암이 진행되어 임파선을 타고 넓게 전이(轉移)되었다 합니다. 두 아들이 잘 나가는 의사인 터라 자괴적인 탄식이 절절합니다. 첫 번째 항암 치료를 서울에서 받고 지금은 천안 영웅이네 병원에서 요양하고 있어요.

어머니! 맺어진 48년의 정의를 어찌 잊겠습니까. 올케는 2남 4녀의 장녀로 숙명여고와 이대를 나온 재원, 현모양처의 한 모델이었습니다. 우리가 논현동의 집을 개방하고 손님 대접이 많았던 시절, 그녀는 갖가지 구색을 갖춘 화려한 그릇들을 보내왔습니다. 저의 봉사생활에 크게 부조를 한 것이었어요. 제가 직접 장만한 요리를 담아내는 그릇들의 환상적인 무드와 조화가 상큼한 풍미를 북돋아주었습니다. 입맛을 다시며 감탄사가 절로 나왔습니다. 많게는 70여 명의 손님까지도 거뜬히 치를 수 있었으니까요. 그 그릇들은 지금도 장식장에서 차례를 기다리고 있습니다.

어머니! 올케는 차멀미가 타고난 고질인 듯 힘들어했습니다. 한번은 우리 집엘 왔는데 도착하자마자 심해진 멀미 때문에 병원으로 실려간 적이 있습니다. 회복되는 데 여러 날이 걸린다고 했습니다. 길을 떠나려면 하루 전부터 약을 먹고 대비해야 했습니다. 그만큼 나들이가 쉽지 않았습니다.

어머니! 올케가 혹시 잘못되기라도 한다면? 떠나는 그 마음이? 제발 오진의 행운이라도……. 누구나 맞게 되는 죽음이라지만 남는 자의 상실감은 그 어떤 것으로도 채워줄 수 없는 것, 곧 무슨 일이 닥칠 것만 같은 불길한 예감에 나는 밤잠을 이룰 수가 없었습니다.

어머니! 지금은 암이 우리 생활 속에 깊숙이 파고 들어와 있습니다. 남의 일처럼 여겨왔던 암이 우리 앞에 근접해온 것입니다. 암은 공포증을 유발시켜 두려운 마음부터 앞섭니다. 많은 암 환자들이 세상을 뜨고 있지요. 예전에는 불치의 병으로 사형선고를 받은 거나 진배가 없었습니다. 요즘은 조기에 발견되면 완치가 가능한 질환이 되어가고 있으니 그나마 다행한 일입니다. 어머니! 너무 걱정하지 마세요. 고도의 첨단 의술을 믿어야지요.

얼마 전에 천안의 병원으로 달려갔습니다. 잘 견뎌내고 있었습니다. 오히려 우리를 배려한 그녀의 자상한 마음 씀씀이가 안쓰럽고 애잔했습니다. 수술은 불가능하며 여섯 번의 힘겨운 항암 치료에 의존할 수밖에 없는 상태입니다. 그녀를 향한 합심기도가 우리의 일상이 되고 있습니다. 어머니도 기도해주세요.

어머니! 저는 지금 봄 부흥사경회를 영적 도고(禱告)의 호기로 기다리고 있습니다. 강사는 양곡교회 지용수 목사님, 그 목사님은 양곡교회를 29년간 시무하셔서 대형교회로 성장시킨 목사님이세요. 신유의 은사가 계신 분입니다. 올케의 쾌유를 위한 간구가 꼭 응답되기를 갈망하고 있습니다. 공교롭게도 제 남편이 23년 전 양곡교회 건축을 담당했습니다. 기도로 연결된 교회입니다. 묘한 인연이지요. 감사가 많은 곳에 축복이 있고 기도가 많은 곳에 응답이 있고 전도가 많은 곳에 영혼 구원이 있습니다. 시련은 믿음으로 기도하게 하시는 하나님의 선물이며 믿음의 기도는 능력이 있어 병든 자를 고치십니다.

나는 젊은 나이에 어머니와 헤어져 살아오면서 내 마음에 생생하게 각인되어 있는 50대 초반의 어머니 영상(影像)을 한시도 잊어본 적이 없습니다. 울고 울어도 웬 눈물이 그리도 많았던지요. 어느 때이든 어머니는 나를 다독이며 눈물을 닦아주셨습니다. 쓰리고 가슴에이는 이별의 서러움도, 외로움에 지쳤을 때도 어머니는 한결같게 타일러주셨습니다. 모든 것이 홀로서기의 연단이었음을 지금에야 알게 되었습니다.

저는 어머니의 가르침을 따랐습니다. 불효의 한(恨)도 이웃을 향한 온정으로 풀어나갔습니다. 절망과 좌절, 고통이 지나간 자리에는 희망이 기다리고 있었습니다. 꿈과 용기가 샘솟았습니다. 감사했습니다. 이웃의 보탬이 되고자 했습니다. 희열이 넘쳤습니다. 어머니에게 부끄럽지 않은 딸이고자 마음속에 백 번 천 번 각서를 썼습니다. 한평생 어머니를 그리워하며 버텨온 게 저의 자화상입니다.

세상만사가 그로부터 말미암아 그에게로 회귀하는 하늘의 섭리임을 조아리며 나는 참괴(慙愧)의 눈물을 흘립니다. 어찌 보면 나의 연찬(研鑽)은 눈물에서 비롯된 것이기도 합니다.

어머님! 지켜봐주십시오. 올케의 조속한 쾌유와 함께 밝은 사연, 기쁜 소식을 약속드리며 다시 쓸 때까지 안녕히 계십시오.

삶의 굽이마다 하늘을 보며

"가을 하늘은 맑기도 하여라." 아침에 눈을 뜨자마자 나도 모르게 되뇌어진 탄성이다. 가만히 마음을 다잡는다. 외출했다 돌아오는 차 속에서도 차창을 통해 하늘을 본다. 파도 치듯 쫙 깔린 구름바다 사이로 파란 하늘이 선명하다. 크고 작은 구름덩이가 여러 모습으로 유유히 흐른다. 세월의 흐름도 저 구름 같은 것일까. 그 구름을 따라 날아가고픈 마음이 인다.

내 형제들은 구름과 인연이 깊다. 태어날 때부터 구름을 타고 태어났다. 항렬자(行列字)가 바로 구름 운(雲) 자인 것이다. 용운(龍雲), 성운(聖雲), 영운(榮雲), 봉운(鳳雲), 경운(景雲), 학운(鶴雲) 등이 그것이다. 그중 용운과 경운, 학운 삼남매는 고향(평양)을 등지고 운명이란 바람에 실려서 용과 학, 경(경치)이라는 나름의 무늬 그리며 대구에서 잠시 머물다 각각 서울로 흘러들었으니 이름처럼 신비스럽다.

얼마 전 남동생(학운)의 처인 올케가 세상을 떴다. 나는 걷잡을 수 없는 상실감에 몸부림을 쳤다. 하늘을 보는 횟수가 그래서 더 잦아졌나 보다. 어느 구름에 실려 서둘러 떠나버렸을까. 혼자 남은 외기러기? 두 아들을 의사로 만드는 데 온갖 힘을 다 쏟았는데……. 우리 곁에 있지 않으니…… 다시 볼 수 없는 내일이 얼마나 허전할까. 뒤 따르고픈 차디찬 마음 달랠 길 없는데, 새삼 구름처럼 흘러가는 덧없음을 절감한다. 가곡 교실에서 익힌 노래가 내 마음을 다독거려 준다.

저 구름 흘러가는 곳 아득한 먼 그곳
그리움도 흘러가라 파아란 싹이 트고
꽃들은 곱게 피어 날 오라 부르네
행복이 깃든 그곳에 그리움도 흘러가라
…(중략)…
저 구름 흘러가는 곳 이 가슴 깊이 불타는
영원한 나의 사랑 전할 곳 길은 멀어도
즐거움이 넘치는 나라 산을 넘고 바다를 건너
저 구름 흘러가는 곳 내 마음도 따라가라
그대를 만날 때까지 내 사랑도 흘러가라
— 김용호 작사, 김동진 작곡, 〈저 구름 흘러가는 곳〉

구름은 수증기가 하늘로 올라가 찬 공기를 만나 작은 물방울로 엉킨 것이다. 그 모습도 가지가지다. 양떼구름이나 새털구름은 비가

못 부친 편지

올 징조이고 뭉게구름은 밝음을 알리는 징조이기도 하다. 솜과 명주실로 수채화를 그려놓은 것 같기도 하고 무희들이 춤추는 것 같기도 하고 파도가 몰아치는 것 같기도 하다. 바라보는 이의 감성에 따라 그려지는 형태가 다채로운 구름, 자연이 연출하는 그 경이는 상상을 초월한 것이다.

나는 구름에 대한 성경 구절에서 절대자의 계시를 읽는다.

여호와의 영광이 구름 속에 나타나더라(출 16 : 10)

물에 자기 누각의 들보를 얹으시며 구름으로 자기 수레를 삼으시고 바람 날개로 다니시며(시 104 : 3)

너희의 인애가 아침 구름이나 쉬 없어지는 이슬 같도다(호 6 : 4)

말씀을 마치시고 그들이 보는데 올려 가시니 구름이 그를 가리어 보이지 않게 하더라(행 1 : 9)

그 후에 우리 살아남은 자들도 그들과 함께 구름 속으로 끌어 올려 공중에서 주를 영접하게 하시리니(살전 4 : 17)

우리들의 시민권은 하늘에 있는지라(빌 3 : 20)

삶의 굽이마다 나는 하늘을 보며 위안과 용기를 얻곤 했다. 피로할 때는 하늘을 보고 피로를 풀고 기쁠 때는 그 기쁨과 고마움을 하늘에 돌린다. 생명에 대한 자각을 곱씹으면서 그 섭리에 순종하는 삶을 살고자 힘쓰고 있다.

구름 따라 흘러온 긴긴 세월이다. 나이테만큼 지나온 삶을 관조하며 느긋해지고 싶다. 생각해보면 진정으로 소중한 것들을 의식하지 못하고 내달리듯 앞만 보고 달린 셈이다. "한가로운 시간은 무엇과도 바꿀 수 없는 재산"이라고 소크라테스는 말했다. 뾰족할 것도 없는 세상 보따리 그만 내려놓고 조용한 여백을 찾고 싶다. 이제 무엇을 더 할 수 있을까. 보람 있는 여운의 삶이기를 고뇌한다. 갑작스럽게 떠나간 올케를 회억하며 연금술사가 되었으면 싶다.

구름 따라 흘러오고 흘러가는 인생길, 붙잡을 수 없는 구름, 나는 새삼 하늘을 보며 마음의 소리에 귀를 기울이고 있다. 하늘은 무한대의 자원이자 꿈과 희망이 아닌가. 오늘도 하늘을 바라보며 마음 문을 연다.

고요한 침묵

— 막내의 생일

고독은 홑진 외로움이라고 했다. 고독감은 누구에게나 자연스럽게 다가오는 감정이다. 혼자 버려진 느낌, 공허함, 그리움, 외로움의 감정은 늘 우리 곁에 존재한다. 어차피 우리는 세상에 올 때도 혼자이고, 갈 때도 혼자가 아니던가. 세상에 태어나 요람의 신세를 지고, 성장하고, 결혼하고, 아이를 낳고……, 세월이 흐르면서 노인이 되어가고 노인이 된다는 것은 다시 아이와 같은 삶으로 환원되어 자연으로 돌아간다는 것이다. 우리 부모를 우리 아이처럼 돌봐드리고 있는지, 그것이 안 되고 있는 현실에서는 노년의 고독은 더욱 당연하고 막을 수 없지 않은가 싶다.

지난 4월 11일 평양 서문고녀 동창 P의 남편 부음을 접했다. 우리는 여고 동기, 14~15세 소녀 시절부터 지금까지의 긴긴 세월 동안 실향의 아픔을 달래며 함께한 지기들이다. 세월 흘러 모습은 변했어도 모이면 치기를 부리며 실소를 머금는다. 웬 고집들이 그렇게나 센지 다툼도 일어난다. P의 남편 타계로, 해로하고 있는 커플은 이제 단 두 명만 남았다. 내가 그중의 하나이다. 말끝마다 남편에게 잘하라고 다그친다. 나는 머쓱해진다. 예서 어찌 더 잘하란 말인가. 더 잘하다간 내가 죽을지도 모른다.

동기생 딸이 경영하는 평래옥에서 매달 11일 모이는데 출석률이 거의 100%이다. 20명이 젊은이 못지않은 식욕을 자랑한다. 남편을 앞세운 과수들이지만 그런대로 잘 적응하며 즐겁게 살고 있다. 지조도 굳다. 애경사에 힘을 보태며 서로의 건재를 확인하고 다음 날을 기약한다. 내가 유일한 글쟁이다. 유인물 나누며 보람을 찾는다.

그날, 친구네 타계 소식 탓인가 귓갓길에서 2년 전 우리 곁을 떠난 올케를 떠올리며 의기소침해졌다. 그런 까닭으로 나는 줄곧 의욕 상실의 슬럼프에 빠졌다. 홀로 남은 남동생, 그는 아들네와 같이 살기를 거부, 도우미 아줌마에게 살림을 맡기고 혼자 지내고 있다. 내과 전문의인 차남이 가까이서 보살피고는 있지만, 의협심이 강하고 한 번 아니면 아니라는 곧은 성격을 어찌하랴.

5월 11일이 그의 생일이다. 공부하는 자세로 고독을 즐기는 방법을 같이 생각해보련다.

진정한 홀로서기를 위해서는 행복의 주체가 바로 '나'라는 것을 알아야 하겠다. 생물학적 나이를 인정하고 영영 벗어날 길 없는 고독이라면 고독과 친구가 되어보는 것이다. 인생의 목적이 행복이니 자아실현이니 그런 주장에 길들어왔지만 현실적인 모든 것이 공허하다는 것만 확실히 알아도 세상은 행복해진다고 했다.

고요한 침묵은 절대자에게로 들어가는 문이다. 문은 언제나 열려 있다. 인간 영혼과 신의 만남이 이루어진다. 거기에는 길이 있고 응원이 있으며 사랑이 숨어 있음을 알아야 한다. 세상에 대한 두려움이나 죽음에 대한 두려움도 그분의 잣대로 인생을 바라보며 고독과 친구가 되는 것, 그래서 현명한 선택이 가능하고 문제를 해결하여 목적을 달성할 수 있게 된다. 또한 휴식을 주고 고통과 버려짐의 투정이 사라지는 것이다.

세상을 바로 알기 위해 나는 책을 읽고 신문과 인터넷을 통해서 세상 정보에 뒤처지지 않으려 노력하고 있다. 세대차를 최소화하고 함께 가는 인생길엔 나이가 문제랴. 역할이 바뀌었을 뿐이다.

관용과 용서는 마음을 즐겁게 해준다. 친구가 불어난다. 마음의 균형을 잃고 오해나 편견으로 감정이 앞서 판단을 흐리게 하지 말자.

아들과 며느리, 자손들을 너그러운 마음과 사랑의 눈으로 보듬자.

독야청청해서는 고독할 뿐이다. 사람은 인간관계와 소통 속에서 살아간다. 우리의 지식, 삶의 노하우, 시간, 건강은 줄 수 있는 자원이다. 남들이 나에게 다가오도록 마음을 열자. 나누고 베풀면서 그 즐거움으로 젊은 날의 호기와 멋진 모습을 되찾아나가자.

사람은 모든 한계 속에서 살아가고 있다. 생명의 한계, 지식의 한계, 능력의 한계, 물질의 한계, 자신과의 한계와 싸우다 기한이 다하여 왔던 길 따라 돌아간다. 그저 흘러가는 것이 아니고 삶이 다할 때까지 성실로 내용을 채워가는 것이다.

자연과 벗하며 산과 숲을 산책하자. 초록이 숨 쉬는 우거진 나무 사이로 쏟아지는 맑은 공기와 자연이 주는 생명 질서의 희열을 만끽하자. 자연 친화적인 마인드는 세상을 긍정적으로 이끄는 원동력이 된다. 고독과 마주할 때 쉽게 행복에 다가갈 수 있지 않을까. 늙음을 받아들이고 내가 앓고 있는 질병까지도 친구가 되어 죽음과 익숙해지자. 삶의 완성은 죽음이다.

영원히 그리움으로 남을, 어머니 사랑에 잇대어진 동기(同氣)의 연줄, 영원히 끝나지 않을 필연, 그래서 행복하였노라 말할 수 있기를. 너의 생일을 축하하며…….

못 부친 편지

나이테는 더해가는데

　새해 들어 이산가족 상봉이 이루어지려나?

　애타게 기다리는 마음들은 60여 년을 그리며 살아온 실향민들이다. 이미 타계한 어른들은 얼마이던가.

　나도 실향민으로 살아온 지 63년, 오지 않을 자식들 애타게 그리셨을 어머니, 헤어질 때(1950년 12월 1일) 어머니는 50대 초반이었다. 생사를 알 길 없는 어머니는 영원히 늙지 않으리라. 멈춰진 미래가 아닌가.

　해마다 찾아가던 임진각도 차차 뜸해졌다. 막내를 결혼시키고 뵈러 간 것이 고작이다. 주차장도 협소했고 식당도 하나밖에 없는 터여서 도시락을 싸가지고 다녀왔었다. 그 후론 바쁜 일상에 떠밀려서 '가야지' 하면서도 미루어오다 최근에 임진각을 찾게 되었다.

　미국에 사는 여고 후배, 서로 내왕이 잦아 아이들이 '이모'라고 따른다. 독실한 크리스천으로 얼마 전까지만 해도 실버 선교로 남미를 비롯해서 동남아, 중국, 북한도 다녀왔다. 부친은 항일 의열단으로 활동하다 지금은 대전 현충원에 안장되어 계신다. 남동생을 줄줄이 거느려서인가 동생들에게 치여선가 키가 작지만 배포는 대단하다. 미국 동서 횡단이 어려운 길이지만 여러 번 핸들을 잡곤 했다. 평양에 치과 플랜트를 기증한 게 인연이 되어 그 개원식에 그녀도 초청받은 바 있었다. 다리 깁스를 하고 있던 나를 배려, 묘향산 관광길에서 지팡이를 사다 주었다.

그녀가 서울에 왔기에 우리 일행은 오랜만에 임진각을 찾았다. 서울에서 53킬로미터, 해마다 임진각을 찾는 작은 정성만으로도 위로가 되었다. 찾지 못한 죄스러움에 시야가 흐려진다. 초라했지만 옛 모습 그리며 찾아간 임진각은 거기엔 보이지 않았다. 어마어마한 주차장엔 관광버스가 즐비하고 관광명소로 변모한 모습에서 세월이 바뀌었음을 실감하며 격세지감을 어쩔 수 없었다.

망배단 : 1985년 9월 26일 북녘 땅이 한눈에 보이는 임진각에 세워져 있다. 조용히 세배를 올렸다. 고향 산천 떠나 자유를 찾아 남하한 500만 실향민들을 위한 상설 제단이다. 망배단을 둘러싼 일곱 개의 화강석 병풍에는 이북 5도와 미수복지구의 풍물과 산천 등이 조각되어 있다.

망향의 노래비 : 기네스북에 등재된 〈잃어버린 30년〉의 가사가 새

　　　　　　　　　　　　　　　　　　　　못 부친 편지

겨져 있다. 1983년 6월 30일부터 11월 4일까지 KBS 〈이산가족 찾기〉에서 10,189명의 이산가족이 만나는 방송을 지켜보며 나라 전체가 울음바다가 된 사실을 나는 생생하게 기억한다. "누가 이 사람을 모르시나요." 저들의 처지가 얼마나 부럽던지 남의 일 같지 않아 흐르는 눈물을 주체 못 하며 소리 내어 통곡을 했다.

증기기관차 화통 : 군수물자 운반을 위해 개성에서 평양으로 가는 도중 중국군의 개입으로 후진하다 장단역에 내려왔다가 후퇴하던 연합군이 북한군에 이용될 것을 우려해 열차를 폭파하면서 흉물스런 상처로 참혹했던 시대를 말해주고 있다. 2004년 등록문화재 제78호로 등재, 녹슨 채 비무장지대에 방치되어 있다가 '철마는 달리고 싶다'란 말처럼 통일과 평화를 기원하며 2007년 11월 임진각에 있는 보존처리 장소로 옮겨져 있다.

임진각 공원에는 임진강지구 전쟁비, 미국군 참전비 등 각종 전적비와 미얀마 국립 묘소 참배 중 사망한 17명의 외교사절 위령탑, 김포 국제공항 폭발사고 희생자 추모비 등이 세워져 있다.

임진철교는 두 개의 다리가 나란히 있었으나 전쟁 시 하나는 파괴되고 철교의 교각만 남아 전쟁의 잔혹한 흔적을 그대로 보여주고 있다.

평화의 종각에 있는 '평화의 종'은 뉴밀레니엄을 맞아 인류 평화와 민족 통일을 염원하여 건립, 21세기를 상징하는 뜻에서 21톤의 무게와 21계단과 높이 3.4미터, 지름 2.2미터, 삼오봉의 목조 구조로, 한 해를 마감하고 새해를 맞는 제야의 타종식이 해마다 거행된다. 900만 경기도민의 뜻과 정성으로 건립되었다.

자유의 다리 : 망배단 뒤쪽으로 1953년 휴전이 되면서 포로 교환이 이루어져 12,773명이 이 다리를 건너와 귀환하였기 때문에 '자유의 다리'라고 이름을 붙였다. 자유의 다리를 막고 있는 철책에는 태극기와 리본들이 빼곡히 걸려 있다. 수많은 실향민의 애절한 메시지가 마음을 아프게 한다. 중국어와 일본어도 있다. 나는 이스라엘 성지순례길에 '통곡의 벽'에서 민족의 통일을 바라며 눈물 흘렸던 기억이 되살아나 저들의 절절한 마음들을 읽을 수 있다.

통일 전망대 : 3층으로 되어 있는 전망대에는 여기저기 망원경이 설치되어 있다. 동전을 넣고 행여나 바라보지만 무심히 흐르는 임진강을 사이에 두고(불과 2킬로미터) 새들만이 넘나들고 있다. 저 건너 5.9킬로미터를 가면 휴전선이고 판문점까지는 8.9킬로미터라고 한다. 고향을 지척에 두고도 갈 수도 올 수도 없는 우리네 처지가 눈물겹다. 그저 북녘 하늘만 우러르며 망향에 젖어든다.

자유의 다리 옆에는 조국과 고향 그리는 마음을 표현한 시비들이

못 부친 편지

세워져 있다.

> 50년 끊긴 안부가 바람으로 서 있다 목이 멘 이산의 아픔 불러보는
> 사람아
> 송악산 솔밭 사이로 고향 하늘 보인다 망향의 아픈 굽이 얼마를 울
> 었을까
> 핏금진 산하에서 귀향을 꿈꾸나니 그 언제 사랑하는 사람과 고향
> 땅을 밟을까
> 반백년 침묵 속에 한 맺힌 임진강아 신의 손도 비켜간 상흔을 찍어
> 내어
> 피묻은 모반의 땅에 둥근 해를 띄워라
> — 인소리, 「망향」(1989년 11월, 실향민의 성금으로 세운 것이다)

고향 그리며 육친 그리는 마음들은 세월이 흘러도 변할 수 없는 것, 비단 실향민이 아니어도 남북분단은 우리 민족의 고통이요 슬픔이 아닌가. 동서독의 통일이 이루어진 후 세계 유일의 분단국으로 남게 되었다. 고령으로 기다리지 못하고 타계한 이산가족이 대부분을 차지하고 있지 않은가. 다행스럽게도 2월 20일~25일 금강산에서 이산가족 상봉이 이루어지리라고 한다.

지성이면 감천이라 하지 않았던가. 언젠가는 기필코 이루어질 통일, 내 세대가 아닌들 어떠하랴, 내 혈육이 아닌들 어떠하랴, 한 사람이라도 더 상흔을 달랠 수만 있다면 그것을 족한 줄 알자. 우리는 다 같이 민족통일을 바라는 한겨레가 아닌가.

'통일은 대박이다', 'DMZ 세계평화공원 조성' 등, 우리 손으로 겨레의 힘으로 이룩해야 할 통일을 위해 오늘도 설렘과 희망 속에 살아가고 있다.

못 부친 편지

어머니! 이름만 불러도 가슴 벅찬 그리움은 예나 지금이나 다름이 없습니다. 계신 곳이 어디인가요.

아들만 편애하셨던 어머니여도 좋습니다. 옆에만 계셔주었으면 좋은데……. 어머니는 진정 어진 분이셨습니다. 민족상잔의 회오리 속에 그렇게 헤어져야 하는 운명을 예측이라도 했던 것처럼 나는 어디를 가나 어머니를 쫄쫄 따라다녔지요. 내 또래들이 저네들 어머니 이야기만을 나눌 때면 나는 눈물이 나곤 했어요. 그래서 내 앞에서는 어머니 이야기를 못 할 정도였습니다.

어머니와 헤어진 게 1950년 12월 1일, 칼바람 부는 겨울날이었지요. 우리를 떠나 보내면서 곧 만나리라 하셨는데……. 어머니와 헤어져 에돌아 60년, 벌써 강산이 여섯 번 변했습니다. 아직도 감감소식이라니요. 갈 수도 올 수도 없는 그런 세상이 어디에 또 있을까요. 밤마다 베개를 적시며 소리 없이 울부짖던 나날, 큰오라버니가 대구에 사셨기에 크나큰 버팀목이 되었습니다. 가슴으로 스미는 어머니를 향한 그리움은 가실 줄을 몰랐습니다. 우리가 보고 싶어 어머니는 얼마나 애를 태우셨습니까, 가여운 어머니……

　꿈도 희망도 접은 채 세월은 흘러갔습니다. 이산의 한을 안고 죽지 못해 살다 보니, 심신의 피로가 겹쳐 병원에 입원하는 딱한 일도 생겼습니다. 그 실의와 좌절은 걷잡을 수 없었습니다. 어머니가 더욱 그리워 베개를 흥건히 적시곤 했습니다. 헌데 죽음같이 조용한 이 병실의 새벽을 깨우는 찬양 소리에 나는 그만 무릎을 꿇었습니다. 슬픔에 묻혀 방황하던 내 심혼에 주님이 친히 손을 뻗치신 것이었습니다. 주일마다 그 새벽 송은 천사의 메신저가 되어 내 영혼에 참회와 의욕의 눈물을 흘리게 했습니다. 꿈과 희망을 안겨주었습니다.

　어머니! 나 지금 뉴질랜드의 크라이스트처치에 와 있습니다. 유학의 길이 열렸어요. 멀리 떠나오니 낯설고 물설어 외로움은 더하더군요. 나는 어머니에게 장문의 편지를 썼습니다. 주소도 '평양시 설암리 28번지 3호 김지영(金芝英) 귀하', 분명하게 적었습니다. 이곳은 제3국, 편지를 부치기만 하면 받아보시겠지요. 그러나 같이 온 친구의 말에 의하면 미국에 유학한 한 학생이 이북에 편지를 보냈더니 어처구니없게도 간첩으로 몰려 고생했다는 거였어요. 포기할 수밖에요. 눈물샘이 흘러 넘쳤습니다.

　어머니! 결혼은 어머니 모시고 축복받으며 하겠노라 버텼는데 대구에서 결혼했어요. 평남의 순천이 고향인 공학도. 그이도 피난민, 같은 처지여요. 대구에서의 난민 생활을 접고 서울로 이사했지요. 신랑은 이사하자마자 교회를 찾아 나설 정도로 독실한 크리스천이었어요. 오라버니도 무척 흐뭇해하셨어요. 어머니가 계셨다면 기뻐서 덩실덩실 춤을 추셨을 것이라고요.

어머니 해마다 한가위 때면 남편과 임진각을 찾습니다. 한 발짝이라도 어머니 곁으로 다가가고픈 마음에서였지요. 눈물이 시야를 가렸습니다. 어머니 환상이 나타나곤 했지만 스쳐 지나가는 바람이었습니다. 감당할 수 없는 비감에 젖어 북쪽 하늘만 응시하다 돌아오곤 했습니다.

어머니! 결혼 후 처음으로 고추장을 담그며 어머니 생각에 목이 메었답니다. 찹쌀가루에 엿기름을 타니 물이 되더군요. 그때의 당황함이란, 냇내와 그을음, 눈물이 범벅이 되어 고추장을 담갔습니다. 나는 해마다 초여름이면 오이지와 마늘장아찌를 담급니다. 어머니가 담가주시던 오이지, 게장, 마늘장아찌의 그 맛은 세월이 흘렀어도 잊지 못합니다. 어렴풋한 어릴 적 기억을 더듬으며 서툰 솜씨로 시작했지만 용케도 어머니의 맛을 살릴 수 있었습니다. 이 딸이 어머니의 솜씨를 닮아 지금은 살림의 달인이 되었지요.

어머니가 입으시던 두 벌의 배자와 아버지의 토시가 어머니가 챙겨주셨던 짐 속에 있었어요. 배자 깃에 배어 있는 땟자국에 스민 어머니의 짠한 냄새, 그 냄새를 맡으며 어머니를 향한 향수에 젖어 몇 번이고 입어보곤 했지요. 최근에 와서야 양털이 상할까 보아 드라이 클리닝해서 가보로 보관하고 있습니다.

어머니! 자녀를 낳고 보니 어머니의 수고와 고마움을 뒤늦게 알 것 같았습니다. 출산의 기쁨보다 어머니의 손길이 그렇게도 그리울 줄을 미처 몰랐습니다. 또 헤픈 눈물이 하염없이 흘렀습니다.

어머니! 어머니의 본관이 안동, 그래서 중국어 성경반에서 안동을 다녀왔습니다. 가이드 김 집사님이 의성 김씨, 그래서 안동 김씨 집성촌은 찾지 못했습니다. 도산서원을 돌아보고 있는데 장맛비가 억수같이 쏟아졌습니다. 몸도 마음도 흠뻑 젖었습니다. "어머니! 셋째 딸 경운이가 사위와 함께 어머니의 관향 안동에 왔습니다. 큰절 올립니다." 후련해지기까지 비를 맞고 또 맞았습니다. 이산의 한은 비에 젖은 것인지 눈물에 전 것인지.

어머니! 나는 주체할 수 없는 단절의 아픔을 달래며 일기를 쓰기 시작했습니다. 쓰고 나면 슬픔도 괴로움도 위안이 되더군요. 교회의 집사로 권사로 시무하면서는 신앙일기로 바뀌었습니다.

1997년 새문안교회 초대 여장로로 취임하면서 나는 비록 어머니와 이별하였지만 가나안으로 출애굽시키신 하나님의 은혜에 보답해야 한다는 일념으로 봉사하였습니다. 은퇴한 후 틈틈이 써온 글들을 모아 수필집 『하늘에 그린 초상화』를 냈습니다. 출판기념회를 계획하고 담임목사님과 날짜를 의논하였습니다. 10월 26일로 잡혔어요. 그때의 기쁨이란, 꿈에도 잊을 길 없는 어머니 생신날이었기 때문입니다. 시마다 때마다 어머니 생각에 날이 새고 지다 보니 이런 우연이 필연처럼 나를 위로해주신 것이지요. 감사하지 않을 수 없었습니다. 감격의 눈물이 앞을 가렸습니다.

평양에서 어머니를 떠나올 때 어머니는 50대였습니다. 나는 지금 그때의 어머니 나이를 훨씬 넘어섰습니다. 그 당시의 모습은 아직도 내 마음에 생생하게 살아 계십니다. 어머니는 아직도 살아 계신다고 믿고 싶습니다. 어머니의 피붙이를 남겨두고 혼자 눈감으실 리 없으시리라 믿고 싶습니다.

어머니! 그러나 나에게도 연륜의 무게가 무거워지고 있습니다. 혼자 가야 하는 외로운 길이 기다리고 있습니다. 나의 연수가 얼마인지 알 수 없습니다. 그전에 어머니의 기일을 잡아 추도예배를 드려야 하지 않을까 생각합니다. 어머니가 세상에 태어난 생신날이 좋을 것 같습니다. 그래야 저세상에서 우리가 어머니와 만날 수 있겠기에 말입니다. 어머니의 임종을 지켜드리지 못한 불효에 몸부림쳐집니다.

이승에서는 눈물로밖에 회억할 수 없는 어머니! 설운 세상을 어떻게 살아왔는지 진정 알 길이 없습니다. 눈물과 애통함이 없는 그곳에서 반가이 만나게 되기를 소망합니다.

눈물로 점철된 60년간의 나의 넋두리보다는 약년의 행복했던 철부지 적 어머니와 함께했던 순박한 유년으로 되돌아가고 싶습니다. 오 마 니!!!!!

절제의 미학

조간신문을 펴들자 새 정부의 대통령 비서실장이 취임식을 겸해 직원 조회를 주재하며 내놓은 근무 지침이 "힘, 욕망, 감정표출 절제하라"라는 기사가 눈에 들어온다. 절제란 어휘가 문득 내 시선을 확 잡아끌었다. 오래전, 가훈(家訓)을 근면(勤勉), 성실(誠實), 절제(節制)로 정하고 아이들을 키워왔기 때문이다.

우리는 평생을 '절제'를 생활 모토로 삼아 일관해오지 않았나 싶다. 과거를 돌이켜볼 때 빈 몸으로 월남(越南), 생존 자체가 절제요, 절약이요, 더 이상 주릴 것도, 졸라맬 것도 없이 살아오지 않았던가. 혼자 겪으라면 서러울, 그러나 너 나 할 것 없이 겪어야 했던 실향민의 수난이었다. 세월이 약이라고 했던가. 사는 형편이 많이 좋아졌다. 그러나 이미 몸에 배어 있는 삶의 철학이 흔들릴 이유가 없다. 달라진 것이 있다면 나를 필요로 하는 이웃이 보이고, 그래서 그 이웃을 배려할 줄 알게 되었다는 점이라 할까.

미국의 교육가 A.B. 올컷은 "건강과 장수와 아름다움은 사람의 청순함을 다르게 부른 것이다. 그리고 절제는 그 모든 것을 있게 하는 양생법(養生法)이다."라고 했다.

하늘 아래 살아가는 많고 많은 사람들의 삶이 어찌 다 같을 수 있을까. 서로 얽히고설켜 혼자일 수도 없는 것. 꽃은 열매를 위해 존재하고, 열매는 꽃을 위해 존재하듯 나는 과연 누구를 위해 존재하나? 자문자답해본다. 사노라면 돈만이 재산이 아니라는 것을 알게 된다. 지식도 재산이요, 건강도 재능도 재산이다. 그리고 사람의 의지는 다른 어떠한 재산보다 훌륭한 것, 삶의 무게를 견디며 실존을 책임지려는 그 의지로 어떻게 살아가느냐에 따라서 그 사람의 진정한 가치가 매겨지는 것이 아닐 런지.

독일의 계몽사상가 G.E. 레싱은 "인간의 가치는 그 사람이 가지고 있는 진리로 잴 수는 없다. 그 사람이 진리를 발견하기까지 겪은 곤란에 의해서 재어지는 것이다."라고 했다. 그 곤란이란 무엇일까. 사람이 '한살이'를 마감하기까지 겪게 되는 존재의 번뇌가 아닐까.

나는 이 땅의 평범한 주부로, 어머니로 살아왔다. 나는 내가 바라는 극히 작은 소망들을 이루며 한 발짝씩 다가가는 과정에서 희열을 느끼며 살았다. 결혼 첫해에 다리미를 장만했다. 다음 해에 선풍기를 샀다. 더위를 타는 나에게 소중한 문명의 이기였다. 국산이 없던 시절, 다 일본제였다. 소형 냉장고를 장만하는 데 또 일 년이 걸렸다. 1962년 처음으로 내 집을 장만하고 TV도 들여놓았다. 내일을 향한 부단한 절제의 소산이 아닐런지.

1966년 8월, 금성사에서 흑백 진공관식 텔레비전이 출시되면서 다양한 프로그램으로 우리를 텔레비전 앞에 붙들어놓았다. 1980~1990년대까지 국내 유명 소설들을 극화해서 단편으로 방영했던 〈TV문학관〉에 나는 흠뻑 빠져 살았다. 나는 꽤 오랫동안을 TV 앞에서 자유롭지 못하였다. 당최 그 마력에 사로잡혀 채널 다툼을 해가며 연속극이나 쇼 프로그램에 많은 시간을 할애했다. 한번 켜면 마지막 애국가가 울려 퍼질 때까지.

흔히 돈과 물질의 절제만이 절제의 전부인 양 착각하고 살아오지 않았는지 뒤돌아본다. 시간도 돈이라 하지 않았던가. TV를 들여놓고 바보상자에 매여 빼앗긴 시간들, 나를 잃어버리고 지나온 날들이 깊은 회한에 잠기게 한다.

문명의 이기가 우리에게 주는 특혜는 헤아릴 길이 없다. 글로벌 시대의 새로운 사실적 정보 및 교양과 역사, 다큐멘터리 등을 신속하게 전해주는 TV가 더없이 고맙다. 그래서 더욱 외면할 수가 없다. 안방에 편안히 앉아서 세계 곳곳의 풍물을 접하고, 국제적인 스포츠 행사, 미남미녀들의 현란한 쇼 프로그램 등을 한껏 즐기며 그에 매료되지 않는 사람이 어디 있을까. 알량한 상업광고에 식상하면서도, 우롱당하는 것 같아 후회하면서도 절제를 못 하고 살고 있으니……. TV를 끄고 현실로 돌아서면 모든 것이 무위에 떨어진 것 같은 공허감을 어찌하지 못했다.

못 부친 편지

나는 교회에서의 바쁜 봉사 생활 덕에, 또 글을 쓰게 되면서 자연히 TV 시청 시간을 줄이지 않을 수 없었다. "덜 갖고 더 많이 존재하자. 덜 갖기 위해서는 털어내고 털어내어 그 공백을 가슴속에 만들어 언제든지 채울 수 있도록 하자."란 말을 되뇌며 내 시간을 늘려나갔다. 꼼짝달싹하지 않고 TV 앞에 매여 있을 수는 없었다. 원하는 프로그램을 가려서 보기로 했다. 우리 집에는 TV가 식당에 있다. 콩나물을 다듬으며, 신문을 보며, 식사를 하면서 시청하기 마련이다. 그 짬짬이 책을 읽고, 글도 쓰고, 남편과도 대화한다. 친지에게 문안 카드도 쓰며 행복을 만끽하고 있다.

해마다 4월 말이 되면 세계 곳곳에서 'TV 안 보기 주간(週間)'이 선포된다. 우리나라도 2005년에 'TV 안 보기 시민 모임'이 발족하여 5월 첫 주를 그 주간으로 선포하고 캠페인을 벌인다. 나도 피켓을 들고 나서볼거나.

겉포장만 치중하는 사회풍조, 그에 따른 매너리즘의 만연……. 오락에 치우친 프로그램이나 폭력, 불륜이 난무하는 흥미 위주의 프로그램 등은 시청자들의 건설적인 고발로 얼마든지 시정해나갈 수 있을 것이다. TV 시청자 평가원이란 기구가 이를 위해 시청자들의 제보를 기다리고 있다고 한다. 우리의 정신문화를 손상, 타락시키는 프로그램은 마땅히 거부하는 시청자들의 의식이 활성화돼야 할 것으로 안다.

그런 절제의 미학이 이름답게 돋보이는 그날을 기대해본다.

가곡에 시름을 잊고

"다사다난했던 한 해는 다 사고였고 다 난리였던 2008년이고, 다 사랑하고 다 '난 행복해' 하는 2009년이 되었으면 좋겠다."는 기사를 읽고 웃어 넘겼지만 지난해는 참으로 어려운 한 해였다. 그러나 내게는 가곡에 묻혀 산 새뜻한 추억의 한 해로 남는다.

2008년, 다시 말하면 그 53주(週) 중에 나는 매 수요일 42일을 거르지 않고 가곡을 익히며 일상의 시름을 날리곤 했다. 서초 여성회관 가곡반에 4년 가까이 들락거렸으니 어지간한 편이다. 평생 찬송가에 묻혀 살아온 터라 가곡의 색다른 선율과 서정에 매료되지 않을 수 없었다. 우리 가곡을 비롯해서 세계적인 가곡과 민요와 명곡들이 있다. 수강 시간은 10시부터 11시 30분까지 1시간 반. 웬만한 약속도 쉽게 조정할 수 있는 시간대여서 좋았다. 이탈리아에서 성악을 전공한 여선생이 10년을 내리 지도하고 있다.

더위를 몹시 타는 내가 이를 피하기 위해 광고만(2005년 7월) 보고 달려간 교실이다. 수강생들도 열 명 안팎이던 것이 지금은 30명 가까이로 늘었다. 무슨 일이든 시작을 하면 끝장을 보는 나의 직심이 나이도 아랑곳하지 않는 배짱을 발휘했다. 왕언니로 통한다. 과거에 애창하던 가곡들의 멜로디는 오롯이 남아 있다. 가락에 얹은 가사들을 새삼 음미하며 잔잔히 불러보면 아련한 감동이 가슴에 와닿는다. 나의 가곡 선호는 어제 오늘의 이야기가 아니다. 어린 시절, 명곡을 배운답시고 또래들이 모여서 마구 불러대던 때가 엊그제 같다. 그땐 특히 한(恨)의 정서가 배어 있는 애잔한 가곡이 심금을 적셔주곤 했다. 이산의 아픔을 곱씹으며 이은상 작사, 김동진 작곡의 〈가고파〉를 시도 때도 없이 부르며 눈물지었다.

정지용 시에 김희갑이 곡을 붙인 〈향수〉의 녹음 테이프를 사다 애창하던 일이 새삼스럽다. 사실 나는 노래를 잘 못 부르지만 마음만은 열렬한 가곡 마니아다.

지난 6월 8일 예술의 전당에서 엄정행 독창회가 있었다.

'오 내 사랑 목련화야, 그대 내 사랑 목련화야……' 정년을 앞둔 그는 허락받은 삶이 얼마나 남았는지 모르지만 노래로 그 고마움을 보답하겠다며 목소리를 가다듬었다. 뭐라 표현할 수 없는 감동이 메아리 되어 가슴을 파고들었다. 작년 10월 뇌출혈로 쓰러졌다가 재기한 그는 제2의 인생을 그래도 가곡에 바치겠다고 했다. 그 마음이 가슴과 가슴으로 스며들어 공연 내내 황홀한 기분이었다.

10월 21일 세종문화회관 대극장에서 〈MBC 가을맞이 가곡의 밤〉

이 열렸다. 올해가 37회째, 내가 빠지지 않고 듣는 공연이다. 이날은 특히 김인수, 엄정행, 신영조 씨 등이 한 무대에 선다기에 더욱 마음이 설레었다. 그들은 가곡을 위해 평생을 바친 분들로, 잊혀져가는 가곡을 살리기 위해 힘을 모았다고 했다. 신영조 씨도 2001년 뇌경색으로 쓰러졌지만 2년 전 독창회를 통해 재기했다 한다. 열창이 끝날 때마다 열렬한 박수로 화답했지만 애잔한 세월의 흔적을 엿볼 수 있었다.

19세기 말 서양음악이 한국에 들어온 뒤 시에 멜로디를 붙여서 피아노 반주에 맞춰 부르던 노래가 가곡이다. 이름 있는 시인들이 지은 시의 작품성을 살리기 위해 이름 있는 작곡가들이 자신의 음악성을 오선지에 전력투구했다. 가곡은 그래서 순수예술의 한 갈래를 이룬 것이다. 대중사회의 중흥과 더불어 대중가요에 밀려서 1990년대 후반부터 차차 쇠락의 지경에 이르고 있다니……. 그런 현실이 안타깝기만 하다.

미국발 금융 쓰나미로 휘청거린 현실이 결코 낙관할 수 없는 처지다. 도피가 해결이 아닌 바에야 당당하게 헤쳐나갈 수밖에 없다. 음악은 사람들에게 삶을 위로하고 즐거움과 희망을 주는 것이라 했다. 불안을 극복하기 위해서도 건전한 노래를 부르자.

1%의 긍정이 전부를 좌우한다는 말이 있지 않은가. 기쁠 때나 슬플 때나 우리의 정서를 달래주는 음악의 선율이 있다. 신이 인간에게 베풀고 있는 으뜸가는 선물은 그저 받기만 하면 되는 음악이라

했다. 음악은 가장 순수한 영혼의 밑그림이며 일상생활의 어두운 먼지를 씻어주는, 시름을 잊게 하는 위대한 활력소의 하나가 아닌가.

제3부

빛과 빚

성찰의 추 | 손 잡고 걸어온 세월 | 하나회 | 빛과 빚 | 로스앤젤레스에서
온 소식 | 친구 | 여전도협의회 | 믿음의 선배님과의 만남 | 저출산 유감 |
우물쭈물하다가 | 지팡이 | 잃어버린 신발 | 두문불출

성찰의 추

결실의 계절 가을이 깊어가고 있다. 씨 뿌리고 가꾸고 봄부터 여름 내내 수고한 보람의 열매는 분명 기쁨과 풍요의 표상이다. 적게 심으면 적게, 많이 심으면 많이 거두게 되는 이치는 결코 속임수가 없는 정직한 보응이다. 나는 철이 들면서부터 이 보응의 가을을 무척 좋아하고 있다. 어찌 신명지다 안 할 수 있으랴. 우리네 일상생활에서도 결실은 곧 사람을 일하게 만드는 동기부여이며 다시 살아가는 목적인 것이다.

나이가 기우는 서정인가. 길가에 우수수 떨어져 밟히는 낙엽을 지켜보며 야릇한 상실감에 젖게 된다. 무엇인지 알 수 없는 잃어버릴 것 같은 불안감을 어찌할 수 없다. 오늘이 가면 영원히 돌아오지 않을 많은 것들이 새삼스럽게 고개를 쳐든다. 우리의 일상은 하루하루가 거의 비슷한 연속이다. 어제보다 오늘이 낫기를, 오늘보다 내일이 더 새로운 삶이기를 바라며, 폭 넓게 볼 수 있는 안목을 가지려고 애를 쓰곤 하지만 결국 그날이 그날인가 싶다.

연륜의 무게는 곧 성찰의 추다. 돌이켜보면 그 처절한 동족상잔의 소용돌이 속에서 고뇌와 더불어 고통을 같이할 수 있게 한 것은 크나큰 은혜요 감사다. 공수래공수거의 진리를 일깨워 부질없는 욕심을 자제하게 한 것도 더없는 감사다. 늙음은 홀로 갈 길을 준비하는 시기다. 유한인생, 이 세상에 태어나는 것도 이 세상을 떠나는 것도 홀로 감당해야 할 소명이지 않은가!

남편은 요즘 『성막(聖幕)의 식양(式樣)』 제2집을 준비 중이다. 고향 집 도면, 가족 계보, 앨범의 사진들을 스캔하는 등 정리하고 있다. 설계한 교회 스케치 모음은 이미 책으로 엮었다. 나의 글도 자연스럽게 가족사, 전기 등에 기울게 된다. 황혼길에 접어든 증좌다.

얼마 전 유언을 간추려보자는 제의를 받았다. 갑자기 멍멍해졌다. 그런데 제안한 이는 한참 후배였다. 정신이 번쩍 들었다. 그 제안이 고맙게 다가왔다. 사실 나는 이 나이가 되도록 나의 연륜을 심각하게 생각하지 못하고 살아왔다. 인생의 종착점을 바로 보기 두려워서였는지 그만큼 현실에 쫓겼는지 아리송하다. 어떻든 지금은 그것이 아니다. 외국인들은 이른바 윌(will)을 나이에 관계없이 써놓는다고 했다. 한 친구는 안구 기증, 시신 기증도 약속해놓고 있다. 차분한 결단이다. 나도 유언을 써보아야겠다.

전쟁 시대를 넘어온 우리의 세대는 힘겹게 살 수밖에 없었다. 절제와 인고의 세월을 어떻게 살았는지 꿈결같다. 생각하면 오늘의 풍요는 상상조차 할 수 없는 기적인 것이다. 그런데 이를 깡그리 망각하고 오만과 욕심으로 법석을 떨고 있지 않은가. 그것뿐이랴. 자연의 훼손으로 기상이변을 자초하고 있지 않은가. 테러와 전쟁으로 지구는 먹구름에 싸여 있다. 나라마다 국익에 혈안이 되어 소망이 없는 세상으로 치닫고 있다. 창조하신 이의 본연의 세상으로 회귀하는 길은 없는 것일까.

천상병 시인의 "아름다운 이 세상 소풍 끝내는 날"처럼 "가서 아름다웠더라고 말하리라"에 한마디 더 부연해서 참으로 "살맛나는 세상이었노라"고 말할 수 있었으면…….

애들아! 절대자에의 신앙심을 지켜나가거라. 나를 이 땅에 있게 하신 이를 경외하고 따르자. 너의 부모가 걸어온 길이 결코 순탄치 못했으나 어떤 경우든 최선을 다했고 최고선에 이르도록 노력했다. 욕심 부리지 마라. 세상은 정직하고 공평하니라. 이웃을 섬기며 배려하여라. 누리지만 말고 적은 것이라도 나누며 함께 살아가자.

손 잡고 걸어온 세월

그분이 떠나셨다. 2011년 4월 7일(음력 3월 5일), 95세를 일기로 영원히 돌아오지 못할 먼 곳으로 떠나셨다. 봄의 전령사 개나리와 새하얀 목련꽃이 만발하고 벚꽃도 다투어 피어날 채비다. 눈부신 봄꽃의 아름다운 자태가 이수한 권사님의 성품처럼 화사하고 고결하다. 음력 3월 6일이 권사님의 생신이었다. 어쩌면 마지막이 될지도 모를 일이어서 미국에 사는 자녀들이 귀국해 있었다. 하지만 안타깝게도 준비된 생신상도 받지 못한 채 바로 그 전날 하나님의 부르심을 받았다. 찬송가를 부르며 영원한 품에 안긴 것이다.

이수한 권사님을 처음 만난 것은 80년대 초로 거슬러 올라간다. 우리 부부가 새문안교회에 등록한 지 20주년이 되는 해였다. 장신대에 부설된 교회여성지도자연구원 학생으로 만났다. 나는 영락교회 친구와 짝이 되어 등록을 했지만 새문안교회에서도 이수한 권사님을 비롯하여 김명진, 박병숙 권사님이 동참하였다. 당시만 해도 여성들을 위한 교육 프로그램이 거의 없는 형편이었다. 우리는 저명한 장신대 교수와 목사들의 열강에 심취하여 서로 어울려 열심을 다해 공부했다. 월요일마다 먼 광나루까지 오가며 힘든 줄을 몰랐다. 숙제도 빠트리지 않고, 시험도 치르고, 리포트도 작성하는 등 열의는 젊은이 못지않았다. 우리는 3기생으로 2년의 과정을 잘 마쳤다. 각 교회에서 모였던 33명의 수료생들은 즉시 모임을 결성, 그것이 오늘의 '하나회'로 발전하게 된 것이다.

이수한 권사님은 "와! 이런 일꾼이 어디 숨어 있었지!" 하시며 나의 손을 꼭 잡았다. 불쑥불쑥 나를 내세우곤 했다. 그리하여서 1981년 12월 장년여전도회의 총회에서 회계를 맡게 되었다. 여상 출신의 베테랑 회계가 아무것도 맡으려 하지 않아 10년간 담당해왔었다. 얼떨결에 순종했지만 두려운 마음이 앞섰다. 경리학원에서 부기를 익혀가며 정확을 기했다. 믿고 손 잡아주는 이에 대한 자긍심과 소명감에 불탔다. 그 같은 의식의 변화는 초월자의 섭리요, 은총이었다. 나는 장로 부인으로 이기적인 신앙에 안주하고 있었음을 참회하며 섬김과 나눔의 실천을 다짐했다. 이수한 권사님과 함께 교육을 받지 못했다면, 여전도회의 임원이 되지 못했다면 나는 과연 어디 서 있을까? 우리를 이어준 인연의 고리는 오래전에 이미 예정되었던 것 같다. 그 은혜가 더없이 고맙고 감사할 뿐이다.

1987년 9월 27일은 새문안교회 창립 100주년이 되는 해였다. 연초부터 교회의 각 부서와 기관들이 다양한 기념 행사로 떠들썩했던 때였다. 하루는 이수한 권사님이 내 손을 붙잡고, 이 기회에 여전도회에서도 무엇인가 기념사업을 하나 추진해보라며 재정 지원을 약속했다. 당시 나는 2여전도회를 맡고 있었다. 즉시 여전도회 협의회에 그 뜻을 상정하였다. 그렇게 해서 1987년이 저물어가는 12월 18일 금요일, 본당을 가득 메운 여전도회의 제1회 여성 세미나의 첫 막이 올랐다. 감격스러웠다. 이 행사는 해마다 주제를 바꾸며 면면히 이어져 금년이 25회를 헤아린다. 여전도회의 자체 예산이 확보되기까지 이수한 권사님의 도움은 줄곧 계속되었다. 시대를 선도하는 새문안 여성들의 교육 프로그램으로 착실한 자리매김을 하게 되었다. 제18회 여성 세미나 때는 이수한 권사님의 공로를 치하하며 감사패를 증정하였다. 풍족한 삶 속에서도 평소 절제하며 검소하게 살아오신 이수한 권사님은 선교 지원은 아낌없이 건네주셨다.

1981년 장신대 부설 평생교육원 3기생의 모임인 '하나회'는 교육원 재학 당시부터 장신대 여성관 건축을 도왔으며 장학사업도 적극 추진해왔다. 1985년 2월 5일 제5회 정기총회에서 마침내 '하나장학회'로 출발, 장학기금 모금을 시작했다. 1997년부터는 세칙을 통과시키고 장학금을 지급하기 시작했다. 장신대 신학대학원 여학생에게 처음으로 장학금이 지급되었다.

나는 장로직을 은퇴한 2002년부터 하나회를 맡고 있다. 이수한 권사가 막내딸(서은경 권사)을 통해 장학기금을 쾌척한다는 전갈을 보내왔다. 2004년 6월 24일 총무와 장학부장과 함께 은행으로 달려갔다.

빛과 빛

거금 28,515,288원을 희사해주셨다. 가슴이 뭉클하여 말을 잇지 못했다. 하나회를 위해 아니 숨은 재원(才媛)을 위해 손 잡아주시고 힘이 되어주신 그 정성이 하늘처럼 그지없이 높푸르셨다.

이수한 권사님은 큰아들(고 서석태 장로)의 참척(慘慽)과 2002년 1월 23일 동갑내기 부군(고 서정한 장로)을 보내야 하는 아픔을 당하셨다. 하나회원들이 모두 위로심방을 했다. 그 아픔을 무엇으로 위로할 길이 있으랴. 그러나 전혀 흐트러짐이 없는 그녀, 언제나처럼 정숙하고 다소곳했다. 작별을 고하고 나서려는데 내 손을 꼭 잡았다. 오싹 전율이 스쳤다. 속울음을 울었던 우리 일행은 바로 그녀를 에워쌌다. 내 기도를 시작으로 돌아가며 뜨거운 기도를 올렸다. 잠시 후 잡았던 손에 힘이 빠졌다. 침대에 누이고 돌아 나오니 가슴이 미어지듯 아팠다. "그 공허한 마음은 주님밖에는 달래주실 분이 없나이다. 강한 손으로 붙들어주옵소서." 그렇게 힘 있게 잡아주셨던 그녀의 손, 나에게 용기와 자신감을 심어주셨던 손길이 아닌가. 이수한 권사님한테 받은 사랑의 빚을 나는 잊을 길 없다.

이제는 영영 떠나버린 손길. 나는 허전하고 애석한 마음을 달래며 장지까지 따라나섰다. 부군과 합장되었다. 나는 취토를 하며 말을 건넸다. "언제일지 알 수는 없지만 훗날 우리가 만나는 저세상에서도 손을 꼭 잡아주실 거지요! 다시는 놓지 않기로 해요." "이수한 권사님, 안녕히 가십시오."

하나회

부활주일을 이틀 앞둔 지난 2일, 환갑을 훌쩍 넘긴 여성들이 장신대 총장실을 찾았다. 지난 30여 년간 운영해오던 장학기금 5천여 만 원을 선뜻 장신대에 기증하고 약정식을 한 것이다.

이날 약정식에 참석한 여성들은 회장 황경운 장로(새문안교회 공로)와 총무 고규옥 권사(새문안교회) 장학부장 민덕희 권사(반포교회) 등 지난 1985년 설립된 하나회 임원들. 이 자리에서 황경운 장로는 "앞으로 한국교회의 여성 지도자를 배출하는 데 써달라"며 약정서에 서명했다.

이날 장학기금 약정식을 가진 하나회는 1982년 장신대 여성지도자 과정에서 함께 공부하던 학생들이었다. 여성지도자반 3기 졸업생 33인은 하나회를 조직하고 3년 뒤에 하나장학회를 설립하기에 이르렀다. 10년 뒤인 1995년부터 장학금을 지급하기 시작한 이들은 직접 장학회를 운영하는 일도 힘들고 신학생을 선발하는 일은 더욱 힘들어 장신대에 기탁하게 됐다.

—『기독공보』 2010년 4월 2일자 기사

빛과 빛

이와 같이 하나회가 해오던 장학사업에 종지부를 찍게 되었다. 조직으로서 공공사업은 끝나게 된 것. 홀가분하게 부담 없이 연 1회라도 만나자는 약속이지만 세월의 무게가 쉽지만은 않을 것 같다. 내가 장로 은퇴 후 2001년 회장직을 맡아 오늘에 이르렀다. 2004년 6

하나회, 장신대에 5천만원 쾌척

부활주일을 이틀 앞둔 지난 9일, 환갑을 훌쩍 넘긴 여성들이 장신대 총장실을 찾았다. 지난 30여 년간 운영해오던 장학기금 5천 여만원을 선뜻 장신대에 기증하고 약정식을 한 것.

이날 이경자(?)에 참석한 여성들은 회장 황경옥장로(새문안교회 원로)와 총무 고려무권사(세운안교회), 장학부장 편덕희권사(?)(반포교회) 등. 지난 1965년 설립된 하나회 임원들. 이 자리에서 황경옥장로는 "앞으로 한국교회의 여성 지도자를 배출하는데 써…달라"며 약정서에 서명했다.

하나회는 1982년 장신대 여성지도자과정에서 함께 공부하던 학생들이었다. 여성지도자반 3기 졸업생 33명을 하나회로 조직하고 3년 뒤에 하나장학회를 설립하기에 이르렀다. 10년 뒤인 1995년부터 장학금을 지급하기 시작한 이들은 직접 장학회를 운영하는 일도 힘들고 신학생을 선발하는 일은 더욱 힘들어 장신대에 기탁하게 됐다.

김성진 ksj@pckworld.com

월 24일 이수한 권사님이 거금을 쾌척, 활력을 찾고 추천받은 학생에게 3년 혹은 4년간 학업을 마칠 때까지 도울 수 있었다. 정성 어린 감사편지를 받을 때마다 큰 보람을 느끼곤 하였다.

하나회 연혁

1981.11.30. 장신대 교회여성지도자연구원 제3기 졸업생 33인으로 '드보라회' 시작.

'하나회'(장신대부설 여성지도자 교육원 제3기 동문회)로 개칭 현재에 이름.

역대 회장 1982. 박정신

1983. 박병숙

1984. 이수한

1985. 김명진

1986. 황혜정

1987. 전혜숙

1988. 나옥심

1995. 장활옥

1997. 박병숙

1999. 진승자

2001. 황경운

하나 장학회

1985. 2. 5.   제5회 정기총회에서 하나 장학회 세칙 통과

2004. 6. 24.   이수한 권사 장학기금 일금 28,515,288원정 기탁

2009. 현재   기금 5천여만 원

장학금 수혜자 명단

1995   장환석 목사 아들 장 전도사

1997   이진희

2000   박옥실

2003   박미희

2004	이종순
2007	유병학
2009	이재용

하나회 장학기금 약정서

장신대 평생교육원 제3기 졸업생(1982년) 33인은 하나회를 조직 1985년 장학회 세칙 통과 후 기금 모금에 주력하여 1995년부터 장학금 지급을 시작하였습니다. 금번 회원들의 뜻을 모아 장로회신학대학교의 장학 발전을 위하여 하나회 장학기금을 기탁하며 기금 관리를 위하여 다음과 같이 약정합니다.

1. 기금 금액 : 金 오천오십사만팔천삼백팔십팔원整

   (₩50,548,388원)

2. 장학금 명칭 : 하나회 장학기금(장신대 평생교육원 제3기)

3. 약정 내용 : 위 금액을 장학기금 목적으로 기탁하고 기금 운용에 따른 이자수익으로 장학금을 지급하되 신학대학원 재학생, 가급적 여학생에게 매 학기 장학금을 지급한다.

4. 장학금 선발기준 및 인원

   가. 선발기준 : 본 장학금은 하나회의 뜻에 따라 신대원 여학생에게 지급한다.

나. 선발인원 : 1명에게 1년간 지급한다.

다. 지급 시기 및 금액 : 신대원 학생 이재룡에게 2011년도
1. 2학기 장학금으로 300만 원을 지급하고 2012년도부
터 선발기준에 준한다.

5. 장학금 집행 :

가. 위 4항의 추천에 의하여 장신대장학위원회에서 선발하
고 총장이 집행 후 장학금 지급 현황을 매년 3월 말까지
기탁자에게 보고한다.

6. 잉여 과실금의 처리 : 매년 이자 범위 내에서 장학금 지
급 후 잉여 과실금은 장학금으로 재적립한다.

7. 본 장학기금 운용 관리는 장로회신학대학교 자금 운용위
원회에서 담당한다.

2010년 3월 25일

수탁인 : 총장 장영일

서울 광진구 샘말길 23

장로회신학대학교

기탁인 : 황경운(하나회 회장)

서울 서초구 방배3동 1025-2 현대맨션 601

빛과 빛

하나회 장학기금

2010년 2월 2일

　　고규옥 : 30,691,088원

　　　　　　　21,339,437원

　　민덕희 : 1,063,922원

　　합계 :　 53,094,447원

　　이재룡 : −1,500,000원　　2010년 2월8일 지출

　　잔고 :　 51,594,447원

　　　　　　 +300.000원　　　이혜순 회원 장학금

　　합계 : 51,894,447원

　　이재룡 : −1,500,000원　　2010. 2학기 장학금

　　소계 : 50,394,447원

　　M.M.F 이자 +153,941원

　　합계 : 50,548,388원정

　2010년 3월 25일자로 장로회신학대학교 '하나회 장학기금'으로
기탁하고 '하나회 장학기금 약정서'를 제출함

장학생으로부터 온 편지

주님의 이름으로 문안드립니다. 유난히 추웠던 겨울에 별고 없으셨는지요?

저는 하나선교회의 후원으로 신대원에 무사히 입학할 수 있게 되었고, 그렇게 공부한 것이 벌써 1년이나 되었습니다. 등록금을 구할 길이 없어 신대원 입학을 뒤로 미루고 취업을 하려 했던 시절을 돌아보면, 지금 이렇게 마음껏 공부하고 학교를 다니는 제 모습이 얼마나 감사하고 귀한 시간인지 깨닫게 됩니다.

사실 저는 지난 1년은 제게 믿을 수 없을 만큼 귀하고 값진 시간들이었습니다. 1년 동안 귀한 선지동산에서 좋은 가르침을 받고 경건의 훈련을 쌓을 수 있었고, 지난해 9월에는 새문안교회에서 주최하는 제46회 언더우드 학술강좌 논문공모에서 은상을 받기도 하였습니다. 특별히 이번 논문공모는 새문안교회에서 46년 만에 최초로 시행하는 논문공모였기에 그 의미가 더욱 컸습니다.

또한 지난 2학기에는 장신대 설교대회에서 우수상을 받기도 하였습니다. 이번 설교대회에 참가자는 약 50명이었다고 하더군요. 그중에서 10명이 예선 통과 후 본선에 진출했고 저는 그중에서 2등을 하게 된 것입니다. 시상식 때 한 교수님께서는 "넌 왜 맨날 2등만 하냐?"며 농담을 건네기도 하셨습니다. 그리고 슬쩍 "교만하지 말고 좌절하지도 말라고 주는 상이니, 2~3학년 때 다시 한번 도전해보라"고 격려해주기도 하셨습니다.

돌아보면 이 모든 것이 하나선교회의 후원 덕분이라고 해도 과언이 아닙니다. 만약 하나선교회에서 주시는 후원이 없었다면 저는 신대원에 진학조차 할 수 없었을 테니 말이죠. 다시 한번 하나선교회에서 보내주시는 성원에 감사를 드립니다. 하나선교회는 제게 돈보다 더 값진 장학금을 주셨고, 생면부지의 어린 전도사를 향해 끝없는 믿음과 신뢰를 보여주셨기 때문입니다. 다시 한번 감사의 말씀을 드립니다.

항상 건강하시고, 평안하십시오.

2010년 3월 2일
이재용 전도사 올림

황경운 장로님을 비롯한 하나장학회 회원님들께

예수님의 은혜와 사랑 가운데서 황 장로님과 모든 회원님들의 가정과 섬기는 교회가 평안히 든든히 세워져가기를 진심으로 기원합니다.

저는 오늘 귀 장학회의 귀한 장학금을 받아 이 마지막 학기를 무사히 등록한 장신대 신학대학원 신학과 3학년 박미희입니다.

저에게 목회자가 되는 신학 공부를 할 수 있는 여건과 장학금을 허락하여주신 하나님 아버지께 먼저 감사드리며, 아울러 하나장학회 회원님 한 분 한 분에게도 진심으로 감사합니다. 우리나라 선교 초기 때부터 여전도회원들이 예수님을 따르며 섬기던 여인들처럼 모든 어려움을 극복하고 물질과 시간을 들여 봉사하고 전도하며 교회를 세워나가는 아름다운 전통이 생각납니다.

귀 장학회 회원님들께서 직접 일선에 나가서서 속 시원히 다하지 못하신 주의 일이 있으시면, 제가 졸업 후 곧 농촌목회, 개척목회를 하여 그 아름다운 전통을 이어가고 싶습니다. 신약 신학자이셨던 저의 아버지 박창목 목사는 서울 장로회 신학교가 본 교단 야간신학교로 한성교회(용산구 동자동 소재, 당시 교장 강신명 목사)에 있을 때 교무과장 겸 교수로 계시다가 1968년에 돌아가셨습니다. 그 자신 가족과 함께 평생 가난하게 사셨으면서도 불쌍한 사람, 소외된 사람 돌보라고 항상 말씀하시던 아버지 생각이 날 때가 많습니다.

그리하여 교회가 소외된 자들을 영육간에 돌볼 수 있는 공동체가 되도록 목회하려고 하며, 제가 개척하려고 하는 그 농촌 지역을 섬기려고 합니다.

물론 제 힘으로는 못 합니다. 지금까지 인도하여주신 하나님께서 앞으로도 인도하여주실 줄 믿습니다.

이름도 없이 빛도 없이, 예수님께 대한 진실한 사랑을 마음 깊이 간직하고 오늘을 살아가시는 황 장로님을 비롯한 귀 장학회 회원님과 우리 한국교회의 모든 여성도님들을 하나님께서 반드시 기억하시고 한국교회에 복을 주시며 보호해주시리라 믿습니다. 귀 장학회 회원 일동에게 감사드리며 이만 펜을 놓겠습니다.

2003년 9월 18일
장로회 신학교 신학대학원 신학과 3학년 박미희 올림

안녕하세요! 저는 2006년부터 하나선교회 '장학금'으로 매학기 등록금 150만 원을 지원받았던 신학생 유병학입니다.

지난해 8월 가을, 장로회 신학교 학부 신학 과정을 이수하여 후기로 졸업학점을 취득하고, 2월 11일 학위수여식을 통해 졸업하게 되었습니다. 기독 청년으로서, 대학생이자 신학도로서, 장로회신학교 광나루 선지동산에서 지냈던 5년간의 삶을 돌아봅니다.

"참 고맙습니다." 진심으로 감사드립니다. 후원을 통해 주셨던 사랑과 격려를 되뇌며. 감사와 고마움을 전하고자 한 자 한 자 적어보며 느끼는 것은 편지 한 장에 담아내기에는 부족하다는 것입니다.

매 학기마다 등록금으로 지원해주셨고 150만 원의 장학금은 본인에게 가장 실질적인 도움과 온 힘이었습니다. 4년 8학기 과정으로 대학부 신학 과정을 이수하는 동안, 대학에 입문하여 진리를 탐구하는 신학함의 정진과, 경건의 훈련 가운데 부모님을 여의고, 불우한 가정환경으로 인한 경제적 빈곤과 그늘에서 벗어나 건강한 삶을 영위할 수 있었습니다.

신학생으로서 장로회 신학생으로서의 삶을, 교육전도사로서 교회 현장에서의 삶을 돌아봅니다. 소명을 가지고 신학함의 훈련으로 목회를 준비하는 주의 종이기 이전에 한 사람의 그리스도인으로서 말씀을 실천하는 지성인의 삶이 얼마나 어려운지를 깨닫게 됩니다. 교사와 어린이를 신앙으로 지도하여, 공동체를 세워가는 교육부 담당 전도사이기 이전에 한 사람의 교육인으로서 삶으로 진리를 가르친다는 것이 얼마나 쉽지 않은지를 절감하게 됩니다.

주신 후원에 담겨진 격려와 기대, 사랑에 대한 진정한 보답은 장구한 편지글로 전하는 것이 아니라 참된 교회, 바른 목회, 정직한 목회자가 되기 위해 끊임없이 노력하여 정진하고 있다는 소식이 다른 이의 입술을 통해 전해지는 것이라고 생각됩니다.

장로님, 권사님, 그리고 하나선교회 회원 한 분 한 분께 진심으로 감사드립니다. 가정과 일터, 모든 삶의 자리에 주님의 사랑과 안녕이 깃드시길 소망하며, 이만 줄이겠습니다.

2010년 2월 10일
신학생 유병학 드림

빛과 빛

　빛과 빚은 받침 하나가 다른 데서 가깝고도 먼 뜻이 되고 있다. 떼려야 뗄 수 없는 공존의 관계랄까 표리의 관계라고 할까?

　사전에는 빚을 남에게 갚아야 할 돈으로, 또는 갚아야 할 은혜 따위를 비유적으로 이르는 말이라고 풀이하고 있다. 반면 빛은 시신경을 자극하여 물체를 볼 수 있게 하는 일종의 전자파다. 태양이나 고온의 물질에서 비롯된 물체가 광선을 흡수하거나 반사하여 나타내는 빛깔로 찬란한 광채와 함께 희망이나 영광 따위를 비유적으로 이르는 말이다.

　빛과 빚에 대한 성경 구절을 찾아보았다.

　　"하나님이 빛이 있으라 하시매 빛이 있었고"(창 1 : 3)
　　"그러므로 형제들아 우리가 빚진 자로되 육신에게 져서 육신대로

살 것이 아니니라"(롬 8 : 12)

"남의 빚에 보증이 되지 말라"(잠 22 : 26b)

"빚진 자는 채주의 종이 되느니라"(잠 22 : 7b)

"피차 사랑의 빚 외에는 아무에게든지 아무 빚도 지지 말라"(롬 13 : 8a)

"나는 세상의 빛이니 나를 따르는 자는 어두움에 다니지 아니하고 생명의 빛을 얻으리라"(요 8 : 12)

"너희는 다 빛의 아들이요 낮의 아들이라"(살전 5 : 5)

"빛의 열매는 모든 착함과 의로움과 진실함에 있느니라"(엡 5 : 9)

"주의 말씀은 내 발의 등이요 내 길에 빛이니이다"(시 119 : 105)

"너희는 세상의 빛이라"(마 5 : 14a)

우리는 하나님의 생명의 빛을 받고 세상에 태어났지만 부모와 가족, 친구와 이웃들에게 단 하루도 빚을 지지 않고는 살아갈 수 없는 관계적인 존재들이다. 부유하거나 가난하거나 배웠거나 못 배웠거나 지위가 높거나 낮거나 간에 서로 연락(聯絡)되어 어울려 살고 있다. 좋은 음식을 먹고 싶고, 좋은 옷을 입고 싶고 더 좋은 집에서 살고 싶고, 더 좋은 차를 소유하고픈 욕구는 그 한계를 헤아릴 길이 없다. 어느 정도가 격조 있는 생활이 되는지 그 기준이 날로 달라지는 현실 앞에 끊임없는 '격상'에의 욕구를 충족시키기 위해 우리는 이른 아침부터 허덕이는 각박한 세상을 만들고 있다. 어느새 경쟁의 노예가 되어 승자와 패자의 갈등이 깊어지고 있다. 승자가 되기 위한 몸부림이 더욱 교만과 질투의 분쟁으로 편할 날이 없다.

빛과 빚

그런데 우리의 삶에서 가장 스트레스를 증폭시키는 게 바로 남의 빚이다. 돈이 떨어져 허기질 땐 누구에게든 빚을 낼 수밖에 없다. 은행이나 대부업체 등은 많고 많지만 문턱이 턱없이 높다. 마음을 달래줄 사람을 찾을 수밖에. 도움을 베푼 이는 빛을 주며 희망을 안겨준다. 그러나 받는 이는 그게 바로 짊어진 빚이 된다. '빚을 지다'는 '빛을 얻다'로 빛과 빛의 묘한 표리관계다.

　빚을 얻고 살아갈 빛을 받았으면 그 빛으로 언제고 보답해야 되는데 그게 그리 쉽지가 않다. 수수천년 다함 없이 쏟아준 하늘의 빛에 무거운 빚을 진 우리는 언제 그 빚을 갚아나갔던가. 긴 세월만큼 엄청난 빚인데 어느 세월에 다 갚을 수 있을 것인가.

　빚이란 말의 뉘앙스는 부정적이고 무겁고 어둡다. 미움과 불신을 낳기도 하지만 끝내는 헤쳐나가야 할 문제임을 어쩌랴. 의무와 책임이 따른다. 반면 빛은 긍정적이고 희망에 찬 미지의 가능성을 따스하게 약속한다. 사랑과 믿음이 그것이지만 야박한 세정이 걸림돌이 되기도 한다.

　성경은 사랑의 빚 외에는 누구에게든 아무 빚도 지지 말라고 가르치고 있다. 부득이 빚을 얻기 위해서는 먼저, 나쁜 일이 닥쳐도 인내심을 닦는 기회로 삼고, 감당하기 어려운 일이 주어진다 해도 능력을 최대한 끌어올리는 기회로 삼는 노력이 우선되어야 할 것 같다. 빚도 잘 끌어안고 다듬으면 빛이 되기도 할 터이니 말이다. 위기가 위험과 기회를 내포한 말인 것처럼, 절망과 희망도 다 '바람'을 뜻하

빚과 빛

는 말인 것이다.

채권과 채무의 갈등을 '입장을 바꿔 생각하기[易地私之]'로 서로 이해하고 최소화해나가는 길이 빚과 빛을 동시에 안고 사는 우리의 바람직한 지혜요 당위가 아닐까 싶다.

나와 생각을 달리하는 사람들을 이해하고 받아들이는 보이지 않는 배려, 그것은 사랑하는 마음에서 우러난다. 사랑은 빛을 베푸는 일이요, 도움의 손길을 펴서 빛을 함께 나누는 일이다. 섬기며 나누는 일이야말로 빚을 빛으로 갚는 길이 아니겠는가. '하늘의 무수한 별들은 혼자 빛나는 게 아니라 다른 별들의 빛을 받아서 빛을 낸다'는 말처럼 우리도 다른 이들의 무수한 빛을 받으며 살고 있지 않은가. 하늘의 빚을 진 자로서 서로서로 세상의 빛이 되어 살아갈 것에 대하여 가만히 두 손을 모은다.

로스앤젤레스에서 온 소식

전화 벨소리가 아침을 깨운다. 이른 시간에 누구? 급한 전화일까? 그이가 건네주는 수화기의 목소리, "내다". LA에 살고 있는 친구다. 반가웠다. 나와 동갑내기. 순 대구 토박이, 짤막한 키에 정이 넘치는 아이, 딸 셋을 둔 엄마다. 두 딸은 이미 결혼을 하였고, 가운데 딸(1962년생, 호랑이띠)은 뉴욕에서 화가로 활동하고 있다. 미혼이던 그 애가 드디어 결혼을 하게 되었다고 한다. 반가워서 "잘되었다. 축하해." 몇 번이나 되새겼다. 우리는 사실 얼마나 그 애의 결혼을 고대했는지 모른다. 파란 눈이어서 반대를 했지만 자기가 죽고 없을 때를 생각하며 어쩔 수 없이 허락을 하였다고 한다. 청년은 기독교인, 그래서 허락도 쉽게 내렸다 한다. 내 친구도 신앙심이 돈독한 장로다. 건축가와 화가의 만남인 셈이다.

친구 이정원(李貞媛)과 나는 반세기가 넘는 지기, 서로 자존심이 강해서 처음 사귈 때 무척 힘들었다. 그만큼 속속들이 모든 걸 알고 지내는 사이다. 팔남매의 넷째 딸, '완아' '완아ー이'로 불렀다. '정원'의 '원'이 '완'으로 바뀐 애칭이었다. 홀어머니가 무척 사랑하는 딸이었다. 그녀는 나보다 앞서 결혼을 했다. 배불뚝이로 내 결혼식에 참석했었다. 신혼여행을 떠나려 하는데 꺼이꺼이 통곡을 해서 당황했었다. 아직까지 그때의 울음이 무슨 까닭이었는지 묻지 못했다. 그녀가 첫딸을 낳을 때 호된 진통을 앓았다 한다. 얼마나 힘들었으면 "엄마! 경운이 시집가지 말라고 해."라고 했을까. 그의 어머니가 내게 전해주었던 말이다.

젊은 남동생이 간암으로 사경을 헤맬 때, 어머니 노환에 대한 간병이 소홀해진 점을 가슴 아파한, 하소연을 들었다. 나도 덩달아 마음이 아팠다. 결국 줄상(喪)을 당했다. 그녀의 애곡(哀哭)하는 소리가 가슴에 퍼져왔다.

1976년, 그녀는 미국 LA로 이민을 갔다. 일본과 동남아 등을 내왕하며 사업을 한 남편은 이목구비가 수려한 멋쟁이였다. 어느 날 올망졸망한 딸 셋을 앞세우고 한국을 훌훌 떠나버렸다. 그들을 배웅하며 나는 가슴으로 울었다. 언제 다시 만날거나, 신혼여행 떠나는 나를 붙들고 울었던 그녀처럼.

내 친구는 남편을 저세상으로 먼저 떠나보냈다. 내가 큰아들 집에 가 있을 때였다. 앓고 있다는 소식을 듣고 문병하려 했었는데 여의치 못해 지금껏 한으로 남아 있다. 일본을 자주 내왕할 때 우리 둘째 아들 장난감을 잔뜩 사다 준 일도 있는 분이었는데……

빛과 빛

둘째 딸 강은주는 어릴 때부터 영특했다. 언니에게 눌리고 동생에게 밀리고 샌드위치였지만 항상 명랑하고 솔직했다. 양보도 잘 했다. 동생이 먼저 결혼하는 것 가지고, 마음 상해 울면서도 달래주면 금세 쌩긋했다. 내가 논현동에 살 때 세 딸이 번갈아 우리 집을 다녀간 일이 있었다. 한국 민속촌, 유원지 등을 다니며 사진을 흠뻑 찍는 기쁨을 나누었다. 까무잡잡한 언니나 동생처럼 눈에 띄는 미모는 아니지만 살결이 희고 고왔다. 내가 없는 사이에 집을 떠나면서 남긴 메모는 딸이 없는 내게 정감을 느끼게 했다.

한번은 경상도 특유의 억양으로 "무슨 그림을 좋아하십니꺼." 하고 물었다. 나는 꽃이라 했다. 얼마 후 친구 편에 그림을 보내왔다. 하나는 남편을 위한 새 그림, 다른 하나는 나를 위한 꽃 그림, 예쁘게 액자를 해서 거실에 걸었다. 다른 그림들은 분위기 따라 더러 바꾸었지만 그 그림은 그대로 자리를 지키고 있다.

며칠 전 또 전화가 왔다. "내다." 탁 가라앉은 목소리였다. 대구의 셋째 언니가 의식불명이라 했다. 희비가 엇갈리는 세상이다. 그 언니는 아들 넷을 다 성혼시키고 홀로 살고 있었다. 새벽기도 간다고 나서다 쓰러졌다는 것이다. 아들들의 때 이른 문안전화를 받지 않았지만 아이들은 그저 교회 갔으려니 했다. 저녁에도 연락이 안 되어 달려갔을 때는 이미 전신이 마비된 상태였다. 그때부터 괴로운 투병 생황이 시작된 것이다. 작년에 친구는 소식을 듣자마자 달려왔었다. 그녀 자신도 썩 건강하지 못한 터라, 간병에 지쳐서 갈 때는 나도 만나지 않고 떠나버렸다. 목사인 아들 내외가 교회 행사로 며칠 집을 비운 사이 양로시설에 가 있었다는데, 가볍게 넘어진 것이 의식을 잃고 말았다고, 그녀는 울고 있었다. 나는 위로할 말이 생각나지 않았다. 잠시 침묵이 흘렀다. 이윽고 말문을 열고 둘째 딸의 결혼일자를 알려준다. 10월 18일 토요일 오후 3시, LA 미국인교회.

늦은 감이 있지만 사랑을 찾은 그녀, 한국인이 아니면 어떤가, 이 열린 세상에……

"은주야, 정말 축하한다. 행복하여라." 혼잣말로 가만히 손을 모은다. 벽에 걸린 그 그림에 그녀 얼굴이 오버랩되어 다가왔다. '결혼식에 꼭 참석할게.' 웨딩드레스를 입은 그녀를 상상하며 마음은 벌써 로스앤젤레스로 달려가고 있다.

친구

친구야!

너는 지금 어디를 헤매고 있느냐, 가여운 것아! 소통이 불가능한 외계로 밀려나버린 너, 어디를 가야 옛날의 너를 만날 수 있을까? 나는 너를 잘 알고 있다. 그런대로 효성스런 세 딸의 효심 속에 건강하기만을 바란다.

그녀와의 만남은 피난지 대구에서였다. 특유의 악센트만큼 자존심도 강해 처음 사귀기는 힘이 들었다. 그래도 가까워졌다 멀어졌다 하면서 오랫동안 정이 깊어졌다. 이정원, 그녀는 몇 안 되는 50년이 넘는 지기 중의 하나다.

1976년 6월 21일, 그녀는 어린 세 딸을 데리고 남편과 같이 미국으로 떠났다. 희망에 부풀어 떠나는 그들을 배웅하며 나는 눈물을 보이지 않으려고 무진 애를 썼었다. 내가 1960년 4월 26일, 10년간 살던 대구를 등지고 서울로 떠날 때 그녀가 섧게 울던 일이 떠올려

져서다.

소식이 없이 여러 해가 지났다. 어느 날 새문안교회 최윤정 권사가 LA 딸 집에 갔다가 딸이 반주를 맡고 있는 그곳 교회에 들렀는데 이정원이가 그 교회 장로님이더라는 소식을 전해주었다. 인연의 고리가 그렇게 이어져 나는 감격하며 고마워했었다.

2007년 2월 16일, 나는 그녀에게 장문의 편지를 띄웠다. 뉴욕에 살고 있는 은주가 보내준 가족사진을 보고 그녀를 만난 듯 기뻤었다고. 남편은 먼저 저세상에 갔지만 세 딸과 사위, 손자들에게 둘러싸여 웃고 있는 그녀가 무척 행복해 보였다는 사연을.

친구야! 우리 부부가 너를 만난 것이 2003년 10월 28일, 둘째 은주의 결혼식 때였다. 기화요초 만발한 너의 집 정원에서 눈을 뗄 수가 없었단다. 하루 네댓 시간을 이 화초들과 속삭인다 했지. 뒤뜰에 큰 아보카도 나무에 주렁주렁 달린 열매, 캘리포니아 롤에 꼭 들어가는 그 별미를 생전 처음 맛보았었지. 정말 지상낙원이 따로 없더구나. 아마 에덴동산이 이런 곳이 아니었겠나.

그녀의 둘째 딸 강은주의 결혼식에 우리 부부가 참석한 바 있었다. 이에 대한 감사의 전화가 왔는데 여느 때와 다르게 같은 말을 자꾸 되풀이했다. 직감이 전율처럼 스쳤다. 아뿔싸! 이것은 아닌데!!

전화 통화 후 마음이 놓이지 않아 다이얼 돌리기를 수십 번, 편지를 띄워도 아무 소식이 없었다. 마침 최윤정 권사가 미국에 간다기에 이정원 장로 소식을 좀 알아봐달라고 신신당부했었다. 뜻밖에 내 친구가 쓰러져서 뇌수술을 세 번이나 받았다는 놀라운 소식이었다. 이렇게 무너지면 안 되는데. 친구야! 힘내라. 전능자의 손길이 너를 꼭 회복시켜주시리라. 우리를 이어주는 응답이 있으리라. 친구야! 용서해다오. 흐르는 눈물을 가눌 길이 없었다. 쾌유를 비는 카드로 위로했을 뿐, 나는 갈 수가 없었다. 2007년 5월 4일이었다.

2008년 임희준의 돌을 맞아 미국에 갔다. 가자마자 그녀에게 전화를 넣고 기다렸지만 종무소식이어서 쓸쓸하게 돌아왔다. 큰딸 은경이가 어머니를 모시고 산다고 했다. 반폐쇄 공간에서 외로움도 모르고 어린아이처럼 살아가고 있다니……. 간절한 기도가 영감으로 소통되리라 믿을 수밖에.

친구야! 나는 지금 너에게서 온 편지들을 다시 읽고 있다. 둘째 딸 은주의 혼사를 반승낙했다는 사연이 눈에 띈다. 하필이면 미국 청년, 5~6년을 버텼지만 그래도 저희가 그렇게 좋아하는데, 하는 대목이 미소를 짓게 한다.

큰딸 은경이는 아기가 없어서 걱정이고. 나이가 들어가니 먼저 간 남편 생각이 절로 난다는 말도 있다.

셋째 딸 은희가 결혼, 세 아이의 엄마가 되어 손자들 키우는 재미가 쏠쏠하다는 말도 있다.

우리가 논현동에 살 때, 그녀의 세 딸들이 번갈아 우리 집을 다녀 갔다. 첫째가 1985년 가을, 그 이듬해에 셋째가, 1989년 6월에 둘째가 우리 집을 다녀갔다. 딸이 없는 나는 그 아이들과 함께 보내면서 딸들의 살가운 정에 흠뻑 취해보기도 했었다. 큰딸아이는 영특해서 아들 못지않게 어머니를 잘 모시고 있다.

친구야! 보고 싶다. 인제는 만나도 옛날처럼 속내 말은 주고받을 수 없는 처지지만, 훗날 하늘에서는 소통이 가능할 테지. 이 공허감, 허전한 마음, 소통할 수 없는 미로에서 너는 왜 혼자서 서성이고 있느냐. 어서 돌아오너라. 꼬맹이 친구야. 나는 키가 큰 것이 싫었어. 그래서 너를 좋아했는지도 모른다.

여전도협의회

이렇게 많은 인원이 한자리에 모이게 된 것이 드문 일인데 매우 고무적이고 신선한 느낌이 듭니다. 초청해주어서 고맙습니다.

우리 교단에 여성 안수가 법제화된 것은 60여 년간 선배 어른들의 눈물과 기도로 이루어낸 끈질긴 인고의 역사였습니다. 이를 우리는 간과해서도 잊어서도 아니 되겠습니다. 변화된 교회 여성의 위상을 계속 발전시켜나가야 하는 책임이 우리 모두에게 있습니다.

2008년 우리 교단 총회의 보고에 의하면 시무 중인 여장로 수가 399명, 은퇴하거나 합동장로가 122명, 도합 521명으로 보고되어 있습니다.

여성 안수가 허락된 지 13년이 되었습니다만 한국의 장자 교회인 새문안이 여장로를 뽑지 않고 있는 현실이 안타깝습니다.

개인적인 이야기를 하지요. 임급주 장로 그늘 밑에서 나는 나서는 것을 즐겨 하지 않아 그저 마르다의 역할을 감당하며 지냈습니다. 1997년 5월 장로 투표가 있는 날도 교회에 가지 않았습니다. 그런데 저와 송순옥 권사님의 이름이 나왔어요. 솔직히 남편도 시숙도 친정 오라버니도 장로인데 뭐 나까지 하는 생각에 송 권사님을 위해 열심히 기도했습니다. 결과는 제가 새문안의 1호 여장로로 피택되었습니다. 꿈에도 생각지 못했던 일에 두렵고 떨리는 마음뿐이었어요. 축하 전화를 맨 처음 해주신 분이 고 김동익 목사님이셨어요. 감사의 눈물이 흘렀습니다. 나를 위해 기도하며 밀어주신 이들의 은혜가 고맙게 밀려왔습니다. 보은과 책임감에 어깨가 무거워지기 시작했습니다.

저는 4년간 시무했습니다. 첫 번째 맡은 부서가 친교부장. 권사로 봉사한 바 이력이 있는 부서였지요. 1998년 김동익 목사님이 타계하셔서 4월 1일 서울 노회장으로 장례를 치르게 되었지요. 7천 원짜리 도시락 1천 개를 신청했더니 저더러 통이 크다고 800개에 6천 원으로 하자는 거예요. 가격은 깎였지만 1천 개를 고집했지요. 새문안 동산이 애도하는 물결로 넘쳤습니다. 하관예배를 마치고 내려오는데 새문안 식구들은 잡숫는 데 왜 그리도 용감한지요. 손님 먼저 드시게 하자고 말리는 데 애를 썼습니다. 다행히 모자라지 않고 무사히 마칠 수 있었습니다. 여장로를 더 뽑아야겠다고 하더군요.

1999년에는 대학부 부장을 맡았습니다. IMF로 장학금 신청이 많았는데 다 돕지 못해서 마음이 아팠습니다. 그때부터 적금을 열심히 부었습니다. 목돈을 만들어 은퇴하면서 장학금을 헌금할 수 있어 아

빛과 빛

픈 마음이 위안이 되기도 했습니다. 하나성가대와 새로핌성가대 대장을 끝으로 은퇴했습니다.

이 모든 사역을 저 혼자 감당한 것이 아닙니다. 하나님의 영이 함께하셔서 능력 주시는 자 안에서 내가 모든 것을 할 수 있다고 하는 사도 바울의 그 확신을 주셨기 때문입니다.

성실하고 덕망이 있는 마음이 따뜻한 권사님들이 얼마나 많습니까. 택해서 당회로 보냅시다. 지도자는 우리 모두가 키우고 양육해 나가는 것입니다.

내가 마지막 당회 하던 날, 여장로 셋이 나란히 앉았습니다. 이수영 목사님이 말씀하셨습니다. "여장로가 네 사람입니다. 아! 여기 락 장로님을 포함해서요." 두 분 여장로를 남겨두고 은퇴하게 되니 마음이 가벼웠습니다. 그로부터 5년 후 이정은 장로, 다음 해 윤복희 장로로 명맥을 유지하고 있지만 저들도 2, 3년 안에 은퇴할 나이입니다. 여장로 공백기가 되면 어쩌겠습니까. 답답한 심정을 이수영 목사님에게 여쭈었더니 "아! 여성들이 여장로를 안 뽑아주지 않습니까." 1만 5천 교세에 여성도가 9,500여 명으로 70%를 차지하는 여성들. 왜 못합니까?

봄 노회에서 장로 선출 청원이 허락되면 5월, 가을 노회면 늦어지겠지요. 내년에 두 분 장로가 은퇴하고 그 후년에는 여섯 분의 장로가 은퇴하게 됩니다.

해마다 한 분의 여장로를 뽑아주어도 열 명이 넘을 터인데⋯⋯.

여성들의 의식 속에 여장로의 실체를 입력, 계속 기도하며, 모일 때마다 기도 제목으로 삼고 합심기도 합시다.

또 한 가지 제언을 드립니다. 여성들의 힘이 부족하면 남성의 힘을 빌립시다. 여러분의 남편 집사님들, 형제 등 그들의 협력을 이끌어내야 합니다. 모성은 위대합니다.

우리 안에 착한 일을 시작하신 이가 그리스도 예수의 날까지 이루실 줄을 확신하노라(빌1:6). 여성들을 향한 하나님의 뜻이 이루어지리라 확신합니다.

믿음의 선배님과의 만남

— 7여전도회원들의 궁금한 것들에 대하여*

1. 새문안교회는 무엇을 기도하고 무엇을 회개해야 합니까?

기도

1) 어머니교회의 역할에 충실—.

2) 2000년 사업을 위하여

3) 공석중인 당회장목사 초빙

4) 지역사회를 위한 교회역할

5) 교세둔화 원인을 규명하고 선교정책의 개혁

6) 나라와 민족을 위해

7) 남북통일, IMF시대의 극복, 정치, 경제, 문화, 사회적 안정

---

* 이 원고는 당시의 지면 발표를 살려 원본 그대로 적용, 맞춤법과 띄어쓰기 원칙에
따르지 않음.

회개

1) 개교교회주의

2) 신앙의 교만과 권위

3) 선교와 사회봉사에 소극적

4) 경건, 절제, 환경보존의 생활화

5) 세속화, 기업화 되어가는 경향

6) 교회연합, 일치

2. 여전도회 계속 사업과 새로운 방향전환은 무엇이라고 생각하시는지요?

여전도회 사업은 그 목적이 전도이다. (친교가 절대 아니다.)

1) 전 여성 평신도들을 여전도회 회원으로 가입시켜야한다.

2) 교육(효과적인 선교를 위한 교육)

회원에 비해 훈련받은 일꾼이 부족하다.

회의문화 정착, 인적 물적 자원 활용

교육 프로그램을 개발해서 선교의식, 실천의지를 키운다.

3) 사회적 이슈를 도입해서 실천 가능한 사업 전개

경제회복을 위한 근검 절약운동, 환경오염 자원낭비 방지

환경보전운동을 위한 교육 프로그램

4) 계속교육

유능한 교회여성 지도력을 키우는 일에 투자해서 활용

미래 지도자 발굴, 현재 지도자 훈련, 연령층의 재교육 등을 통해서 교회 민주화에 기여하게 한다

5) 통일에 대비한 사업

분단된 조국의 통일은 우리의 과제

통일기금 조성, 통일에 대비한 인력양성

6) 연합사업

타 선교단체와의 활발한 교류를 통해 힘 있는 연합사업 전개

3. 올바른 가정생활의 필요한 것은 무엇이라 생각 하시는지요?

가정생활의 중심은 예수 그리스도이시다.

세상적인 명예, 권세, 물질에 초연하고 영원한 것을 중히 여기는 가정이라야 한다.

가정은 신앙의 훈련장이다. 선교적 차원에서 볼 때 맨 먼저 하여야하는 선교 지가 가정이다. 선교를 위한 교육과 훈련은 어릴수록 더 효과적이다. 개개인의 능력, 남녀평등, 인간권리를 존중하는 기준에서 식구들이 개성 있는 활동을 할 수 있게 자유분위기 조성.

사회 공공질서 준수하고, 약 한자 보호하고, 친효사상 교육.

4. 기독교 2000년 사업 중 신축 교회시설을 어떻게 활용하는 것이 좋을지 구체적으로 말씀하여 주세요.

대예배 실 : 3000명수용 (총회, 국제회의(기독교), 동시통역 가능

교육관 : 종교교육의 장, 연령별 교육, 제자훈련

주차시설 : 400대 이상

지역사회를 위한 시설 : 지역사회를 위해 개방

상설상담기관 : 가정, 법률, 건강, 취업, 청소년, 노인문제

한국 최초로 세워진 교회로서 역사성, 상징성, 구조를 갖추고 공개. 교회는 만민이 기도하는 집임을 강조하고 교회는 사회를 위해 존재해야 한다는 목적의식을 새롭게 해서 사회와 국가를 위해 기여하고, 남북통일에 대비하며 교회연합에 힘 쓰자.

5. 그리스도인의 올바른 자녀교육의 실천방안은 무엇입니까?

사무엘 부모의 참모습이 우리 부모상이 되어야겠다.

하나님이 선물로 주신 자녀는 부모의 소유가 아니다. 하나의 인격체로서 개성, 창의성, 자주성을 키우고, 위로는 하나님을 섬기고 형제자매, 이웃, 지구촌 전체를 섬기며 살아가는 자녀로 키워 가는 것이 자녀를 허락하신 하나님의 뜻을 이루는 길이라 생각한다. 부모는 자녀에게 가장 중요한 교사이며 귀감이 되어야한다.

빛과 빛

1) 삶 자체가 교육이다.

몸으로 경험하는 고통의 현장에서, 삶에서 가장 소중한 믿음, 사랑, 희망을 느끼며 배워 나간다. 이 체험들이 우리 가슴에 와 닿는 순간 우리는 변화하며 성숙해 나간다.

2) 신앙훈련 (경건 훈련)

예배, 기도, 말씀상고를 통해 하나님과 바른 관계를 이루도록 우리가 받은 사랑을 생활로 실천하고 화목의 직책을 이루자. 절제, 인내, 관용 용서를 배우도록 훈련(예수그리스도의 제자의 삶)

3) 선과 악을 분명히 기를 것

윤리, 도덕교육, 언행일치의 삶

6. 전도는 어떻게 하셨으며(해야하며) 전도에 대한 에피소드를 소개해주세요.

1) 삶을 통해서 무언의 전도

2) 관심을 가지고 기도

3) 마음을 열고 접근한다. 마음이 열릴 때까지.

4) 애 경사를 빼놓지 않고 보살핀다. 장학금도 준다.

5) 책 선물을 많이 한다.

6) 친구에게 "밥 짓는 시인, 퍼주는 사랑" 책을 선물하였다. 천사 회원으로 적극 돕게 되었다.

7. 앞으로 여성목사와 여성장로의 기독교계에서의 역할을 무엇이라고 생각하시는 지요?

여성이라고 앞서지도 내세우지도 말고 남성들과 같이 평등하게 자연스럽게 교회를 섬기는 것이 바람직하다. 하나님 보시기에 조화롭고 아름다운 관계를 유지해 나가자. 우리는 하나님의 예정을 무던히도 오랫동안 기다려 왔다. 남성에게 편중된 기독교 지도체제가 갑자기 크게 변화하리라 기대를 안 한다. 하루아침에 여성(여성목사, 여성장로)에 대한 인식이 달라지리라 더더욱 기대하지도 바라지도 않는다.

1) 인내를 가지고 기도하며 공부하고 훈련을 쌓아 자질을 갖추고 때를 얻도록 기다리자.

2) 교회, 사회, 가정에서 여성은 남성보다 150%의 일을 감당할 각오가 있어야한다.

3) 여성들의 사회의식을 고취시키고, 새롭게 변화된 위상을 발전시켜 나가는 일에 힘을 모으자.

4) 여성 특유의 섬세함, 온유함, 부드러운 심성을 살려 대화합의 역할을 감당 하자.

8. 임급주 장로님께 평생 감사하게 생각하시는 것, 아내로서 미안하게 생각 하시는 것은 무엇인지요?

우리는 1950년 12월 피난 온 이산가족으로 누구의 도움 없이 스스로의 힘으로 오늘에 이르렀다. 비록 이산의 한과 아픔이 지금도 가슴을 메이게 하지만 하나님의 은혜를 늘 체험하며 감사의 삶을 살고 있다. 나는 결혼 전 외국유학의 혜택을 받았기에 결혼해서 가정에만 묻혀 사는 것이 특혜를 입은 것을 사회에 환원시키지 못한 것이 아쉬웠지만 우리장로의 완강한 만류로 뜻을 펴지 못하고 주부로만 살아왔다. 그이의 근면성, 외길 걸어온 건축에 대한 열정, 항상 기도하며 왕성한 작품 활동을 하고 있는 모습을 지켜보며 나도 무슨 공부든 해야겠다는 의욕이 생겼다. 교회활동에 적극 나서서 봉사하게 된 동기도 장신대 부설 교회여성 지도자 연구원에서 수학(2년) 한 후였다. 사회사업 연수과정을 이수하고 여성의 전화에서 매 맞는 여성들을 위한 전화 상담을 3년간 봉사하였다. 여전도회 전국연합회 계속교육원에서 교육을 받아가며 여전도회 전국연합회, 서울노회 여전도회 연합회에서 봉사를 했다. 하나님 앞에 늘 감사한 것은 때를 얻어서 소명감을 가지고 일할 수 있었다는 사실이다. 환경통신 강좌교육, 수지침 요법을 배워 봉사하고 있으며, 잊혀져 가는 영어공부도 계속하고 있다. 이 모든 것이 결혼 초 나를 전업주부로만 살게 한 우리 장로의 보상심리가 크게 작용한 것이었다.

어려운 세월 살아온 탓에 지기 싫어하고 양보 안하고 참을성이 부족한 내가 온순하고 인내심 강하고 침착한 본래의 나로 변화하도록 인격적, 신앙적 영향을 준 남편, 하나님 우선하는 삶을 가능케 해 준

그이가 고맙고 존경스럽다. 때로는 아버지 같고 때로는 든든한 반려자, 우리 집 큰 아들 같은 그이, 내가 장로로 세움 받은 것도 그이의 기도와 보살핌이 지대하였다. 바빠서 미처 손길이 미치지 못해 주름 펴진 바지를 입어도 불평 한번 안한 그이, 옷장정리가 소홀해서 옷의 단추를 손수 달아 입으며 옛날 군 생활에서 해보았노라 미안해하는 나를 배려해 준 자상한 그이, 또 한 가지 미안한 것이 있다면 딸을 낳아주지 못한 것이다. 이 말은 본인에게나 누구에게도 말한 적이 없는 처음 고백이다.

9. 장로님께서는 어떻게 하셔서 신앙과 믿음이 깊어 질 수 있으셨는지요?(신앙과 믿음의 한 단계 한 단계 올라 갈 때 (깊어 질 때)의 비결을 알려 주세요. (닮고자 하는 말임)

어려운 6 · 25사변의 피난살이, 고달픔과 아픔을 이겨낼 수 있었던 것은 모태신앙이다. 밤마다 베개를 적시며 울부짖었다. 통일을 이루고 식구들과의 상봉을 간구 하였다. 지금까지 하루도 빠짐없이 드리는 기도제목이다. 1957, 58년 뉴질랜드에 유학할 수 있는 기회 주심도 하나님의 축복이요, 상급인줄 믿고 감사 하였다.

1980년은 나의 신앙에 큰 전기를 이룬 해였다. 장신대 교육원에서 많은 것을 우고 깨우쳤다. 통회하였다. 마리아의 역할은 남의 몫이고 마르다 의 역할에 만족했던 소극적인 삶에서 벗어나야겠다는 강한 의지가 내 마음을 뜨겁게 하였다. 지나온 20년의 이기적인 삶을 회개하였다. 마음을 열었다. 나를 필요로 하는 많은 손길을 인식하기 시작하였다. 어디든 달려가리라. 주의 일 하게 하소서. 도구로 써 주시옵소서. 간절한 마음으로 기도하며 적극적인 사랑의 실천을 다짐 하였다. 응답은 이루어졌다. 장년 여전도회 회계가 되었다. 어떤 권사는 10년간을 회계로 수고하였는데 어느 누구도 맡으려고 하지 않았단다. 나는 경리학원에서 회계법을 배워가며 잘 감당하였다.

새문안교회 창립 100주년을 온 교우와 축하하며 기쁨을 나누고 있을 때 우리 장로는 망막 출혈로 실명위기에 놓이게 되었다. 수술 날짜를 잡고 기다리고 있을 때 하나님의 기적 같은 치유로 수술 받지 않고 시력을 회 복 할 수 있었다. 하나님의 임재와 능력을 체험한 감격적인 사건 이였다.

1991년 적지 않은 나이에 맡겨진 봉사부장, 순종하고 열심히 봉사 하였다. 힘겨웠지만 남편의 위로와 격려 속에 보약을 복용하며 버텨 나갔다. 하나님은 남편의 사업에 큰 축복으로 갚아주셨다. 어렵고 힘겨운 봉사의 뒤 안 길에는 하나님의 따뜻한 위로와 축복의 손길이 기다리고 있었다. 쓸러지는 순간까지 감당하겠노라고 기도하며, 그 크신 응답에 감사 드렸다.

1993년 나는 1여전도회 회장, 협의회 회장을 맡고, 4개 여전도회가 영암 성산 교회 건축지원을 약속했었다. 하나님께서는 이 일에도 능력으로 역사 하셨다. 2,500만원 예산으로 5,000여 만원의 건축지원을 감당하고도 1,000만 원을 남겨 주셨다. 회원들의 마음을 움직여서 이루어낸 역사였다. 여호와 이례의 감격 속에 세월의 흐름을 잊고 열심히 봉사하였다.

하나님께서는 또한 나를 들어 기름 부어 세워주셨다. 나의 일생 일대의 영광이며 안수 받을 때의 감격을 늘 되새기며 호흡이 있는 한 하나님의 영광을 위해 세우신 소명을 다 하리라.

삶의 고비마다 맡겨진 일을 감당하는 현장에는 언제나 하나님의 도우심과 인도하심이 함께 해주셨다. 눈동자같이 지켜주시고 은혜와 사랑으로 채워주시는 하나님의 임재를 체험하는 감사와 감격 속에 나의 믿음을 키워 나갈 수 있었다.

10. 장로님께서 앞으로 하셔야 할 일과 하나님께로부터 받으신 소명은 무엇입니까?

장로는 남녀를 불문하고 교인이 선택한 교회의 대표이다. 교회 앞에 떳떳한 장로로 주어진 권리를 행사하고, 자기훈련과 모범적인 생활인으로 겸손하게 사랑을 실천해 나갈 것이다. 전교인의 2/3이상이 여신도이며 인적 지도계층이 향상되어 감을 든든하게 생각한다. 저들의 의식 개혁과 계속 교육 훈련으로 유능한 지도력을 양성해서 교회와 사회에 기여하게 한다. 교회 안의 변화된 위상을 향상시키며 많은 여 장로가 피택 될 수 있도록 힘쓸 것이다. 중 장년 여성들의 건강, 지식, 시간, 재물, 재능을 활용해서 교회 민주화에 힘쓸 것이다. 기름 부어 세워주셨으니 나의 평생이 하나님의 것이요, 하나님 주신 삶인데 그를 영화롭게 하고 영원토록 하나님 기뻐 받으시는 삶을 살아가리라.   1998년.

저출산 유감

세월의 흐름을 따라 역사도 쉴새없이 흐르며 변천하며 반전을 거듭하고 있다. 국가의 원동력은 뭐니뭐니 해도 인구가 그 기반이라 할 수 있다. 저출산 때문에 우리나라는 국력이 약화되고 발전이 제자리걸음을 걷게 된다고 걱정들이다. 매스컴의 안달이 아니더라도 기간(基幹)이 흔들리는 심각한 문제가 아닐 수 없다. 젊은이들이 출산과 양육을 버겁게만 느끼다니 이대로 가면 고령화 추세가 심각해져 나이 든 한국이 될 게 뻔하다.

저출산은 말 그대로 '출산율이 낮아지는 것'이다. 가임 연령층과 비경제활동층의 인구가 낮아지는 가운데 평균연령이 높아지면서 2020년의 인구를 정점으로 점차 감소할 것이라는 발표다. 출산율 둔화와 의료산업의 발달에 따른 수명 연장이 재빨리 고령화 사회를 만들 것이란 전망이다. 통계에 의하면 세계인구 72억 4,400만 명 중, 중국이 13억 5천, 인도가 12억 3천, 미국이 3억 1,800만, 인도네

시아가 2억 5,300만, 한국은 5천만을 넘었고(2015) 북한은 2,400만 (2013), 남북이 합해서 7,400만이다. 인구가 국력이란 말이 실감나지 않는가.

미국 사는 친구는 시민권 소지자로 3남매를 두었다. 아이들은 일찍 집을 떠나 스스로 공부도 마치고 결혼도 했다. 부모는 결혼식에 참여하는 것으로 소임이 끝났다. 친구 부부는 열심히 일을 해서 충분히 받는 연금으로 의료 혜택을 누리며 노후를 즐기고 있다.

미국 사는 손녀 소영이는 결혼 초에는 아이를 많이 낳을 거라 했었다. 지금은 직장에 다니면서 남매를 낳아 키우고 있다. 그녀는 산모의 유급휴가 두 달과 자기 연 휴가를 합쳐서 3개월을 쉬었다. 직장의 직위도 높은 편이고 또 부모와 아래위층에서 살고 있는 터라 많은 도움이 될 터인데도 더는 낳지 않겠단다. 동서양을 막론하고 현대의 육아는 확실히 힘이 드는가 보다.

우리나라도 임산부에 대한 처우가 많이 달라지고 있다. 은행원 L양, 산후 유급휴가 2개월에 1년의 자유기간을 더 쉴 수 있다고 했다. 그러나 그녀는 2개월 휴가를 마치고 출근했다. 무급휴가는 직원들 거의가 외면하고 있다고 한다. 복직 근무가 보장된다고 하지만 그런 혜택을 누리는 워킹맘이 과연 얼마나 될까.

한 세기 전만 해도 우리 부모들은 보통 대여섯 명의 자식을 낳아 키웠다. 창조 질서를 거스르지 않는 한, 남녀 비례도 어지간히 맞추어진 순리였다. 전쟁을 겪으면서 여자가 지천꾸러기가 되기도 하고 또 남아선호의 여파로 여자가 모두 귀한 공주가 되기도 했었다.

1960년대에는 평균 출산율이 6명, 1970년대에는 4~5명이던 것이 1980년대에는 2명, 2005년에는 1.08명으로 감소되었다가 2007년(황금돼지해)에는 1.25명, 2013년(흑룡해)에는 1.30명으로 반짝했다가 다시 2014년 1.21명으로 감소되었다고 한다.

1960년대 우리나라는 먹고사는 일이 다급한 가난뱅이 나라였다. 한 입이라도 줄여야 했기에 산아제한 운동이 활발해지고 임신중절이 합법화되기도 했었다.

저출산의 직접적인 원인은 여성의 고학력화에 따른 사회진출 활동이라 하겠다. 여성의 고학력화는 자연히 만혼을 부르게 되고 사회진출 역시 활발한 가임 시기를 지연시키는 결과가 되었다. 여성이 전적으로 출산과 육아를 책임져야 한다는 통념도 저출산에 한몫을 하고 있다. 가족에 대한 애틋한 기쁨과 보람이 있는가 하면 희생에 대한 억울함이 엇갈리기 일쑤였다. 아이를 키우는 비용이 언제부터인가 무거운 짐으로 부모를 짓누르기 시작했다. 사교육의 열풍과 비용은 둘째 셋째 아이에게는 꿈도 못 꾸는 형편이 되어버렸다.

결혼과 출산은 개인적인 문제이기도 하다. 학업을 마치고 결혼, 출산을 택하든, 출산을 포기하든 결혼과 학문을 모두 이루든 당사자의 일이지 어느 길이 옳다고 단정하거나 편견이라고 비난할 일은 아니다.

출산은 출산만을 염두에 두어서는 안 된다. 아이를 낳아 대학 졸업 때까지 키우는 데 드는 비용이 '3억'에 달한다고 한다.

우리 사회도 독신이 늘어나고 미래에 대한 불확실성이 심화되면서 아직은 인구가 줄어든다는 것이 와닿지 않지만 10년 20년 후 자식이 없거나 한 명뿐인 가족이 상대적으로 여러 자녀를 거느린 가족에 비해 불행을 느끼게 되는 가능성이 많아질 것은 자명한 일이다.

앞으로의 미래 전개도 저출산과 고령사회를 연계해서 과거나 현재의 기준으로 판단하지 말고 세계적인 성공사례를 과감하게 도입 적극적인 시책이 이루어져야 하지 않을까. 한 예로 스웨덴, 프랑스는 보육시설을 국가적 차원에서 확충 운영하고 있다 한다. 저출산은 안보 못지않은 생존에 관한 문제이며 단지 개인의 가정사가 아니라 사회 전체가 함께 고민해야 할 문제라는 의식의 공감대가 형성되어야 할 것이다.

아이들은 동서고금을 막론하고 기쁨과 희망과 꿈을 안겨준다. 저들의 밝고 해맑은 웃음에서 태양처럼 빛나는 미래가 보인다. 출산과 육아, 엄마의 숭고한 가치가 존중되고 자녀를 둔 부모가 웃을 수 있을 때 자연스럽게 출산율 증가도 기대해볼 수 있을 것이다. 더 많은 아이들을 안아볼 수 있는 그날들을 기대해본다.

우물쭈물하다가

정해년(丁亥年)을 맞아 친지들과 덕담을 나눈 것이 엊그젠데 어느 새 그 끝자락이다. '유수와 같은' 세월 앞에 무엇이라 달리 할 말이 없다.

한 해를 어떻게 살아왔는지 벌써 과거에 묻혀버린 나날들이다. 잘 보냈든 잘 못 보냈든 한 해를 매듭짓고 정리를 해야 새로운 꿈과 희망을 펼칠 수 있는 계기가 될 것이다.

황금돼지해라고 정초부터 시끌벅적하다. 황금돼지가 황금 같은 행운을 가져다 줄 것만 같은 기대 속에 다짐도 부풀었다.

지난 것에 대한 후회와 아쉬움이 남아 있지 않는 사람이 어디 있을까.

노벨 문학상 수상자인 버너드 쇼(Bernard Show)는 그의 무덤의 비문에서 이렇게 썼다. "우물쭈물하다가 내 이럴 줄 알았어." 인생의 마지막 순간에 그 안타까움과 회한을 적어놓은 것이라 했다. 우물쭈물하다가는 우리 인생은 의미 없이 끝나버린다는 것이 바로 그것 아닌가.

2006년 12월 28일, 나는 새끼발가락 골절로 6주의 진단을 받았다. 생전 처음 겪는 골절상. 간이 깁스로 2007년을 맞았다. 2개월여 만에 회복이 되어 호스피스 교육을 받기로 하고 개강예배를 드렸다. 총 10주 20강의 교육과정이었다.

그런데 어디다 정신을 놓아두었는지 어이없이 넘어졌다. 발뼈 두 곳에 금이 갔다. 경과가 좋아야 3개월, 완쾌까지는 6개월이 걸린다는 진단이다. 엎친 데 덮친 격으로 나는 갈피를 잡지 못하고 갈팡질팡, 삶의 종착역에 닿았는가로 우울하고 착잡했다. 깁스를 하게 되다니! 두문불출할 밖에. 아무에게도 심지어 가족에게도 보이고 싶지 않아 오겠다는 문병도 사양했다. 조심하지 못한 것 같아 부끄러웠다. 초라하고 비참했다. 스스로 혼자이고 싶었다. 사귐이 멀어진 상태가 오히려 마음이 편했다. 인생을 혼자 앓고 싶은 것처럼 가만히 기도를 드렸다. 눈시울이 뜨거워지고 가슴이 저려왔다. 액운이 계속되는 2007년이 어서 빨리 지났으면 싶었다. 또 다른 사달이 날까 두려웠다. 깁스를 풀고도 보행이 어려웠다. 그동안 골다공증도 생겼다. 약을 먹어야 한단다.

6월 3일, 두 달 만에 교회에 출석, 감사예배를 드렸다. 그런데 어찌된 일인지 걸어 다니기만 하면 발이 부었다. 발끝을 높은 데 올리고 쉬라고 했다. 짬짬이 찜질도 하고 물리치료도 받았다. 늘 건강할 것으로 대수롭지 않게 여겼던 발이 사달을 내게 되니 장장 4개월의 정양을 요했다.

그런 와중에 6월 26일, 미국에 사는 둘째 아들네가 결혼 10년 만에 아들을 순산, 온 집안에 더없는 축복을 안겨주었다. 그런 위로를 주신 하나님의 은혜가 저절로 뜨거운 눈물을 흘리게 했다.

단풍이 꽃잎처럼 흩날리던 가을은 낙엽 더미와 함께 자취를 감추고, 겨울답지 않은 따뜻한 나날이 계속되고 있다. 그렇지만 앙상한 가지에 매달린 몇 안 되는 이파리들이 나의 마음을 음산하게 하고 있다. 인연을 살피며 진실을 깨닫는 계절인데, 풀지 못한 회한이 걷잡을 수 없이 밀려왔다가는 사라지고 또다시 밀려오곤 한다.

책 읽기도 글쓰기도 접고 지냈다. 2007년을 거의 허송한 셈이다. 그 대가가 무엇일까. 하고 싶은 것, 이루고 싶은 것들을 꿈처럼 되뇌면서도 무위에 빠졌으니 한낱 착각 속에서 살아온 느낌이다. 특히 고통이 다가왔을 때 갈팡질팡했던 나약함이 바로 내 정체성 같아 말문이 막힌다. 살면서 맞닥뜨리며 상황에 따라 취해야 할 것, 버려야 할 것을 슬기롭게 가려야 했건만 그 갈등의 번뇌에서 멈칫거리기만 했으니……. 다친 것쯤 때가 되면 낫게 마련인데, 느긋하게 기다리면 될 것을, 그 지혜의 묘를 깨닫지 못했으니 눈 뜬 장님이 된 셈이다.

인생은 어느 순간도 무의미한 것만은 아닌 것 같다. 나의 이런 한동안의 슬럼프 속에서도 남편은 대구중앙교회 건축에 이어 울산남

부교회 설계가 수의계약으로 이루어져 또 하나의 성전이 12월에 착공을 앞두고 있다. 하나님은 내게 손자의 순산에 이은 또 하나의 위로를 남편의 성전 건축으로 안겨주셨다. 이 절절한, 이 감사의 마음을 어찌 다 표현할 수 있으랴.

지난 성탄절, 나는 2부 예배 기도를 담당했다. CBS TV가 나의 기도하는 모습을 전국에 생생하게 방영했다. 전혀 예정에 없었던 일. 이것은 내게 2007년의 허덕거림을 딛고 새로운 기운으로 2008년을 맞으라는 하나님의 뜨거운 은혜로 다가왔다. 눈물로 준비한 기도가 우리 교회의 많은 찬사로 보답해주셨다.

'하나님은 아프게 하시다가 싸매시며 상하게 하시다가 그의 손으로 고치시나니.' 어려움 속에서도 하나님은 친히 치료하시고 위로의 손길을 펴서 지키시는데 그 깊으신 뜻을 헤아리지 못한 어리석음이여. 눈물로 회개하며, 그리스도의 사랑과 은혜를 나누며 섬기는 삶을 더욱 짙게 이어가리라 다짐한다.

지팡이

책장을 정리하다 우연히 구석에 세워진 지팡이를 보게 되었다. 벌써 세 해 전의 일이다. 발 부상 때 도움이 되었던 것들이다. 하나는 남편이 사 온 것이고, 다른 하나는 미국 사는 친구가 사다 준 것이다.

미국에 사는 교포 교인들이 평양에 치과 플랜트 설비를 기증한 게 인연이 되어 그 개원식에 초청을 받았다 했다. 그 일행 중에 내 친구도 끼어 있었다. 그녀가 평양에 가기 전에 이미 우리 집에 들러 내 보행의 불편을 보았던 터라 묘향산 관광길에서 그 지팡이를 사서 나에게 가져다 준 것이다. 그녀가 꿈에나 그리던 평양을 간다기에 얼마나 부럽던지……. 나는 언제 고향 땅을 밟을 수 있을까? 우리 집, 우리가 다니던 서문고녀 등등 단단히 살피고 오라 했었다.

남편이 시중에서 구입한 지팡이는 플라스틱 제품이다. 길이 조정을 할 수 있고 충격도 흡수하는 이른바 안티쇼크(antishock)이다. 묘향산 지팡이는 나무 제품으로 손잡이에 붉은 여의주(如意珠)를 문 용머리가 조각되어 있다. '묘향산'이란 글 하나하나가 초서로 사방 3센티미터쯤 크기로 각인되어 있는 것 말고는 흔히 보는 황갈색 나무 지팡이다. 그 지팡이를 받고 어찌나 감회가 새롭던지 직접 다녀온 심정으로 글을 다듬었다. 고향 냄새가 물씬 풍기는 것 같고 어머니 생각도 떠올려졌다.

그 두 지팡이는 내가 깁스를 하고 재활운동을 하면서부터 보행이 정상화될 때까지 나를 지탱해주는 좋은 친구가 되어주었다. 또한 즐겨 읽고 있는 시편 23편 4절 말씀, "내가 사망의 음침한 골짜기로 다닐지라도 해를 두려워하지 않을 것은 주께서 나와 함께 하심이라 주의 지팡이와 막대기가 나를 안위하시나이다"가 다시없는 위로와 힘이 되어주었다.

지팡이는 길을 걸을 때에 도움을 얻기 위해 짚는 막대기이다. 단장(短杖) 또는 스틱(stick)으로 불린다. 노인, 지체장애인, 등산가, 여행자 등이 주로 사용한다. 때로는 지체 높으신 분들이 그 권위의 상징으로 또는 호신용으로도 사용하기도 했다. 16세기 때 남성 전용으로 유행하다가 17세기 프랑스에서는 신사에게 없어서는 안 되는 액세서리가 되었고 그 후 영국에서 전성기를 맞아 19세기 말까지 지속되었다. 20세기에 들어선 기능적인 역할만 남게 되고 말았다.

지팡이를 들어내 먼지를 털고 닦으며 나의 삶의 지팡이는 과연 무엇일까? 잠시 생각에 잠겼다. 누구에게나 나름의 지팡이는 있을 것이다. 어떤 지팡이를 잡느냐에 따라 삶의 향방이 달라질 수도 있다는데……. 나는 전쟁의 참화 속에서 나를 세워준 지팡이를 잊을 수 없다. 그 지팡이는 바로 하나님이시다. 그 지팡이 때문에 오늘의 내가 존재하고 살아갈 의미가 분명해진 것이다. 자연발생적으로 다른 사람들의 지팡이가 되고자 하는 마음이 내게 싹트는 것이 곧 살아갈 의미의 깨달음이요 은총이 아닌가! 나는 너의 지팡이가 되어주고 너는 나의 지팡이가 되어준다는 상호작용의 진리. 우리를 스쳐지나가는 것들, 무심한 것들 하나하나가 진리를 가르쳐준다는 사실을 안다면 그 지팡이는 과연 무엇일까. 학위나 지위일까. 재물일까. 책이 될 수도 있고 인물이 될 수도 있고 자기만의 생의 철학일 수도 있다. 단지 지금껏 반듯하게 살아올 수 있었던 힘은, 내 안에 있는 삶의 의지 즉 줏대가 확고한 지팡이가 아니었을까.

삶이 버거워 힘들고 때로 절망과 좌절의 순간에 생각지도 못한 어떤 지팡이가 불쑥 내밀어질 때 그것이 새로운 희망으로 바뀌는 전환의 기회가 온 것이 아닐까. 사람은 창공의 구름 한 점 사라지듯이 그렇게 죽으라는 법은 없다. 늘 버팀목이 되어주고 의지가 되어주고 자신을 세상에 내던지는 마음으로 산다면 아름다운 희망의 불은 영원히 타오를 것이다.

잃어버린 신발

12월 13일, 날짜도 잊지 않고 있다. S교회 은퇴장로들의 연말 모임에서 새 대표를 선출하였다. 남편이 일 년간 수고하고 바통을 넘기며 오찬을 베푸는 홀가분한 자리였다. 시무와 은퇴 장로는 통틀어 60여 명, 시류 탓인가, 절반을 은퇴장로가 차지하고 있다. 식사를 마치고 나오니 신발장에 놓아둔 내 구두가 보이지 않는다. 초콜릿색의 허름한 남자 신발이 놓여 있다. H요식업 주인은 그 시간대에는 교회 손님뿐이니 기다려보자고 했다. 내 구두는 SAS표 와인색의 끈 매는 구두이다. 연전에 신기 시작한 구두이다. 아무래도 사이즈가 적었을 터이니 바꿔 신으러 오겠지 하고 한참을 기다렸다. 아무도 나타나지 않았다. 연락처를 알리고 헐렁한 신발을 털레털레 끌고 은퇴장로실로 돌아왔다. 거기 계신 장로들의 구두들을 살폈지만 하나같이 검은 구두다. 그 방에 오지 않은 장로들이 계셔서 기다리는 수밖에 없었다.

남편은 없어진 것으로 체념하고 새 구두 하나 사자고 나를 앞세웠다. 지난번 구입했던 현대백화점 무역센터점으로 달려갔다. SAS 가게는 철수했다며 신세계 강남점으로 가보라고 알려준다. 잃어버린 구두는 벌써 구형이 되어 있었다. 나는 여러 번의 발 부상으로 구두의 모양새보다 편한 구두를 선호해오고 있다. 거금을 지불하고 안전한 구두를 샀다. 예의 그 신발을 버리려다 혹시나 하고 싸가지고 돌아왔다. 어이없는 생각이 쉽게 가라앉지 않는다. 그렇다고 그것이 도난당할 물건이라고도 믿어지지 않는다. 그이는 미움 따위로 어느 누구도 원망하지 말란다. 그러나 내 실수가 아니어서 속상하고 억울하다. 흔히 물건을 잃을 운수를 실물수라 한다는데, 요행수(僥倖數)도 있을 것 아닌가.

사람은 누구를 막론하고 긴요한 물건들에 사로잡혀 살고 있다. 그것들이 비싸건 싸건, 시대에 뒤떨어진 것이든 아니든 편하고 튼튼하면 족하다. 내 것이고 내 마음대로 할 수 있으니 게서 더 무엇을 바라랴. 정도의 차이는 있을망정 주위의 낯익은 물건들에 위안을 느끼다가 그것이 보이지 않게 되면 서운하게 마련이다.

소유욕이란 대단한 것이기도 하다. 무엇인가 탐이 나면 그것을 손에 넣기 위해 갖은 애를 다 쓴다. 과감히 재물을 투자하는 모험도 불사한다. 그럴수록 그 물건에 대한 애착심은 거의 신앙의 경지에 이른다. 소유한다는 것이 오히려 자기를 구속하는 일이기도 하다는 것을 까맣게 잊은 채, 물건들을 잃었을 때의 상실감은 거의 본능적 충격이다. 이런 알알한 심정이 대체 물건에 정이 들 때까지 계속된다. 어찌할 수 없는 물건에 대한 잔정을 훌훌 털어버리고 대범하게 살아가는 지혜가 아쉽다. 누구나 사정의 앞과 뒤를 얼른 분별 못 하고 허둥대는 게 인생이니 생각하면 미련하기 짝이 없다.

나는 물건 간수를 비교적 잘 하는 편이다. 꼭 한 번 어처구니없는 일을 당한 적이 있다. 아이들이 어렸을 때 일이다. 지금의 신세계백화점, 그 당시는 동화백화점이었다. 애들의 옷을 골라 진열대 위에서 손뼘으로 사이즈를 가늠한 후 옆에 둔 백을 찾으니 온데간데없어졌다. 들치기를 당한 것이다. 눈물이 핑 돌았다. 속수무책. 누구에게도 연락할 길이 없었다. 점원 아가씨가 안타까운 표정으로 주민등록증이라도 빼놓았을지 모르니 화장실에라도 가보라고 했다. 허사였다. 나는 집에 가 택시비를 지불할 마음으로 덮어놓고 택시를 탔다. "얼간이" "바보 천치" 하며 나 자신의 부주의를 질타했다. 성이 풀리지가 않았다. 게다가 그 백은 어린 악어 가죽으로 그 당시로선 명품 중의 하나였다. 아끼느라고 몇 번 들어보지 못한 걸 도난당한 것이다. 그이가 실물수로 액(厄)땜한 셈 치자고 위로해주었지만 지금도 더러는 알알한 마음이 도지곤 한다.

이틀 뒤, Y 권사의 전화가 왔다. "미안해요. 장로님! 오늘 아침 B 장로의 말을 듣고 남편 구두가 바뀐 것을 비로소 알게 되었어요. 구두가 늘어나서 어쩌지요." "괜찮아요. 구두를 찾게 되어 고맙고 새 구두가 생겨서 더 좋네요 뭐."

지난 이틀 동안 그토록 북적거렸던 그 구두가 돌아왔는데도 웬일인지 뜨악해졌다. 대체한 새 구두가 마음에 드는 최신형 편한 신발이기 때문일까. 사람의 마음은 그렇게 간사한 것일까.

그녀의 남편은 얼마 전부터 치매를 앓고 있다 했다. 부인 Y 권사가 노상 동행한다고 했다. 그날의 회식 자리는 장로들만의 모임이어서 그녀가 수행을 하지 못해 그런 사고가 생겼나 보다. 구두 색상은 비슷하지만 사이즈가 다른데 어떻게 그걸 알아차리지 못하였을까. 사흘 전의 실물수는 없었던 일로 구두는 나에게 되돌아와 신발장에 놓여 있다. 치매를 앓고 있는 장로님이 안쓰럽기만 하다. 하루 빨리 쾌차하시기를 빌어본다.

두문불출

벌써 3주째 두문불출의 신세다.

내 의지와는 상관없이 영어(囹圄)의 몸이 되었다. 성급히 서둔 탓이다. 외출이 바빴던 나는 화급히 침실의 창문을 닫으려 가다 '앗' 소리와 함께 주저앉았다. 침대머리의 탁상 모서리에 새끼발가락을 세차게 부딪친 것이다. 그 충격이 얼마나 컸던지 눈물이 '쫙' 쏟아졌다. 한참을 추스르곤 외출을 했다.

일 많은 크리스마스 전후여서 시큰거리는 발가락을 챙길 겨를이 없었다. 통증이 심해져서야 정형외과 문을 두드렸다. X레이 검진 결과는 '새끼발가락 골절'이었다. 전치 4~6주라 했다. 깁스는 안 했지만 반부츠 모양의 신에 발을 고정시켜 탄력붕대를 감고 검은색 간이 신발로 집에 돌아왔다. 어처구니없었다. 묶인 발은 다행히 왼쪽이다. 차분하지 못한 거동이 못내 후회스러웠다. 그러나 이미 엎질러진 물. 그동안 수필집 출간으로 마냥 들떠 있던 열기가 싹 가셔버렸다. 책 출판 후 밀려오는 묘한 허탈감이 그런 것이었을까. 선배들의 경험담이 새삼 마음에 와닿았다. 출판기념회를 앞두고 그랬다면 얼마나 당혹스러웠을까. 큰 골절이 아니어서 불행 중 다행이 아니냐는 친구의 위로가 고맙기만 했다.

해방 후 한동안 발이 꽁꽁 묶인 일이 있었다. 해가 지면 두문불출령이 내렸다. 문도 걸어잠가야 했다. 일제의 패망과 함께 평양에는 소련군이 진주했었다. 일본 사람과 우리를 구분하지 못한 그들은 닥치는 대로 '색시사냥'이니 '금품사냥'이니 하는 약탈을 자행했다. 시계를 빼앗아 팔뚝까지 여러 개를 전리품처럼 차고 활보하는 군인들이 수두룩했다. 우람한 군인들이 식빵을 끼고 다니기도 했다. 밤에는 그것을 베개로 쓴다는 소문도 있었다. 과도기의 무법천지였다. 젊은이나 어른 할 것 없이 여자들은 무서워서 길거리를 혼자 다닐 수가 없었다.

하루는 어둑어둑 땅거미가 질 무렵, 총대를 멘 군인이 엉금엉금 우리 집으로 들어왔다. 대문이 잘못 열려 있었던 모양이었다. 나와 옆집의 새댁이 재빨리 뒷문으로 달아났다. 가슴이 덜덜 떨렸다. 있는 힘을 다해 가까운 파출소로 달려갔지만 뾰족한 수가 없었다. 결국 친지 집으로 피해서 밤을 꼬박 새우고 돌아왔다. '양푼 두들기기'란 게 생겼다. 동네 주민들은 자구책으로 골목 어귀에 대문을 또 맞추어 달고 집집마다 비상선을 연결하여 소련군이나 도적이 침입하면 양푼을 두들겨댔다. 한밤중에도 양푼 소리가 멀리서 가까이서 이

빛과 빛

따끔씩 들려오곤 했다.

10여 년 전, 오른쪽 복숭아뼈 인대를 다친 적이 있다. 그때도 허둥지둥 바빠서 마구 서둘다 생긴 사고다. 병원 치료를 받는 둥 마는 둥 대수롭지 않게 여기고 의사의 두문불출령을 지키지 않았다. 명령 불복종 후유증으로 한 2년 시달리다 정상을 회복했다.

이번 나의 두문불출은 전철을 밟지 않으려는 의지가 담긴 셈이다. 앉아서 마냥 그 '디데이'를 기다리는 것이다. 나이답지 않은 부주의가 한두 번도 아니고 민망해 함구한 채 교회도 가지 못했다. 인터넷 중계로 예배를 드렸다.

4주가 되어 병원을 찾았을 때, 버스 한 정거장 정도는 걸어도 된다고는 했다. 하지만 발을 처맨 몰골이 남세스러워 복을 많이 내리는 연말연시의 교회와 친지들의 초대에도 눈 딱 감고 나가지 않았다.

몸 따로 마음 따로의 갈등이 없진 않았다. 정신은 멀쩡한데 책을 펼쳐도 집중이 되지 않고 글도 쓸 엄두가 나질 않았다. 그저 마치 다른 사람의 일상을 건성으로 살아주는 느낌이었다. 어서 시간이 흘러 '그날'이 왔으면……. 이대로 계속되다간 그대로 굳어질 것만 같았다.

살면서 맞닥뜨리는 갖가지 상황에서 멈추어버리고 취해야 하는 보완 작용이 얼마나 소중한가를 이번 일을 겪으면서 새삼 되새기게 되었다. 순간순간의 반사적인 혈기를 다스리자. 세월 따라 행동도 달라져야 한다는 사실을 받아들이자. 일시적인 '멈춤'으로 '쉼'의

참뜻을 일깨워주신 여호와께 감사하자. 전진만을 강요하는 세태 속에 자신을 돌아보는 지혜를 얻게 된 것이 얼마나 다행인가!

두문불출 6주째, 붕대를 풀고 X레이를 찍었다. 결과를 초조하게 기다렸다. 이윽고, 골절 부위에 진액이 나와서 붙어가고 있다는 설명이었다. "인제 붕대를 풀어도 되겠습니다." 드디어 두문불출령이 풀렸다. 그러면서 부기가 남아 있으니 무리하지 말고 2주 후에 다시 오라고 한다. 2~3개월은 지나야 완쾌된다는 당부였다.

그날 저녁 교회 장로직을 은퇴하는 분들의 고희연에 기쁜 마음으로 참석할 수 있었다.

제4부

생명 질서의 코러스

선택 | 소풍 | 꽃이 연(緣)이 되어 | 피서 한 자락 | 설 나들이 | 생명 질서의
코러스 | 눈치 | 유머 | 노래는 나래를 펴고 | 수필집 날개를 달고

선택

여자는 나이가 들어갈수록 거울을 자주 봐야 된다고 한다. 노추(老醜)를 가리기 위해서일까. 마음의 거울 역시 마찬가지다. 자신의 마음을 하루라도 들여다보지 않으면 주위의 변화에 따라갈 수 없는 괴로움이 '완고함'을 낳고, 이 완고함이 '분노'로 발전하기도 쉽다.

그다지 길지도 않은 인생, 하루를 사는 데도 저마다의 선택과 결단이 있다. 이것이든 저것이든 하나를 선택해야 한다. 선택한다는 것은 선택되지 않은 그밖의 것을 버리는 일이다. 그래서 책임을 져야 한다. 그게 의무이다.

누구나 주어진 상황 속에서 한시도 벗어나서 살 수 없다. 그 속에서 나를 어떻게 만들어가느냐에 따라 삶의 성패가 갈라지게 된다. 저마다 참되고 바르게 택한 삶의 노정에서 보람과 기쁨을 얻고자 한다. 더 배웠건 덜 배웠건 사람에게는 이성이 있어 크고 작은 일에 부딪힐 때마다 참되고 바른 길을 일러준다. 이성은 우리 내면에 있는 하나님의 음성이다. 그 음성을 제대로 듣지 못할 때 바른 삶의 길을 찾기가 어려워진다.

행복해지고 싶은 것은 인간의 본능이다. 그 또한 우리가 매일 선택해야 하는 과정이다. 선택하는 주체는 나이고 내 의식이다. 우리의 행복지수가 전보다 훨씬 높아진 것은 그만큼 선택의 폭이 늘어난 덕분일 터다. 과거보다 물질적으로 풍요로워졌지만 성장의 뒤안길에는 소외계층의 불안이 가시지 않고 있다. 성장을 추구하되 소외계층을 배려하는 노력은 꼭 병행해야 건강한 사회를 이루게 될 것이다.

우리의 일상은 시도 때도 없이 숱한 고뇌와 시련, 갈등을 안겨준다. 내가 선택한 것이 반드시 정답인지는 알 수도 없다. 모든 일의 결과가 다 좋을 수만은 없다. 인생에서 정답은 없다. 내가 선택한 답으로 보다 나은 미래를 향해 가고 있다고 믿을 때 그것이 바로 정답이 될 것이다.

나는 시대적인 흐름을 직시하면서 내가 선택한 삶을 나름대로 열심히 살고 있다. 일찍이 결혼을 진지하게 생각할 나이에 두고 온 고향에 돌아가기까지는 결혼을 안 하겠다고 버텼다. 오라버니도 말리지 않았다. 오히려 유학의 길을 열어주었다. 그 기로에서 나를 결혼에 이르도록 설득한 친구는 이정원 그녀였다. 그녀는 신앙심이 돈독했다. 갈팡질팡 헤매고 있는 나를 어머니처럼 다독였다. 자의 반 타

의 반으로 얼떨결에 내몰린 결혼이었다. 이런 경우를 '절반의 선택'
이라고 해야 하는 것일까?

나는 줄곧 크리스천이란 긍지를 누리며 살았다. 삶이 흔들리지 않
도록 애쓰며. 교회 집사직을 시작으로 권사, 장로 등 교회가 주는 모
든 역할을 열심히 감당했다. 능력의 한계를 느낄 때가 있었지만 그
럴 때면 순종 또 순종했다. 주님의 사역에는 순종뿐이었다. 이런 경
우를 '선택의 여지가 없다'고 해야 하는 것일까?

현실은 짜증나는 일투성이다. 생존을 위한 갖가지 갈등과 번민,
실의와 긴장이 쉴 새 없이 밀려온다. 마음을 비우자는 결단이나 이
를 끝내 극복하자는 의지나 다 내가 감당해야 할 길이라면 이런 경
우를 '다른 선택의 여지가 없다'고 해야 하는 것일까.

아니다. 그건 아니다. '절반의 선택'도 '주님 사역에 대한 순종'도
현실에 대한 결단이나 의지도 내가 확실히 선택한 내 상황이다. 책
임이다. 의무다. 이것은 세상이 주지 못하는, 두고 온 고향을 갈 수
없는, 그리하여 하늘이 내려준 더없는 보은이기에…….

사랑한다는 것은 바로 선택이다. 신이 아담에게 이성(理性)을 준 것
은 곧 선택의 자유를 준 것이다. 선과 악을 바르게 선택하라는 것이
다.

　어느 민족 누구게나 결단할 때 있나니

선택　　　　　　　　　　　　　　　　　　　　　　　　　　*161*

참과 거짓 싸울 때에 어느 편에 설 건가
주가 주신 새 목표가 우리 앞에 보이니
빛과 어둠 사이에서 선택하며 살리라(찬송가 586장)

선택은 결단을 요구한다. 선처럼 보이는 악도 있고, 악처럼 보이는 선도 있다. 또 '짧은 기간'에는 그것이 선처럼 보이지만 3년, 10년이란 세월을 놓고 보면 자신이 행한 게 참으로 어리석은 일이어서 '악'으로 평가될 수밖에 없는 결과를 빚는 일도 있다.

자녀교육 등에서 그런 일은 흔히 발견된다. 제 자녀를 너무 사랑한 나머지 익애(溺愛)와 과보호(過保護)를 하다 보면 그 자녀는 어른이 되고 나서도 제 발로 곧게 서서 걷지 못한다. 정신적 이유(離乳)가 덜 된 어른들이 우리 주위에 얼마나 많은가. 그래서 캥거루족(族)이라는 말까지 나오게 되지 않았는가.

인생은 때로 선 아닌 악을 선택할 수도 있다. 그것을 깨달은 순간, 과감히 악을 멀리하고, 그 자리를 선으로 채울 '결단'을 해야 한다. 그러기 위해서는 우리네 판단력이 실수를 범하지 않도록 해달라고 기도를 해야 될 것이다. 하루가 멀다 하고 달라지는 길들. 새로 뚫어 놓은 그 길을 모른 채, 옛날 기억에만 의존해 완고하게 제 고집만 부리는 노인이 되지 않게 해달라고, 젊은이들이 싫어하는 '꼰대'가 되지 않게 해줍시사고, 최신의 내비게이션을 구입해 그것을 보며 달리는 자동차를 몰고 가게 해달라고 기도해야 될 것 같다.

"주님, 선과 악을 제대로 판단할 능력을 그리고 때늦지 않게 결단할 수 있는 용기를 주십시오."

이런 기도가 물 흘러가듯이 저절로 흘러나온다.

소풍

내가 중국어 성경반에 들어간 게 2003년 초였다. 그해 여름 첫 수련회로 안동을 다녀왔다. 두 번째는 강화도, 이번이 세 번째로 남이섬이다. 이번에는 지난해 11월에 시작된 중국 대학생 예배팀 20여명과 함께 떠나기로 했다. 그런데 뜻밖에 합류한 중국 대학생이 무려 65명으로 늘어났다. 준비하는 손길들이 즐거운 비명 속에 바삐 돌아갔다. 하나님의 뜻에 따라 푸르른 자연 속에서 서로 만나고 사귀는 귀중한 엠티(MT)다. 모두가 103명이나 되는 큰 행사다.

4월 12일 토요일, 찬 기운이 감도는 흐린 날씨다. 예정보다 늦게 9시가 좀 지나서 출발했다. 소풍 가는 어린이처럼 제 흥에 들떠 중간의 교통체증 따위는 아랑곳하지 않았다.

남이섬은 가평 지역 북한강에 자리 잡은 반달 모양의 이른바 강섬이다. 14여만 평. 원래는 홍수 때에만 섬으로 고립되던 곳인데 청평

댐 건설로 강물이 불어나면서 완전한 섬이 된 것이다. 남이(南怡) 장군의 묘소가 거기 있어 섬 이름도 남이섬으로 불러지게 되었다.

가평 나루에서 한참을 기다려서 페리를 탔다. '남이나라 공화국'이란 팻말이 눈앞을 가로막았다. 뭍에 올라서자마자 숲길이 시야를 압도했다. 주변을 이리저리 휘돌아보며 그 위용에 놀라 한참을 서성댔다. 멍하니 바라만 보았다. 백자작나무길, 잣나무길, 메타세쿼이아길 등등, 하늘을 찌를 듯, 곧게 솟은 십자로 숲길이 쭉쭉 뻗어 있다. 우리는 앞서거니 뒤서거니 한참 숲길을 걸었다. 당당하게 자전거를 타고 가는 커플도 있다. 색다른 인파들이 넘치고 있지만 그런대로 분방하게 즐기게 되어 있는지 무절제한 것 같으면서도 무엇인가 채우려는 생동감이 파릇파릇하다. 달라지고 있는 관광문화가 이국에라도 온 느낌이다.

넓은 잔디밭이 시원스레 펼쳐 있는 섬 둘레에는 밤나무, 자작나무, 은행나무, 단풍나무, 소나무 등의 숲이 무성하다. 조용히 앉아 쉴 수 있는 공간이 여기저기서 다정하게 손짓을 한다. 놀이시설, 숙박시설, 동·식물원의 볼거리들, 그 밖에 유람선까지 완벽하게 갖추어져 종합 휴양지로 손색이 없는 것 같다.

계절 따라 아름다움과 운치가 다른 이곳은 특히 TV드라마 〈겨울연가〉 촬영지로도 유명하다. 내국인뿐 아니라 일본 및 동남아 지역의 많은 관광객들이 끊임없이 찾아오는 명소가 되었다. 2001년 현 사장이 취임했을 때만 해도 27만에 불과하던 관광객이 2007년에는 무려 162만으로 증가했다 한다.

맑게 갠 하오의 햇살이 눈부시다. 넓은 잔디밭에 옹기종기 모여 앉아 예배를 드렸다. 주님께 드리는 찬양이 더욱 뜨겁게 퍼져나갔다. 장마가 전도사의 말씀 증거가 이어졌다. 그는 새문안교회가 초빙한 한족 전도사다. 3대째 내려온 기독교 가정 출신으로 장신대에서 박사과정을 밟기 위해 한국어 연수에 몰두하고 있다. '참 좋은 친구, 예수님에게로 나아오라!' 한마디 한마디가 뜨거운 메시지였다.

따짜 하오! 워 찌아오 후앙 찡 윈 짱라오, 신먼내이 쨔오후이(大家好! 我叫 黃景雲 長老, 新門內 敎會). 인사로 시작한 나의 기도는 중국어에 능통한 신학생이 통역을 맡았다. 나도 모르게 힘이 실렸다.

동참한 중국 대학생들은 연세대를 비롯해서 동국대, 외국어대, 한양대, 성서대, 항공대, 김포대, 한세대 등 12개 대학에서 한국어 연수 중이거나 전공과목을 공부하고 있다. 고시원에서, 기숙사에서 생활하며 꿈을 키워가고 있다. 객지의 숱한 고생을 감내하며, 아르바이트도 하며, 결코 쉽지 않은 나날을 영위하고 있다. 그중에는 교회에 가본 적이 없는 학생들이 꽤 있다. 국교 정상화 이후 교류가 활발해졌지만 아직도 편협한 면이 자주 눈에 띈다.

베이징 올림픽 우리 측 성화 봉송 행사에 느닷없이 뛰어든 중국인의 설익은 애국주의는 얼른 이해할 수 없는 먼 산이다. 우리 경우와는 사뭇 양상이 다르다는 것을 실감한다. 미국으로 유학 가는 한국

생명 질서의 코러스

학생들은 의지가지 없는 이국땅에서 먼저 찾는 곳이 교회이다. 그래서 마음이 다스려지고 공동체를 이루며 살아간다. 그것이 국력과도 연맥이 된다.

어떻든 아니 그렇기 때문에 더욱 한국을 배우러 온 중국 대학생들을 우리는 우리의 아들딸처럼 따뜻하게 품어줄 수밖에 없다. 그리스도의 큰 사랑으로 마음을 열고 도움의 손길을 펼쳐야 한다. 그런 가운데 은총의 피택은 저들 스스로의 몫이다. 저들도 너나없이 핸드폰을 휴대하고 있다. 나는 일곱 학생의 학교명과 전화번호를 받아 기도하기로 했다. 아직은 중국어 회화가 서툴러 직접 통화는 못 하고 있다. 일의 경영이야 사람이 하는 것이지만 그 길을 인도하는 이는 주님이신 것을 굳게 믿고 있다.

자유 시간엔 피구, 배구 등, 공놀이를 흥겹게 즐겼다. 젊은이들은 국경이 없다. 저들은 이미 한마음이 되어 있었다. 여기저기 셔터를 눌러댄다. 취향에 따라 산책길을 걷기도 하고 그림이나 사진 등의 야외 전시나 아트 숍도 둘러본다. 돌아다니다 보면 식목일에 심어진 듯 여린 나무들이 정연하게 뿌리를 내리고 있다. 나무마다 기증자의 명패가 달려 있다. 남이섬을 향한 손길들이 그렇듯 아름답게 줄을 잇고 있다.

오후 4시 30분, 배를 기다리는 행렬이 시쳇말로 농담이 아니다. 한 시간 하고도 30분을 더 기다려서 겨우 차례가 되었다. 그런데 그렇게 늦은 시간대에도 몰려온 인파가 있다. 알고 보니 주말 밤을 지새우며 자연을 즐기려는 사람들이다.

교회에 도착한 것은 늦은 밤 9시, '심문각'에서 저녁식사를 마치고 악수를 나눈다. 우리 다시 만나요. 안녕! 짜이찌엔(再見)!

생명 질서의 코러스

꽃이 연(緣)이 되어

연일 계속되는 가을 날씨가 화창하다. 이 땅에 태어난 것이 그렇게 고마울 수가 없다. 높푸른 하늘과 풍성한 결실은 생명의 축복이다. 삶의 의지와 보람을 다함없이 충전한다.

모처럼 수요회원 네 명은 아침 아홉 시 반, 옥천 나들이를 떠났다. 최설희 여사의 별장이 있는 곳. 동행하지 못한 회원이 있어 기차편으로 가려던 계획이 문희 어머니의 승용차로 바뀌었다. 가을걷이가 끝난 들녘은 할 일을 다한 느긋한 빛이다. 순환의 섭리는 역행하는 일 없이 돌아간다. 뿌릴 때와 거둘 때를 어김없이 알려준다. 한 잎 두 잎 곱게 물든 가랑잎이 가을의 향연을 펼친다. 우리는 나이를 잊은 채 유치원의 학부모로 돌아갔다. 벌써 한 세대 전의 일이다. 아이들을 유치원에 보내놓고 그동안을 꽂꽂이 교실에서 보냈다. 그 꽃의 인연으로 만났던 사이다.

옥천에 도착한 것이 정오 무렵, 올갱이(평양에서는 '다시래' 라고 함) 해

장국 점심이 후련했다. 나는 육 년 만에 다시 가게 된 것이다. 최 여사 별장 가는 길은 어느새 아스팔트로 포장되어 있었다. 사시사철 철철 넘치던 호수물이 많이 빠져 있었다. 날개 치는 황새 한 마리가 보일 뿐 적막하기 이를 데 없다.

우리는 도착하자마자 울창한 숲을 둘러보았다. 금송만 108그루란다. 우리나라의 금송이란 금송은 다 모인 듯했다. 그 위용에 압도되면서 가꾼 이의 정성이 한결 돋보였다. 그 밖에도 백송, 수양송, 황금송, 해송, 오엽송, 반송 등이 자태를 뽐내고 있다. 세 동의 건물 주위에 메타세쿼이아를 비롯해서 상수리나무, 마로니에, 단풍나무, 보리수, 매실, 앵두, 살구, 대추, 복분자, 은행 등, 유실수가 즐비하다. 감나무에 감이 총총히 매달려 있다.

기기묘묘한 돌들이 큰 것은 큰 것대로 광석이 반짝이고, 층층이 쌓인 조각 같은 돌들이 수목과 하나로 어우러져 있다. 그 구도가 범상치 않다.

최 여사의 남편은 상대 출신의 엘리트인데도 동양란 가꾸기의 명수다. 뿌리내리기의 분재에서부터 꽃을 피워내는 분재에 이르기까지 그 수가 많기도 하다. 식물원이 따로 없다. 유용한 틈새가 다 식물원이다. 그 많은 세월을 화초와 수목을 낙으로 살아오신 분이다. 친구들과 잘 어울리지도 않고 당신의 삶 자체를 쏟아부은 것이다. 그는 수목들이 최상의 컨디션으로 자라게 하는 달인의 경지에 이른 분이다. 수목에 아낌없이 투자하고 이를 진정으로 사랑하는 사람,

　　　　　　　　　　　　　　　생명 질서의 코러스

탐욕스런 현실에서는 얼른 찾아볼 수 없는 순수한 어린아이 같은 마음의 소유자다.

그분이 2006년 6월 갑자기 세상을 떴다. 애지중지 가꾸어온 수목과 화초들을 모른 양 남겨놓고 표표히 이승을 등졌다. 지금은 화강암의 예쁜 석탑에 '산지기'로 환생하여 이곳을 지키고 있다. 우리는 묵념을 올렸다. "문희 아버지! 편히 쉬세요. 그토록 사랑했던 이 산의 수목들은 영원히 이 땅을 아름답게 지킬 것입니다."

닭들이 한가롭게 먹이를 쪼아댄다. 큰 닭 세 마리, 중닭 네 마리. 우리가 다과를 들며 담소하는 동안 닭들이 와서 꼬올꼬올 부산을 떤다. 최 여사가 얼른 '먹이를 달라는 신호'라고 한다. 식당에서 밥이 남게 되면 꼭 챙겨온단다. 그것이 닭 모이기 때문에. 물에 흩어서 던져주면 큰 닭이 와서 먼저 먹는데 작은 닭은 얼씬거리지도 못한단다. 동물 세계도 서열이 분명해서다. 큰 암탉 두 마리가 알을 매일 낳는단다.

문희 어머니는 이곳 주민과 어우러져 잘 지내고 있다. 손님이 왔다는 것을 알고 언제 누가 쑤어서 갖다 놓았는지 도토리묵 두 팩이 방 앞에 놓여 있다. 전원마을의 정겨운 인심이 마음을 따뜻하게 했다. 그 동리에는 모두 여덟 세대가 살고 있다.

우리를 가슴 서늘하게 한 것은 이곳이 정부의 4대강 사업으로 산야 일부가 수몰된다는 사실이다. 애석한 마음을 금할 수가 없었다.

남편도 없는 입장이어서 처음 그 소식을 접했을 때는 실신했다고 한다. 지금은 체념한 듯 담담했다. 그녀는 독실한 불자다. 이 수려한 나무들의 운명이 어떻게 될까. 혼신의 힘으로 가꾸어온 산야가 아니던가. 금송 한 그루에 천만 원이 넘는다는데. 해당 부서의 선처가 과연 이루어질까.

최 여사에게 하늘의 위로와 함께 사랑과 평강을 주소서. 숙연해지는 마음을 달래며 KTX 편으로 귀로에 올랐다.

생명 질서의 코러스

피서 한 자락

열대야로 계속 잠을 설치게 되니 아침을 맞아도 후덥지근하고 무력하기 이를 데 없다. 잠시나마 이를 달래보려고 의기투합한 문향(文香) 회원들이 청계산 계곡을 찾아 나섰다. 룰라라! 두 대의 승용차에 분승, 이미 이곳을 다녀온 회우가 앞장서 안내를 했다.

과학의 시대를 살고 있는 시민답게 에어컨, 선풍기, 프리저들을 갖추어놓고 억지 냉기, 억지 바람으로 몸을 식히며, 우리는 옛날처럼 단순하게 사는 법을 잊은 지 오래다. 그러나 그런 피서는 진정한 피서라고 할 수 없다. 이글이글 타오르는 더위는 역시 땅에서 불어내는 순리 그것으로 자연스럽게 다스리는 게 쏠쏠한 운치가 아니던가. 문명의 이기에 매달리기보다 이열치열로 다스린 음식, 우물가에서의 목물, 부채, 삼베 홑청, 죽부인 등, 자연친화적인 피서가 향수처럼 그리워지기도 한다.

하늘도 땅도 초록에 파묻힌 청계산의 산세는 울울창창 아름다웠다. 서울에 인접해 있으면서도 나무로 뒤덮인 계곡의 공기가 싱그러 웠다. 신을 벗을 겨를도 없이 첨벙! 첨벙! 누가 먼저랄 것도 없이 뛰 어들었다. 깊은 곳은 수면이 무릎 위까지 올라가 차가운 기운이 폐 부까지 스며들었다. 아! 심심계곡에서 더위를 씻다니, 신선놀음이 따로 없구나! 쉬지 않고 흘러내리는 물소리 속에 송사리 떼가 힘차 게 하늘거린다. 이끼 낀 바위가 세월의 무게를 말해준다. 벌써 가을 을 알리는 잠자리 떼가 계속 넘나든다.

깔개를 깔고 앉아 찐 옥수수, 방울토마토, 쌀강정 등으로 요기를 하는데 몇몇은 계속 물에 발을 담근 채, 전해주는 먹을거리를 받으 며 꼼짝할 줄 모른다. 점심 먹자는 말이 나올 법한 시간이지만 맑은 물에 푹 빠져 사진을 찍기에 분주하다. 카메라가 없어도 휴대폰으로 모든 것이 가능한 세상이다. 금강산도 식후경이란 말이 무색할 지경 이다.

Y 회원이 말없이 두툼한 포장지를 뜯는다. 모시 등거리다. 오늘 참석한 청일점 좌장님께 드리는 선물이란다. 잠자리 날개 같은 옷 을 입히는 데는 시간이 걸리지 않았다. 치수가 꼭 맞는다. 그 회원의 눈썰미가 정확했다. 아! 이런 감동이. 박장과 함께 환호성이 터졌다. 산수화가 그려진 L 회원의 부채까지 곁주머니에 끼고 보니 신선이 따로 없다. 박장이 줄곧 이어졌다. 더위가 싹 가신다. 마음의 더위도 시원하게 식혀준다.

오랫동안 천연염색을 공부해온 Y 회원, 그간 익혀온 솜씨로 옷을 만드는 재주가 뛰어난 그녀, 좌장을 향한 따뜻한 성성이 대담하고 멋지다. 제 몸 태우는 수고로 사위를 밝혀주는 이타적(利他的)인 정성, 금세 마음이 훈훈해진다. 골똘하게 생각에 잠기는 순간이었다. 뜨거운 햇빛을 시원하게 식혀준, 예서 더한 청량제가 어디 있을까. 이런 여름나기가 또 있을까. 더위에 무력해진 심신이 단숨에 활력에 넘친다. 잊을 수 없는 추억이 되어 우리들 마음에 길이 새겨지리라. 그해의 여름은 무척 뜨거웠노라고, 그리고 그 더위를 식혀준 청계산 계곡의 여름은 무척 아름다웠노라고.

정자마당 '기와집 순두부'에서 점심을 들었다. 웰빙 정식의 풍미가 친절한 서비스로 우리 일행을 마냥 즐겁고 흥겹게 했다.

모처럼의 피서 나들이가 마음마저 시원한 멋진 피서가 될 줄이야. 계곡에 발을 담그고 마음의 풍요를 만끽하였지만 진정한 피서는 자연의 품에 안겨 여름을 잊고 몸을 식히는 것, 덕지덕지 싸인 도시의 스트레스를 벗어던지고 자연을 있는 그대로 받아들이고 친구가 되어주는 것이 피서가 아닐까. 진정한 피서는 마음먹기 나름인 것을……

설 나들이

숲속은 을씨년스럽고 스산했다. 엊그제가 입춘이었는데 영하의 날씨 탓일까. 몇 쌍의 젊은이들만 눈에 띈다. 나목 사이로 깃든 햇살만이 그런대로 적막을 녹여주고 있다.

우리가 '양재동 시민의 숲'을 찾은 것은 설날이었다. 마침 큰아들네가 새 차를 뽑아 바람도 쏘일 겸 드라이브나 하자기에 모처럼 한 차에 타고 나섰다.

신정을 쇠는 우리는 설날은 아들 식구와 조용히 보낸다. 아들은 처가 어른들에게 세배하고 바로 우리 집으로 온다. 결국 이중과세가 된 셈이다. 우리 쪽이 고령이어서 아무래도 신경을 더 쓰고 있는 것 같다.

'양재동 시민의 숲'은 1983년에 착공하여 1986년에 완공한 숲이다. 1986년의 아시아경기대회와 1988년의 올림픽경기대회를 위해 양재 톨게이트 주변에 조성한 총 면적 78,482평에 이르는 공원이다.

생명 질서의 코러스

녹지대가 62,385평, 주차장이 1,810평, 광장이 2,185평, 기타 시설 12,102평 등으로 대단한 규모다. 빽빽이 들어선 수목들이 다양하다. 소나무, 느티나무, 당단풍, 침엽수, 잣나무 등 43종의 나무들이 무려 94,800주. 그 밖에 조경시설, 운동시설, 편의시설 등이 갖추어져 성수기에는 일일 입장객이 7천여 명에 이른다고 한다. 윤봉길 의사의 동상, 숭모비, 기념관이 있고 백마부대 전사자 위령비, 칼(KAL)기 폭파 사고 희생자 및 삼풍백화점 붕괴 참사 피해자들을 위한 추모비와 탐방객들의 휴식처가 있다.

말은 이미 들어왔지만 현지에 가보니 '도심에 이런 공원이 있다니!' 양재천 다리를 건너서니 탁 트인 숲이 벌써 대단하다는 것을 짐작할 수 있었다. 안으로 들어갈수록 그 자태가 품위를 더했다.

발밑에 밟히는 낙엽 소리가 바삭바삭 정적을 깨운다. 상록수는 마냥 푸르른데 옷을 벗은 나목들의 황량한 모습은 내 몸까지도 움츠리게 한다. 욕심도 치장도 없는 충직한 나목, 흙 속으로 깊이 뻗은 그 뿌리는 실낱같은 가느다란 가지에까지 뜨거운 자양을 다함없이 뿜어 올리고 있다. 그 열기로 살을 저미는 칼바람 눈보라를 오히려 벗하고 있으니 장하기 이를 데 없다. 지금 나는 겨울 끝자락에서 나목이 피워낼 연두색 망울을 손꼽아 기다리고 있다.

한가로이 여기저기 놓여 있는 노란 벤치들은 먼지가 푸석푸석하다. 찾는 이가 그만큼 없었던 탓일 게다.

한참을 들어가니 그늘 시렁에서 일광욕을 즐기는 무리들이 있다.

반가워서 인사를 하니 얼른 자리를 양보해준다.

희승, 희주 자매는 고삐 풀린 망아지마냥 거침없이 사방으로 뛰어다닌다. 한참 낙엽을 한 움큼씩 쥐고 서로 던지더니 희주 눈에 먼지가 들어갔는지 희승이가 닦아주고 불어주고 한다. 미국 태생인 이들이 어느새 훌쩍 커버렸다. 키는 나와 맞먹는다. 한참을 걸어 들어가니 어린이 놀이터다.

남편과 나는 모처럼 그네에 앉았다. 옛날을 더듬으며 숨을 고르고 있는데 놀이기구에 오르내리던 손녀들이 달려와 그네를 밀어주는 것이 아닌가. 희주는 할아버지를, 희승이는 나를 밀어준다. 그런데 나는 겁이 덜컥 났다. 얼마 전 발을 다쳐 여러 달 어려움을 겪은 일이 떠올라서다. 오기를 부리다 사고라도 나면 어쩌나 싶어 얼른 손녀들과 교대했다. 앞뒤로 하늘 높이 치솟곤 하는 담력이 싱그럽고 풋풋하다.

아들은 연신 셔터를 누른다. 우람한 나무 앞에서, 양지바른 벤치에서, 오솔길에서, 솔방울 밭에서, 등나무 퍼걸러 앞에서, 미처 녹지 않은 눈길에서 노니는 여러 모습 등을 찰각찰각한다. 3년 터울인 그 녀석들은 사이가 무척 각별하다. 싸우는 것을 보지 못했다. 딸이 없는 나에게는 큰 위안이 되고 있다.

할아버지 할머니 생일 때마다 준비한 자잘한 선물과 자작 카드는 언제나 지순한 정감을 만끽하게 한다. 하루는 내가 쓰고 있는 영어 단어장에 언제 적어놓았는지 알 수 없지만 콘사이스를 찾으며 적어나가다 '할머니 사랑해요~♡' 하고 써놓은 것을 보게 되었다. "아!
희승이(큰손녀) 짓이구나." 나도 모르게 함박꽃이 피어났다. 희승이
는 할머니 마니아, 항상 내 곁을 맴돈다. 독서광인 그 녀석은 독서에
열중하면 누가 곁에 와도 모를 정도. 초등학교 시절 담임선생님이
수필가였는데 "너 수필가 되어라." 하고 권할 정도였다고 한다. 집
이 일산이어서 멀기도 하지만 애들이 공부에 바빠져서 자주 만나지
못하는 것이 언제나 아쉬움으로 남는다.

집에 돌아와서 컴퓨터에 사진을 입력, 즉석에서 보며 웃음바다를
이루었다. 푸짐한 음식을 즐기며 이 하루가 또 하나의 추억의 피안
으로 저물어갔다.

꽃 피고 새 우는 봄날 다시 찾아가리라. '양재동 시민의 숲'으로.

생명 질서의 코러스

간밤에 내린 비로 촉촉해진 수목들이 아침을 맞아 더욱 생기가 넘친다. 비옥하고 광활한 미국 땅, 롤리(Raleigh)를 둘러싸고 있는 살림은 울창하다 못해 원시림 같은 느낌이다.

둘째 아들네가 살고 있는 곳이다. 마을의 집들은 타운하우스가 주류를 이루고 있다. 넓디넓은 잔디밭에는 갖가지 나무들이 그림처럼 정연하게 심어져 있다. 나무 밑동에는 쿠션처럼 잔솔가지가 수북하게 덮여 있어 흙이 씻겨 내려가지 않는다. 그 솔가지가 하도 신기해서 재어보니 30센티미터가 넘는다. 어린이 놀이터에는 포시란 나무들이 깔려 있고 수영장도 있다. 수영장을 에워싼 울창한 숲은 그대로 태고의 장관이다. 유독 관심을 끄는 것은 쌍둥이 잣나무. 어림짐작으로도 30미터는 훨씬 넘을 듯, 살아 있는 거대한 조각품 같다. 사람의 손이 머물지 않은 본연 그대로의 신비스런 위용, 기르시는 그 솜씨가 경이롭기 그지없다.

생명 질서의 코러스

천혜의 숲, 아침이면 이름 모를 새들의 코러스가 온 동리를 깨운다. 우리는 발걸음도 가볍게 그 화음에 이끌린다. 취향이 다른 탓인지 산책하는 사람이 그리 많지 않다. 개를 몰고 나오는 한 청년은 매일 보는 구면이다. 가끔 아가씨들이 보이기도 하지만.

희준이 돌잔치를 축하하러 뉴욕에서 내려온 조카사위가 아침 조깅에서 새가 머리 위에 앉을 듯 어른거려 양 팔을 휘저어 날려 보냈다고 한다. 친화적인 제스처인가? 그렇다면 지상낙원이 따로 없겠구면. 그런데, 6월 19일 아침, 우리 산책길에도 난데없이 새가 치솟더니 선회하며 가까이 다가오는 것이 아닌가. 우리는 얼른 피했다. 조카사위가 말한 대로 우리도 같은 정경을 겪게 된 것이다. 새는 제비처럼 꼬리가 날씬한 종다리 같았다. 필시 사연이 있을 법했다.

다음 날 아침 우리는 새들과 만났던 그 길섶에 모이를 뿌려놓았다. 산책을 마치고 돌아오는 길에 확인해보니 모이는 그대로였다. 곤충을 선호하는 새들일까? 비옥한 곳이어서 먹이가 지천일 것이다. 그래서인지, 땅에 내려와 먹이를 쪼고 있는 까마귀 서너 마리가 자주 눈에 보일 뿐. 몸집이 어찌나 크던지 마치 독수리 같았다. 우리는 부러 그런 새들을 피해 다녔다. 어쩌다 잘못될 수도 있을 것 같아서다.

나는 논현동 집에서 잉꼬 한 쌍을 키운 적이 있다. 둘 사이가 어찌나 좋던지, 그래서 사랑의 새라고도 했을까. 아침마다 좋은 이야기를 하며 모이를 주고 물도 갈아주고 애지중지 10년 가까이 키웠었다. 방배동으로 함께 이사할 형편이 못 되어 지인에게 넘겼지만. 새에 관한 한 전적인 문외한은 아니다. 이곳에서 만나는 새들의 코러스도 먹이시고 기르시는 이를 찬양하며 더불어 애인도 부르고 친구도 부르는 정겨운 화음이란 생각이 들었다. 그런데 그들의 접근을 두려워하다니? 정말 사람을 공격해 오는 것일까? 먹이를 조르는 것은 아닐 테고. 노닐자는 제스처일까? 이도저도 아니면 새끼를 위한 보호본능일까? 의구심이 꼬리에 꼬리를 문다. 확인해보기로 했다.

6월 25일 아침, 새와 만났던 길섶에 가보았다. 이번에는 어느새 두 마리가 쏜살같이 날아와 빙빙 진을 치며 돈다. 높이 솟았다 반전해서 원을 그리듯 가까이 내려온다. 6 · 25 때 제트기의 고공 낙하가 연상되어 흠칫해진다. 주위를 맴돌며 오르락내리락하는 작태가 완연히 경계하는 기세다. 우리는 그곳을 슬그머니 빠져나올 수밖에 없었다. 그곳은 그들의 영역으로 불가침의 장소였다. 따라오지 않는 것만 봐도 둥지의 새끼를 보호하기 위한 경계임이 틀림이 없었다. 모성 본능이야 어찌 사람에게뿐이랴. 모두 하늘의 철칙이 아니던가.

그 일 이후, 산책 코스를 바꾸었다. 이방인이 굳이 이 땅의 새들을 두렵게 할 까닭이 없어서다. 모든 피조물은 공생 공존하는 것이 본연의 질서요, 순응인 것을 어찌하랴.

우리 부부가 미국의 도시 롤리에 한 달 가까이 머무는 동안 아침 산책길에서 만난 새들, 결국 그 새들의 이름, 분포, 생태 등을 밝히는 것은 숙제로 남았다. 지상을 스치듯이 날고 반전해서 원을 그리듯이 날아오르는 모습은 제비 같기도 하지만 지저귀는 소리는 종다리에 가깝다. 당분간 '제비종다리'로 명명해두기로 한다.

수영장 클럽 사무실 입구에 심겨진 두 그루의 무궁화나무가 한 달내내 우리 부부를 반긴다. 다가가 만개한 핑크빛 꽃을 자세히 바라본다. 먼 이국땅에서 우리나라 꽃을 보게 되다니. '무궁화 삼천리 화려강산' 코러스가 긴 여운이 되어 메아리친다.

그로부터 미국 아들에게서 온 소식에 의하면, 이듬해 아들 집 처마에 새집이 들었다 한다. 새 사랑의 정이 소통되었나 보다. '제비종다리'.

눈치

우리 주변에는 눈치 둘레의 속담과 관용구가 수없이 많다. '눈치가 형사다' '앉을 자리 설 자리를 가리다' '눈치코치 다 안다' '눈칫밥 먹다' '절간에 가서도 눈치가 있어야 백하 젓국 얻어먹는다' '눈치 보다' '활개를 펴다' 등 옛부터 인간관계를 원활하게 이끌어온 우리 민족의 삶의 지혜, 처세의 예지가 숱한 눈치 속에 해학과 익살, 풍자 등으로 면면히 이어져오고 있다.

눈치란 남의 생각이나 느낌을 쉽게 알아챌 수 있는 힘이며 그것이 자연스럽게 겉으로 드러나는 태도를 이르는 말이다. 사람은 누구나 원했든 원하지 않았든 태어나는 순간부터 부딪치는 여러 관계 속에 산다. 눈치란 이 관계를 이루는 첫 작용이다. 이게 우리를 울게도 하고 웃게도 한다. 괴롭게도 하고 살맛나게 하기도 한다. 이를 원활하게 이끌지 못하면 사랑도 행복도 성공도 놓치기 일쑤다.

나라도 마찬가지다. 강대국 틈에 끼어 있는 우리나라는 여러모로

생명 질서의 코러스

눈치 보기에 바쁘다. 일제의 굴욕적인 억압 아래서, 살기 위해 나라의 광복을 위해 얼마나 많은 눈치와 투쟁을 벌였던가. 눈치가 우리일상에서 유달리 중요한 삶의 요인이 된 것도 아마 이 때문이라 할 것이다. 남북으로 분단이 된 동포끼리는 말할 것도 없지만 통일을위한 주변국들의 타산에 따른 눈치작전 또한 얼마나 치열한 현실인가.

눈치란 상대방의 의도나 감정이 겉으로 나타나지 않은 그의 본심을 선뜻 파악하는 일이다. 이러한 눈치 보기는 일상의 평범한 일들부터 사회적인 큰 이슈 등에 이르기까지 매우 넓게 작용한다. 눈치빠른 사람이 성공한다고들 한다. 그렇다면 눈치를 키우는 일은 결코소홀히 할 수 없는 일이 아닌가.

눈치는 흔히 말하는 센스이다. 그러나 단순한 센스만일 수는 없다. 약자가 강자의 마음속을 살피는 낌새 같은 것이라 할까. 상식이통하지 않는 사회에서는 없어서는 아니 될 지혜라고 할 수 있다.

상관 앞에서의 눈치는 어느 정도 자신을 낮추고 기분을 맞춰주는지혜이기도 하지만 때로 순간적인 거짓으로 자신의 이익을 챙기는편법이 되기도 한다. 눈치가 복잡한 이익사회에서 여러모로 악용되고 있는 것은 사실이지만 본질적으로 불건전한 것은 아니다. 눈치는아무 말 안 해도 이심전심으로 의사소통을 이루며 서로를 이해하고양보와 배려, 조정이 가능하기 때문이다. 무슨 일이든 불어닥치기전에 먼저 파악하고 대처 방안을 마련하는 것은 개인이든 사회와의 관계이든 그 갈등이나 불화의 조짐을 슬기롭게 잘 마무리하는 기제(機制)의 역할을 한다.

역경에 처한 사람을 돕고자 한다면 주변의 눈치를 살피지 말고 도움받을 대상에게 그늘이 지지 않게 말없는 적극성이 필요하다. 지나친 눈치작전은 서로를 피곤하게 할 뿐이다. 눈치만 보다 볼 장 다 보는 것은 새 세기에는 맞지 않는 일이다. 다른 사람의 눈치를 보지 않고 '틀림'이 아닌 '다름'의 눈으로 자신의 인생을 자신의 걸음으로 자신 있게 걸어가야 하리라. 자신의 선택이나 행위가 '정도(正道)에서 벗어난 것' 아니고 오히려 남들이 따라야 할 바른 일임에도 불구하고 그것이 그들과 '다른 선택'이라고 해서 배척되는 사례는 없지 않는가 생각해봐야 할 일이다. 이렇게 눈치를 보는 일이 때로 본질적 가치까지 뒤바뀌게 해선 안 될 것이다.

나는 부모를 떠나 어려운 피난살이에서 허구한 날 눈칫밥을 먹어야 했다. 어디서든 엎혀사는 신세가 다 그러하겠지만. 나도 내가 소위 밥값을 다 해낼 때까진 마찬가지였다. 그것이 오히려 일찍 독립할 수 있었던 힘이 아니었던가 싶다. 밥을 먹고 돌아서면 또 허기지고, 왜 그리도 배가 고팠던지. 육신의 고픔도 고픔이려니와 마음마저 춥고 시렸으니…….

그것은 60여 년 전의 일. 민족의 수난 시대, 절대빈곤 시절에 있었던 일이다. 통한의 서러운 세월을 겪으면서도 이웃을 의식하게 된 것은 전적으로 나와 함께해주신 절대자의 은혜였다. 형편이 풀리기

생명 질서의 코러스

만 하면 무상 행위를 되뇌며 눈치 보지 않고 이웃 대접하기를 즐겨
했다. 모든 여건을 섭리하여주신 보은의 삶을 살고 있으니 예서 더
한 축복이 어디 있으랴.

나는 결혼하고 대구에서의 10년간의 피난 생활을 접고 서울로 이
사를 했다. 그 당시 AID 주택 분양 계획에 차질이 생겨 세검정 단독
주택으로 전세를 들었다. 시조카와 함께였다. 수도가 들어오지 않아
우물을 이용했다. 도우미 처녀가 물지게를 지느라 애먹었다. 한 해
를 버티다 누상동으로 내려앉았다. 집주인은 과수댁, 수시로 집 점
검을 나왔다. 적산가옥이라 쥐들의 극성이 이만저만이 아니었다. 쥐
덫을 놓으라는 둥, 집을 깨끗이 쓰라는 둥, 까다롭기 이를 데가 없었
다. 집 없는 신세를 어쩌랴. 눈치를 보아가며 열심히 살 수밖에. 그
결심이 내 집 장만의 동기부여가 되지 않았나 싶다. 우리는 젊은 날
의 호기와 외화를 뒤로하고 허리띠를 졸라맸다. 1년 4개월을 버티다
가 이웃에 허름한 적산가옥을 사서 이층을 올렸다. 이 눈치 저 눈치
보지 않고 내 집에서 당당하게 살게 된 그 기쁨이야. 게다가 입식 부
엌에 수세식 화장실과 목욕탕을 갖춘 집, 오라버니가 다녀가시며 비
둘기집이라 했다.

오늘도 나는 노자의 가르침을 곱씹어본다. 사람은 우주의 진리를
따라 살아야 한다. 다른 사람을 아는 것은 현명하다. 그러나 자기 자
신을 아는 사람이 더욱 현명한 사람이다. 다른 사람을 이기는 사람
은 강하다. 그러나 자기 자신을 이기는 사람은 더욱 강하다. 죽으면

서도 자기가 멸망하지 않을 것을 아는 자는 영원하다. 이거야말로 눈치 보지 않고 떳떳하게 살아가는 도리가 아닌가.

생명 질서의 코러스

유머

나는 갓 태어난 우리 아이들의 배냇짓 웃음을 기억한다. 배 속에서부터 하던 버릇 탓인지 아가들은 오래지 않아 방긋거린다. 그 웃음 속에서 우리는 더없는 아름다움을 발견하고 행복을 느낀다. 그 웃음이야말로 하늘에 속한 웃음이 아닐 수 없다. 나는 주위에서도 이런 배냇짓 웃음을 웃는 아가들을 흔히 본다. 아가의 미소에서 생명의 환희를 느낀다. 그 미소 자체가 언어이며 사랑의 표현이 아닌가. 본능적인 감정의 표현이며 천진난만한 몸의 제스처이다. 어떻게 보면 아가가 세상에 태어나면서 고고의 울음을 터트린다고 하고 있지만 생각에 따라서는 숨을 세차게 내쉬는 바람에 나는 소리지 울음이 아니라고 했다.

웃음은 하나님이 인간에게 내려주신 귀한 선물이다. 항상 지친 영혼의 활력소가 되어준다. '인간의 웃음은 하나님이 만족하심이다'라고 했다.

웃음을 자아내는 유머(humor)란 세상을 긍정적으로 표현하는 화술이다. 긍정적인 사고는 그만큼 느긋한 익살로 이어져 인상 깊게 남는다. 그 소통이 더불어 상대방을 움직이게 한다. 독백이 아니라 듣는 이와 하나가 되는 희한한 화합의 즐거움이다.

어찌 보면 우리는 행복해서 웃는 것이 아니라 역으로 웃기 때문에 행복한 것인지도 모른다. 기쁘면 웃음이 절로 나오고 즐겁고 행복해지기 때문이리라. 요즈음 자주 입정에 오르는 말이다.

세월이 많이도 바뀌었다. 나는 어렸을 때부터 '여자는 조신해야 하며 웃음이 헤퍼서는 안 된다'는 교육을 받고 자랐다. 웃는다고 하는 것이 입을 다문 채 미소 짓는 게 고작이었다. 그것도 입을 열고 웃게 되면 자동적으로 손이 입을 가렸다. 예를 차리느라? 수줍어서? 확실치는 않으나 어른들 앞에서 깔깔거리며 소리 내어 웃어본 일이 별로 없다. 숨어서 웃었는지 웃음을 접고 살았는지 잘 알 수가 없다. 그렇다고 그게 불행하다는 생각은 하지 않았다.

요즘 형편이 어렵다고들 한다. 날이 지나도 미국발 경제 쓰나미에 이은 서방 국가들의 경제공황이 얼른 잦아들지 않고 있다. 사회면을 메우고 있는 우울한 현실들을 보면 웃을 수만은 없지 않은가. 이럴 때일수록 유머가 절실해진다. 힘들수록 웃음이 필요하다. 웃음이야말로 어려움이 나를 붙들지 못하도록 막아주는 존재이기 때문이다.

유머는 오랜 세월 우리 삶 속의 활력소로 이어져왔다. 요즘 무릇 정보는 코믹한 개그(gag)가 끼지 않는 게 없다. 그만큼 경쟁적인 어

생명 질서의 코러스

려운 세태 탓일 것이다. 연극, 영화, 텔레비전 등에서 관객의 관심을 끌기 위하여 끼워 넣는 즉흥적인 대사나 우스갯짓이 그것이다. 유머는 우리 마음을 송두리째 열어젖혀 누그러뜨리는 마력이 있다. 그것으로 아픔이나 고뇌를 잠시라도 잊게 된다면 힘겨운 삶에도 결국 익숙해지게 마련일 것이다.

나는 그런 개그에 선뜻 동화되지 못하는 편이다. 세대 탓인진 모르지만 어쩐지 억지 같아 외면해버리기 일쑤이다. 그래서 그만큼 웃음을 잃고 사는지 모른다. 때로 감정까지도 속이며 살고 있지나 않는지.

지난 주일 직장인 여전도회 주관으로 C 웃음치료사를 초청한 '희로애락(喜怒哀樂)을 이기는 웃음치료' 특강이 있었다. 돈 한푼 안 들고도 가장 효과가 좋은 행복 비법. 썰렁한 우스갯소리가 아닌, 마음이 퍽 따뜻해지는 긍정적인 유머로 일상을 바꾸어가자는 발제였다.

우연히 TV 프로그램을 보았다. 용인장사씨름대회에서 백호장사가 탄생하는 장면이었다. 두 팔을 높이 치켜들고 포효하며 활짝 웃는 웃음은 승리자의 통쾌한 웃음이다. 그 환희와 감격은 고스란히 관중들의 몫이었다.

지난 주일부터 3일간 부흥사경회가 있었다. '예수님을 말하자'라는 주제였다. 목사님이 어찌나 코믹하게 잘 웃기시는지 시간마다 웃음소리가 교회를 흔들어댔다. 긴장이 풀어지고 마음이 열려서 메시지가 깊은 깨달음을 주었다. 그 목사님은 오랜 경륜과 영성이 하늘에 닿은 전도의 달인이셨다.

나는 지금껏 긍정적인 마인드로 살자고 노력해왔다. 언제부터인가 느슨해지면서 얼른 결단을 내리지 못한 경우가 잦아졌다. 실수가 두려운 것인가, 자신감의 사그라짐인가, 직감도 무디어지고 있다. 날이 갈수록 감성이 여려지고 눈물이 흐른다. 마음마저 시려온다. 나에게는 눈물을 승화시키는 웃음이 절실한 때가 지금인 것 같다.

건강은 웃음이다. 웃음이 있는 곳에 사람과 사람 사이의 결합이 따뜻해진다. 하나 되는 진리가 나타난다. 지금 어려운 나라 사정이 웃음을 앗아 가고 있지만 아이 어른 구별 없이 그것을 새 도약의 기회로 웃고 웃기며 기쁨으로 헤쳐나가면 곧 밝은 새날이 아롱진 꿈을 안겨줄 것이다.

생명 질서의 코러스

노래는 나래를 펴고

수요일 오전 10시, 가곡 교실 수업이 시작되었다.

"그토록 바라던 시간이 왔어요. 모든 사람의 축복에 사랑의 서약을…… 병들고 지칠 때 지금처럼 내 곁에서 서로 위로해줄 수 있나요. 함께 걸어가야 할 수많은 시간 앞에서 우리들의 약속은 언제나 변함없다는 것을…… 저 하늘이 부르는 그날까지……." 혼례를 올리는 신랑 신부를 위한, 김광진 작사 작곡의 〈사랑의 서약〉이란 노래를 나는 옛날을 떠올리며 가슴으로 불러나갔다.

유독 여름을 타는 나는 여름나기가 여러모로 힘이 들었다. 더위에 지친 어느 날, 신문을 뒤적이다 서초여성회관의 가곡 교실 광고지를 접하고 피서의 한 방편으로 단숨에 달려가 가곡반을 두들겼다. 지도교사는 이탈리아에서 성악을 전공한 조용한 인상의 여자분이다.

좋은 시에 아름다운 악상(樂想), 어우러진 감동적인 가곡이 마음을 사로잡았다. 사랑과 그리움의 서정이 한껏 마음을 부풀게 했다. 새삼 민족의 고통과 애환을 달래주던 가곡들을 접하면서 우리 것에 대한 애착과 소중함도 되새기게 되었다. 외국의 명곡들도 심심찮게 끼인다. 원어로도 부르게 된다. 한 기에 선곡되는 노래는 20여 곡, 90분 수업이 짧기만 하다. 집에서 도보로 10분 거리, 왜 진즉 알지 못했을까. 집에 돌아와서도 가곡들의 선율을 타며 가물가물한 가사를 흥얼거리면 식구들 사이에도 덩달아 웃음꽃이 피어난다.

아득한 여고 시절 우리 음악을 담당했던 일본인 여선생님은 왜소한 체구에 병약했다. 선생이 피아노를 치며 한 소절 한 소절 선창을 하면 따라 부르곤 했다. 그에 빠져든 우리는 전곡을 다 불러달라고 안달이었다. 체구와는 달리 곱고 우렁찬 선생님의 목소리는 우리를 황홀하게 했다. 그래서 음악시간은 언제나 기다려지는 흐뭇한 시간이었다.

나는 가곡을 무척 좋아했다. 〈가을맞이 가곡의 밤〉(MBC), 〈한국 가곡제〉(조선일보사) 등은 빠지지 않고 달려가 심취했었다. 그러면서도 한편으로는 내내 찬송가에 묻혀서 살아왔다.

유고슬라비아의 노벨 문학상 수상자(1961), 이보 안드리치는 "망각은 만사를 고쳐주고 노래는 망각을 부추기는 가장 아름다운 방법이다. 사람은 노래 속에서 오직 자기가 사랑하는 것만을 느끼기 때문이다."라고 말했다.

노래는 사람과 사람 사이의 유대관계를 쉽게 맺어주고 그 공감대를 더없이 깊게 한다. 박자가 고르고 리듬이 경쾌하면 저절로 춤이

생명 질서의 코러스

추어지기도 한다. 부드러운 멜로디의 서정적인 노래는 평화롭고 목가적인 분위기를 연상시킨다. 그 절묘한 정감은 노래를 뛰어넘어 행복 그 자체이다. 그 행복을 나누고자 우리들은 이따금 복지시설을 찾아가기도 했다. 음악 태교, 음악 치료, 찬양 목회 등, 꽤 높은 수준으로 인정받기에 이르고 있다.

첫해 여름 노래와 함께 더위를 날려 보낼 수 있었던 가곡 교실을 나는 지금껏 다니고 있다. 해를 거듭하며 계속한 보람은 이른바 복부발성을 익히게 된 것이리라 할 것이다. 성대가 트이고 알토임에도 소프라노만큼 높은 소리를 내게 되었다. 시의 뜻을 음미하며 부르노라면 곱게 다가오는 서정의 희열로 가슴이 훈훈해진다.

나는 지금도 김동진 작곡의 노래들을 즐겨 부른다. 〈가고파〉 〈봄이 오면〉 〈내 마음〉 〈진달래〉 〈목련화〉 등. 그중에서도 〈가고파〉는 이산의 한을 달래며 절규하듯 열창한다.

지난 12월 8일 예술의 전당 콘서트홀에서 소프라노 신영옥과 이탈리아계 미국인 테너 레오나르도 카팔보와의 '러브듀엣' 콘서트가 열렸다. 그녀는 1990년대부터 영혼을 울리는 천상의 목소리로 각광을 받은 세계적 소프라노다. 어느 해인가 새문안교회에 와서 헌금송을 불렀던 적이 있었다. 그때 듣지 못한 아쉬움이 남아 이번 콘서트를 놓치지 않고 찾았다. 감미로운 사랑의 세레나데 하모니는 장장 두 시간의 흐름을 멈추게 했다. 홀을 가득 메운 청중의 열광적인 앙코르에 세 곡이나 응해주었다.

공연이 끝났을 때, 밖에는 때 아닌 비가 주룩주룩 내리고 있었다. 우산 준비를 못한 우리는 핸드폰 카메라를 들고 서성거리는 무리들 틈에 끼어 있었다. 이윽고 출연자의 모습이 나타났다. 사인을 받으려는 행렬이 금세 장사진을 이루었다. 나도 줄을 서서 기다리다 눈길을 마주했다. 반가워했다.

"내 한계를 넘어서고 싶은 생각은 없습니다. 죽을 때까지 보람 있는 그런 삶을 살 수 있기를 희망합니다. 그렇기 때문에 보이지 않는 무대 뒤에서의 삶 역시 최선을 다해 충실하게 살아가고 싶어요. 노래는 내 인생이니까요." 그녀의 사인이 든 순서지에 친필로 또 사인을 받고 나니 입가에 미소가 번졌다. 소녀 같은 나의 거동에 남편은 못 말리겠다는 표정이었다. 빗줄기가 약해졌다. 오후 10시 반, 8시에 시작된 콘서트였다.

영혼 속에 메아리친 긴긴 여운에 나의 시간을 담아 천천히 아주 천천히 흘러 보내리라. 기다려주지 않는 세월에…….

수필집 날개를 달고

내가 글을 쓰는 이유는 나를 스스로 일깨우고 추스르기 위해서가 아니다. 그게 그냥 즐겁고 행복해서다. 나 자신의 청람을 위해 수시로 쌓이는 우수와 권태를 승화하는 행동의 일환으로 글을 쓰는 것이다.

우리를 스치는 숱한 만남은 믿음으로 시작된다. 그 속에서 사랑을 체험하며 섭리를 터득한다. 사색과 서정의 막바지에 높으신 이와의 만남은 태초부터 그렇게 예정되어 있었던 것처럼 감읍을 가눌 길이 없다. 세상에 혼자인 것은 없는 것, 과연 나는 누구를 위해 무엇을 위해 이 땅에 존재해야 하는가를 시도 때도 없이 묻게 된다. 마음을 털어내고 털어낸 그 빈자리에 무엇인가 채워야 한다는 신명으로 나는 펜을 들고 있다.

무탈하게 덧없이 흘러가버린 시간들. 더불어 흘러가버린 잡답한 일상들, 그런데도 문득 간직하고 싶은 알맹이가 잡힐 때 그 사연들을 에세이로 써보는 것이 바로 나의 기쁨이다. 그게 묶어볼 생각이 들 만큼 부풀어졌다. 무엇인가 이룰 일이 생긴 것만으로도 가슴이 뛰었다. 그러나 책이 언어 공해처럼 범람하는 현실에 나까지 불쑥 낀다는 것이 몇 번이나 망설여졌다. 하지만 내 인생의 객관적 시상을 헤아리는 많은 친지들의 강권이 나로 하여금 용단을 내리게 했다. 그렇다. 말은 흩어져 날지만 글은 그대로 남는다. 사람은 죽어도 글로 다시 태어난다.

작으나마 글쓰기의 자질을 주신 부모님께 이 효심을 바쳐야 한다. 그런 부모를 주신 주님께 영광을 바쳐야 한다. 나의 용단은 그렇게 시행되었다.

이수영 담임목사님과 출판기념회 일정을 의논하였다. 10월 26일로 잡혔다. 나의 감격은 이루 헤아릴 수가 없었다. 왜? 그날은 꿈에도 그리던 어머니 생신이기 때문이다. 그 섭리에 나는 얼마나 울었는지 모른다. 축송 부를 집사님이 시편 23편을 불러도 되겠냐고 물었을 때 내가 가장 좋아하는 그것을 어떻게 아셨느냐고 반문했다. 목사님이 선곡한 찬송가도 우리가 뽑은 것과 일치했으니 모든 것이 짜맞추어진 듯했다. 그리하여 출판기념회는 여러분들의 하나같은 축복 속에 내 인생의 더없는 행복의 삽도(揷圖)가 되었다.

지금껏 남편이나 나는 어려운 세월 탓에 자식들 혼례 때 말고는 잔치다운 잔치를 연 적도 받아본 적도 없다. 출판기념회를 통해서 이 모든 사랑의 정을 깊게 나누는 일념으로 감사예식을 치르기로 했다.

당일 쏟아져 들어오는 축복과 찬사가 감사예배를 뜨겁게 달구어 주었다.

독자들의 전화벨이 한동안 쉬지 않고 울려댔다. 박수를 치며 '스타'라고 반기는 평양의 서문고녀(西門高女) 동창생들은 울음을 참을 수 없었단다. 사실 우리는 다같이 온갖 풍상을 겪은 실향민이 아니던가.

우리 아이들, 손녀들은 학교를 조퇴하고 달려왔다. "할머니 할아버지가 유명하고 훌륭하시다는 걸 이제야 알았어요. 정말 멋져요. 파이팅!"

미국에 있는 둘째 아들네는 오지는 못했지만 마음은 이미 곁에 와 있었다.

"아름답게 늙어갈 수 있는 지혜지요. 이제까지 머뭇거려왔던 발표에 자신감이 생겼지요. 경험이란 소중한 날개가 달아졌으니 무한한 창공으로 독수리처럼 비상하세요."

"책을 읽고 대화를 나눈 듯한 친근감이 들었습니다. 한번 시작한 일을 끝까지 최선을 다하는 모습을 보면서 언젠가는 나도 한번 책으로 엮어보아야겠습니다."

"한번 스쳐가면 옛이야기가 되어 세월에 묻혀버릴 일을 멋지게 아름답게 그렸습니다. 제2집 3집을 내시고, 건강도 보살피세요."

"한 편 한 편이 너무나 생생한 옛 기억을 선물하고 있습니다. 잔잔한 감동으로 가슴에 스며듭니다."

"언제나 단정하시고 조용하시며 포근한 사랑의 고매한 인격으로 다가오시는 장로님, 믿음으로 아름답고 멋진 삶을 펼쳐가시는 모습을 오래오래 뵈옵고 배울 수 있게 되기를 원합니다."

자신의 시를 보내시며 말씀 전해주신 분도 있었다. "귀한 책을 주신 우정을 깊이 새기고 있습니다. 뒤에 발문을 쓰신 최병호 선생님은 오래 사귀고 있습니다. 더욱 반갑군요. 오늘은 책을 받은 고마운 마음만 알리는 엽서를 드리고 읽은 다음에 편지를 쓰겠습니다. 늘 건강하십시오."

타래 동인 문웅 선생님은 손수 서예작품을 써 보내왔다. 서예가인지도 모르고 지냈는데 놀라웠다. "當常喜樂祈禱 不輟萬事謝恩 忍迎 文熊."

"장로님의 분신으로 태어난 수필집, 한 단원 읽고 장로님의 생각과 감상 속으로 들어가보고, 한 단원 읽고 장로님의 그리움에 젖어보고 그렇게 읽었어요. 겉사람도 속사람도 아름다우신 장로님, 책 속에 다하지 못한 이야기도 듣고 맛있는 애찬도 나누고 그런 시간 갖고 싶어요. 귀한 시간 조금만 허락해주십사 간언 드려요."

이메일 답신을 주시며 자신의 홈페이지에 내 수필집을 소개해주신 선생님, 마음의 정성을 담아 보내온 손길들, 이메일로 장문의 격려를 보내주신 이들, 축전으로 격려해주신 이들. 수필을 읽은 감상의 메아리가 답지했다. 집요한 성화에 향연도 받고, 시간을 할애해 달라는 요청들은 아직 숙제로 남아 있다. 한동안 구름에 떠 있는 것 같은 환상에 젖어 일이 손에 잡히지 않았다. 주체할 수 없는 부끄러움과 기쁨의 나날들이 밤잠을 설치게도 했다.

언제 이런 즐거운 비명 속에서 헤어 나오나, 아무 일도 없었던 것처럼 언제 일상으로 회귀하려나. 그래도 마냥 흐뭇하고 기쁘다. 모든 이들의 축하와 격려가 가슴 가득 밀려와 깊이깊이 잦아들었다.

글이란 모든 것을 위해서 쓴다고 했다. 자신의 기쁨을 위해서건 혹은 돈, 사랑, 또는 명예를 위해서건 산고를 겪는 괴롭고 힘든 아픔을 거쳐야 한다고 했다.

나도 수년간 글을 써오면서 무력감에 젖어 포기하고 싶은 때가 한두 번이 아니었다. 살아온 역정(歷程)들을 남기고 싶은 욕망이 밀려오면 마음을 가다듬어보지만 진도를 낼 수 없는 지경에 이르면 좌절하곤 했었다.

돌이켜보면 나만의 기쁨을 위해서 붓 가는 대로 긁적였던 글들이 부끄러워진다. 세월의 흐름에 따라 글쓰기의 개념도 변화하고 있다. 인간 본연의 맑은 심성을 회복하고 사회를 정화시켜나가는 붓의 위력을 절절히 느껴본다. 힘들고 괴로워도 그 괴로움을 사서 글을 얻었을 때의 기쁨은 귀중한 보상이 되고 은혜가 아닐 수 없다. 시류를 역행할 수 없는 현실임에랴. 내면의 성숙이 우선되어서 생각과 생활

방식이 확실하게 변해야 하겠다. 벅찬 소명과 의무감에 가슴 설레며 글쓰기로써 사회 정화의 일익을 담당할 수 있기를 소망해본다.

생명 질서의 코러스

제5부

성막의 설계사

경인(庚寅)년 새날을 열며 | 성막의 설계사 (1) | 시련 | 여로 | 기다림의

정서 | 주치의 | 천만 불 미소 | 교통사고 | 성막의 설계사 (2)

경인(庚寅)년 새날을 열며

온 누리의 기대와 환호 속에 보신각 타종의 긴 여운이 백호랑이해의 여명을 열었다. 남편과 나는 TV 앞에서 예년과 같이 조용히 새해를 맞았다. 나는 먼저 가슴 깊숙이 모신, 벌써 돌아가셨을 어머니에게 온 마음을 모아 세배를 올렸다.

새 세기에 들어 어언 10년, 어찌 일말의 감회가 없으랴. 삶에 지친 고단한 영혼들에게는 산다는 일 자체가 아픔인 것은 분명하지만, 또한 축복일 수도 있음을 깨닫게 하는 전환의 순간이 바로 이날이 아닐까. 꿈에 부풀었던 옛일들을 회억하며 나는 옷깃을 여민다.

사양길에 접어들었음인가. 어제의 모든 날들이 새날들의 밑거름으로 더욱 푸르러지길 바라는 마음이 간절해진다. 해마다 지난 세월을 돌아보면 모두 무위로 끝내버린 것 같아 새삼 아쉽게 느껴진다. 올해도 예외가 아니다. 그리하여 경인년 새해는 후회 없는 내실한 삶을 엮자고 다짐한다. 거듭되는 새해의 의욕이기도 하다. 삶의 수레바퀴는 줄곧 돌아가고 있다. 부질없는 아집으로 실천하지 못한 일들이 얼마나 많던가. 어제는 이미 역사의 뒤안길로 사라지고 있는데…….

음력을 쓰던 옛 설날은 우리 민족의 최대의 명절이었다. 한 해를 시작하는 첫날의 축원이 넘치는 복받는 날이었다. 양력으로 통일되면서 '이중과세' 같은 거북함이 없지 않았지만 이젠 새봄맞이 명절로 그 뜻이 더욱 깊어지고 있다. 세배의 예절은 설날의 미덕으로 이어지고 있다.

우리는 오래전부터 양력설을 쇠고 있다. 음력설에는 시댁을 방문, 실향의 아픔을 달래곤 했었다. 아버지 같은 큰오라버니도 시숙도 이미 타계한 지 10년이 되어온다. 어느새 우리 부부는 큰절을 받기만 하는 세대가 되어버렸다. 미국 사는 아들네와 조카 가족들이 이곳 시간에 맞춰 전화 세배를 한다. 함께 세찬을 나누지는 못하지만 카랑카랑한 축원의 인사가 더없는 성찬이 된다.

천안 사는 삼촌과 둘째 조카, 서울 사는 큰 조카 삼부자는 작년 마지막 주일에 이미 세배를 왔다. 삼촌 본가에서는 음력설을 쇤다. 양력설에는 조카들 처가에 가야 하고, 의사인 두 조카들은 주일 휴무를 이용, 고모네로 세배를 오게 된 것이다.

양력설에는 서울 사는 친지들만의 세배를 받으며 한 해 동안 못다 한 기쁨을 나누었다. 세찬은 다과로 간소화되고, 눈코 뜰 사이 없이 공부하는 큰 아이들의 세뱃돈은 그 심부름을 어른들이 하는 기현상이 벌어지고 있다. 한가로이 떡국을 나누며 집이 떠나가라 즐기던 윷놀이도 할 수 없게 된 설 풍습이 세월의 무상함을 안겨준다. 많이도 변해버린 세상이니 세정도 편의대로 변하기 마련인가 보다.

일제 시대 양력설은 '일본의 설'이었다. 이승만 정부 시절은 3일 연휴로 법제화하기도 했었다. 박정희 군사정부에 의해 단기(檀紀)를 서기(西紀)로 음력(陰曆)을 양력(陽曆)으로 바꾸고 통일했다. 전두환, 노태우 정부에서는 음력설을 '민속의 날'로 되찾아 중국의 춘절처럼 명절이 하나 더 생기게 되었다. 지금은 음력설을 설날로 정하고 연휴로 하고 있다.

금년은 새해 벽두부터 우리 국민 모두를 달뜨게 하는 낭보들이 줄을 잇고 있다. 아랍에미리트의 원전 수주를 비롯해서 46년간 유엔개발계획(UNDP) 아래 있던 우리나라가 선진국 그룹인 개발원조위원회(OECD) 산하 원조를 주는 나라로, G20의 개최국으로 부상되어 그 책임과 임무를 다하는, 국제적인 영향력을 드높이게 된 점들이다. 일류 국가로 도약하는 길목에서 격상된 국격(國格)에 걸맞게 서로 배려하고 서로 나누며 새롭게 일어서는 해로 희망을 바라보며 달려가야 하리라. 온 국민이 함께 힘을 모아 평화와 자유, 민주, 행복이 넘치는 해가 되었으면 하는 바람이다. 찬란한 새 아침의 눈부신 앞날을 축하해야겠다.

금년은 6 · 25 한국전쟁 60년을 맞는 해이다. 4 · 19 혁명 50주년,

한일 강제 병탄 100년 등, 역사적으로 뜻깊은 해이다. 일제하에서부터, 전쟁과 전후의 참화(慘禍)를 두루 겪으며 살아온 우리 세대들에게는 감회가 남다르다. 실향의 오뇌(懊惱) 또한 가슴에 절절히 맺혀 있다. 그래서 이 민족의 통일을 소망하며 기도의 끈을 놓지 않고 있다.

농경사회에서 조상에 대한 제사문화 때문에 사랑받던 의례들은 없어지고 새로운 풍속들이 자리 잡아가는 것이 문화의 생성과 발달 소멸이라 했다. 그렇다면 21세기 국제화, 정보화, 세계화, 디지털 시대의 도래와 정보기술의 확산을 맞아 우리의 관습이 미풍양속으로만 치부될 수 없지 않을까. 세계가 하나이듯 언젠가는 이중과세 같은 폐습이 없어졌으면 싶다.

요즘은 멀리 떨어져 있던 자녀들의 귀성으로 못 보던 가족의 만남이라는 의미가 더 커져서 땅끝도 마다 않는 민족 대이동(Seollar Migration)은 신정에 국한된 것이 아니다. 추석(ChuSeok Migration) 때도 줄을 잇고 있다. 귀성 전통이 만들어진 지 50년 남짓, 대가족이 사라지고 장묘문화가 바뀌고 있다. 고향을 찾기 위해 치러야 하는 대가는 주리가 틀리고 혹독하지 않은가. 피붙이의 따스하고 끈끈한 정을 뉘라서 막을 수 있겠는가. 민족 대이동도 한 번으로 족하지 않을까.

경인년 벽두, 또 한 가지 바람이 있다면 좋은 글을 쓰고 싶다. 독자들의 마음에 공감과 위안을 줄 수 있다면 더 이상의 축복이 어디 또 있겠는가. 수많은 문우들로부터 받은 수필집에 감사의 마음을 담은 제2수필집을 상재할 수 있기를 소망해본다.

경인(庚寅)년 새날을 열며

성막의 설계사 (1)

어디서 그런 힘이 솟는 것인지. 너는 내 것이라고 택함받은 기쁨에서일까, 쓰임받고 있다는 자긍심과 자신감이 펄펄 난다. 오늘도 '성막의 설계사'는 어김없이 아침 8시 반에 집을 나선다.

과묵하고 무표정한 남편. 50년 가까이 함께한 날들을 회상해본다. 한평생을 건축설계사로 외길 인생을 살아왔다. 어쩌면 한 번쯤은 싫증도 나련만 일이 그렇게 신이 난단다. 성전 건축설계를 하기 위해 태어난 사람임에 틀림없다.

"건축가의 운명은 가장 짓궂은 것이다. 한번 살아보지 못할 건물을 낳기 위해서 그는 얼마나 자주 그의 모든 영혼, 그의 모든 마음, 그의 모든 정열을 쏟아놓는가!" J.W. 괴테의 말이다.

건축가 김중업은 "건축은 이글이글 타오르는 꿈과 사랑을 시간과 공간 속에 정성들여 녹여 붓는 작업이다."라고 했다.

요즈음의 교회 건축설계 트렌드는 교회가 예배당 건축 공고를 내는 것으로 시작된다. 공고를 접한 건축설계사는 지명원을 교회에 제출한다. 교회는 이를 심의, 3~5명 정도의 설계사에게 현상작품의 제출을 요구한다. 여기에 지명된 설계사는 현장 설명과 교회의 건축 설계 지침서에 의해 바로 작품을 계획하게 된다. 건축물의 배치, 평면, 입면, 단면 등의 구도를 비롯해서 투시도, 조감도, 모형물까지도 만든다. 그러나 당선 가능성은 3~5분의 1이다. 교회가 최종 선택을 내리면 설계 의뢰와 동시에 그에 따른 제반 계약이 체결된다. 어느 분야를 막론하고 치열한 경쟁 속에 살고 있다는 것이 그때마다 피부에 와닿는다. 과거처럼 건축주가 직접 찾아와 설계와 감독을 의뢰하던 때와는 사뭇 그 양상이 달라진 것이다.

하나의 작품이 당선되기까지는 새 경지를 창조하는 피나는 경쟁이다. 그 고독한 천착은 멀고도 험난하다. 한계를 건 투쟁이기도 하다. 몇 날 며칠을 깊은 사색과 더불어 스케치에 몰두하며 작품을 구상한다. 남편의 이런 스케치는 곧 기도요, 갈망하는 열기다. 인간의 목적이 궁극적으로 보답되는 과정이 바로 인간의 사색이다. "사색에 있어서만 인간은 신이 된다." B.A.W. 러셀의 말이다. 지식을 얻기 위해 책들을 뒤적이지만 그것은 지식의 재료들을 줄 뿐이다. 자신의 것으로 만드려면 그것을 바탕으로 한 상상력이 필요하다. 인간 경험을 형상화하는 바로 그 힘인 것이다. 과거와 현재와 미래가 만나는 실재의 접점이다. 승부는 창조적인 상상력에 달려 있다고 말할 수 있다. 본능 이상의 사유, 그것은 어느 경우나 공적에 관계없이 주시는 하나님의 무조건적인 사랑의 응답이다. "나의 나 된 것은 하나님의 은혜요, 성전 건축의 길을 열어주시고 친히 이끌어주시는 이도 여호와시라." 남편은 입버릇처럼 고백한다. 세월의 무게가 힘겨울 터인데도 의욕은 대단하다. 나이 듦에 따라 능력의 한계를 곱씹으면서 창조자와의 만남을 갈망하는 모습이 뜨겁기만 하다.

대구중앙교회는 1924년 10월 26일 제일교회에서 분립, 창립예배를 드렸다. 교회 건축설계 현상 모집에 세 업체가 선정된 것은 2004년 8월 중순, 교회 창립 80주년을 맞아 새 성전을 건축하기 위해 대지를 구입하고서였다. 세 업체에 낀 후, 45일간의 묵묵한 경쟁이 피를 말리게 했다. 보이는 가능성은 3분의 1이지만 그 쟁취를 위한 정성은 보는 이를 한없이 안쓰럽게 했다. 누구도 부접할 수 없는 성스러움마저 느끼게 했다.

드디어 대구중앙교회에서 설계가 당선되었다는 희보가 날아든 것은 2004년 11월 19일. 이듬해 5월, 건축 허가를 받고 7월에 착공예배를 드렸다. 연면적 2,083평, 총 공사비 68억. 착공한 지 14개월 만인 2006년 10월 22일, 감격의 입당 감사예배를 드렸다. 이 땅에 또하나의 성전이 세워진 것이다.

입당예배를 드린 기쁨이 채 가시기도 전에 나는 우연히 대구중앙교회 요람을 뒤적이며 적이 놀라지 않을 수 없었다. 오라버니가 1978년부터 섬기던 교회였다는 사실을 확인했기 때문이다. 아! 그 오라버니의 혼령이 도우셨구나, 가슴이 뭉클하였다. 진실은 어떻게

든 보답되는 것일까. 오라버니가 대구의 병원을 폐업하고 1992년 아들들이 있는 서울로 이사하기까지 14년간을 그 교회에 출석하셨던 것이다. 오라버니는 7년 전 이미 타계하셨는데……

울산남부교회가 교회 건축 계획을 세우고 새로 지은 교회를 답사하던 중 소문을 듣고 대구중앙교회를 찾게 되었다. 온 교회 제직들이 환호하며 즉시 만나자는 전갈이 왔다. 현상 설계고 뭐고 할 것 없이 대구중앙교회와 꼭 같은 설계만 해달라고 요청했다. 그것이 2007년 초, 근래에 유례가 없는 수의계약이 이루어진 것이다. 2,400여 평의 본당과 교육관 300여 평, 총 2,741평의 교회 설계가 현재 진행 중에 있으며 12월에 착공할 예정이다.

연이은 기적 같은 섭리에 주체할 수 없는 감사와 감격이 가슴에 요동쳤다. 내 마음속 깊이 불사조처럼 살아 있는 오라버니의 영상, 아버지 같은 따뜻한 가슴으로 지금도 변함없이 도움의 손길을 펴고 계시다니……

오라버니가 세상에서 가장 아끼셨던 여인, 올케가 지금 치매를 앓고 있다. 병상을 찾지 못했지만 우리 부부는 오라버니 뒤를 이어 의사가 된 둘째 아들을 찾아 몇 번이나 위로와 격려를 아끼지 않고 있다.

시련

『25시』의 작가 게오르규는 문인을 '잠수함 속의 토끼'라고 말한 적이 있다. 또 소설가는 지진계(地震計)라고 비유하기도 했다. 잠수함 속의 산소가 바닥나서 인체에 위험 상황이 닥칠 때 그것을 맨 먼저 몸으로 감지하여 죽음을 통해 경고해주는 동물이 토끼이고, 지진계 역시 그런 재앙을 예고해주는 장치이니 둘 다 비슷한 내용으로 생각한다.

우리네 일상에서도 주님은 그런 예고나 암시 같은 것을 수시로 주시는 게 아닐까. 지난해 말, 12월 28일 새끼발가락 골절로 꼬박 한 달 동안 칩거 생활을 했었다. 간신히 회복이 되어 평소의 일상으로 되돌아왔으면 그 뒤로 매사에 삼가고 또 조심해야 했으련만 그렇지 못했다. 새문안 호스피스 제3기 과정에 등록하였다. 3월 29일 개강, 그간 소원했던 친구들도 만나고, 활발하게 움직였다.

그런데 4월 3일, 사고가 발생했다. 옥탑방 모임을 끝내고 막 귀가

하는 길에 시동을 걸려고 부르릉거리는 오토바이를 요리저리 피하려다 제풀에 넘어지고 만 것이다. 발목이 뒤틀려 쉽게 일어날 수가 없었다. 왼쪽 발은 심한 통증과 함께 부어오르고, 오른쪽 무릎은 찰과상으로 바지에 구멍이 나 피가 맺혔다. 황급히 달려온 남편의 부축으로 병원을 찾았다. 왼발 두 군데 뼈가 금이 갔다고 한다. 반부츠를 대고 붕대를 둘둘 감고 돌아왔다. 피멍이 든 부기와 염증을 가라앉히기 위해 얼음찜질을 하며 소염제를 복용했다.

열흘이 지난 뒤 발 깁스를 했다. 약에 민감한 체질이라며 순한 약을 처방한다고 했다. 그런데도 위장장애가 심해졌다. 서둘러 해정병원 조카에게 달려갔다. 남편과 함께 내시경 등 종합건강검진을 받았다. 위 몇 군데 궤양이 보이고 염증이 있다는 진단이었다. 복용해오던 모든 약을 끊고 위장부터 다스려야 한다고 했다. 다른 기관은 별다른 이상이 없어 다행이었다. 정상으로 회복되기까지는 또 지루한 기다림이 되풀이되겠지. 정말 어처구니없는 일이다.

담임목사와 은퇴장로와의 간담회를 비롯해서 호스피스 교육, 그밖의 여러 문화 활동도 접어야 하니 막막한 생각이 앞선다. 새문안교회 창립 120주년 기념행사로, 언더우드 선교사가 설립한 형제교회를 방문하여 예배를 드리는 데 동참하기로 되어 있었다. 4월 15일 주일에는 남편의 설계로 세워진 양평동교회 방문예배에 우리 부부가 초청되었다. 30년이 흘렀지만 그곳 장로님들은 건립 당시의 그 감동을 잊지 않고 있었다. 쉬어라 쉬어라 강권하시는 이의 섭리를 가슴으로 받으면서도 세월아 네월아는 할 수 없는 것, 혼자를 견디며 세월을 넘길 느긋한 생각을 여러모로 곱씹어본다.

4월은 어느새 우리 가족에게도 잔인한 달이 되어 우리를 옭아매고 있었다. 미국에 이민 가서 살고 있는 조카 봉춘이가 뜻밖에 심장수술을 받았다는 소식을 전해왔다. 응급실로 달려가 고비를 넘겼다는 소식에 아연했다. 살아주어서 고맙고 예뻤다는 남편의 눈물 어린 전화가 내 가슴을 울렸다. 그것도 모른 채 1946년 3·1절 바로 전날에 태어난 그녀의 회갑을 축하하는 정성을 듬뿍 담아 보냈었는데…….이모가 걱정할까 봐 미국의 정수 내외에게도 함구시켰다 한다. 바로 퇴원하던 날 오후 6시에야 직접 그녀의 육성을 들을 수 있었다. 그녀의 목소리는 무척 쇠약해져 있었다. 지켜주신 손길에 감사하는 눈물이 한없이 쏟아졌다.

김대원 안수집사의 소식. 부인 이재옥 권사의 목멘 전갈을 듣고 또 경악했다. 전립선암으로 방광까지 적출해야 한다니…….발을 동동 구르며 문병에 나설 수도 없는 처지가 안타까웠다. 쾌유를 비는 기도와 전화 통화로 위로를 드릴 수밖에.

LA 친구 이정원 장로로부터 달포 전에 전화가 왔다. 횡설수설, 한 소리를 또 또 되풀이하던 그녀. 예감이 이상해져 장문의 편지를 띄웠으나 회신이 없었다. 전화기 들기를 수십 번, 받지도 않고 메시지를 남겨도 깜깜무소식이었다. 새문안의 C 권사의 딸이 LA 친구가 나가는 교회에 다니고 있어 운을 뗐더니 며칠 전 뇌경색으로 쓰러져 입원을 했는데 의식은 회복된 상태라 한다. 가여운 그녀, 그만 엉엉 소리 내어 울고 말았다. 친구야, 힘을 내거라! 그렇게 끝나면 안 되지. 주여, 그녀의 거동이 불편하지 않도록 회복시켜주소서! 내게 닥친 계속된 시련들이 오버랩되어 제 설움에 울적해지는 마음을 달랠 길이 없었다.

4월 16일, 미국 버지니아공대의 총기 난사 사건으로 온 세계가 큰 충격에 휩싸였다. 천하와도 바꿀 수 없는 귀중한 생명 32인이 희생되었다. 9·11 테러 이후 가장 많은 희생자를 낸 사건이다. 그것도 한국계 미국 영주권자 조승희의 소행이라니. 죄책감과 미안한 마음들이 가슴을 죄어온다. 미국 교포에게 어려움이 닥치지나 않을까 불안해진다. 사람이 이렇듯 잔인할 수 있단 말인가. 공포감에 가슴이 떨려온다. 희생된 영혼들, 그 가족들을 주님, 위로하여주소서. 종일 하늘을 우러르고 싶은 심정이었다.

4월에 한꺼번에 밀어닥친 충격과 번뇌를 떨치고 밝은 마음이 될 수 있었던 것은 4얼 15일부터 17일 저녁까지의 부흥사경회였다. 평생 많은 사경회를 거쳐왔지만 이번은 유다른 감동이었다. 교회에 나가지 못하고 인터넷 영상을 통해 듣는 말씀이었지만 나에겐 꿀처럼 감미롭기 이를 데 없었다. 은혜는 영혼 속에서 작용하는 신의 에너지, 나약해지고 초라해진 마음에 활력을 불어넣어주고 뜨거운 주 사랑으로 이를 다시금 되새기게 해주셨다.

나른한 권태감이 밀려오면 나는 버릇처럼 창가에 앉는다. 우면산의 봄 향기가 싱그럽게 다가온다. 따스한 햇살이 눈부신 하늘과 푸른 숲이 손사래 친다. 내가 지나온 4월은 환희와 축복의 달이었는데 어이 '봄 앓이' 하고 있는 건지……

결혼기념일이 내일모레. 두문불출의 여파는 4월 29일에 있을 장로 임직식에도 나갈 수 없게 하고 있다. 다섯 분의 장로 중에 내 뒤를 이어줄 다섯 번째의 여장로에게 안수례도 드리지 못하게 되다니…….

앞으로 얼마나 많은 시련이 기다리고 있을지 알 길이 없다. 아픔이나 걱정거리가 없으면 우울증에 걸린다는 말이 있다. 길이 없으면 길을 만들어가자. 밝은 미래를 꿈꾸며 현재를 충실하게 살아가는 것이 나의 길이요, 축복인 것을.

> Yesterday is history
> Tomorrow is mystery
> Today is the gift
> That is why
> We call it present

미국 루스벨트 대통령의 부인 엘리너 루스벨트의 시 한 구절이 절실하게 마음에 와닿는 요즘이다.

여로

인생은 아무리 따져도 하나의 나그네 길처럼 느껴진다. 나그네 같이 나날이 부딪치는 생활과 체험으로 일희일비(一喜一悲), 궁달부운(窮達浮雲), 공수래 공수거(空手來空手去) 등 여러 차원을 반추하며 마침내 하늘나라를 찾게 되니 말이다.

1997년 9월 27일, 창립 100주년을 맞게 될 새문안교회는 1985년부터 그 기념사업을 기획하고 실행하였다. 남편(임급주 장로)은 그해 건축위원장을, 다음 해에는 재개발 건축위원회 부위원장을, 1987년 당년에는 100주년기념사업운영위원회 부총무를, 제직회 관리부장을 연거푸 맡아 마치 본업이 뒤바뀐 듯 분주했다. 교회 증축 보수, 수양관 건립, 100주년기념개척교회 설립, 태국 선교, 기념음악회 등이 그것이었다. 고작 28명의 장로들이 불철주야 동분서주했지만 시행착오도 빈번했다. 마치 나그네가 길을 잘못 든 것처럼.

그날도 발을 어디 딛었는지 모르게 바쁜 날이었다. 그해 마지막 주일 저녁예배를 마치고 집으로 돌아왔다. "여보! 나 왼쪽 눈이 안 보여." 무슨 말씀? "눈 속에 거미줄 같은 것이 떠다니더니 캄캄해졌어." 나는 아찔했다. 뜬눈으로 밤을 새우고 백병원으로 달려갔다. '망막출혈'이라 했다. 2~3일간 치료를 받았다.

아무래도 불안하여 최규완 장로님을 서울대학병원으로 찾아갔다. 바쁜 줄 알면서도 연구실에서 마냥 기다렸다. 어디서 그런 몰염치한 용기가 났던지. 한참 만에 망막 전문의인 이재홍 박사를 소개받았다. 신정 연휴를 지난 1월 5일로 진료 예약을 받았다. 구세주를 만난 듯 후련했다. 그도 잠시 태산같이 밀려오는 불안과 초조를 어찌할 수 없었다. 절대자에게 간절히 매달렸다. 그런데도 문득문득 영영 실명이 된다면? 오른쪽 망막은 괜찮을까? 남편이 다져놓은 사업은? 이런저런 걱정이 꼬리에 꼬리를 물고 늘어졌다. 불길한 예감이 휘몰아 밤잠을 설치기 일쑤였다.

이 박사는 진찰실의 불을 끄고 검안경을 낀 채 꼼꼼하게 진찰을 했다. 병력을 물었다. 생전 청진기 한번 대본 일이 없다고 했다. 원인 규명을 위해 기본적인 검사부터 철저히 하자고 했다. 다시 진료 예약을 하고 돌아왔다. 망막출혈, 의학사전 따위를 뒤적여보았지만 막막하기만 했다.

병원에 갈 때마다 웬 망막출혈 환자들이 그리도 장사진인가. 당뇨병이나 고혈압 환자의 태반이 망막질환과 연결되어 있다는 것이다. 다행히 남편은 당뇨 수치와 혈압은 정상이었다. 거기에 모든 희망이 달려 있다. 약이라도 주었으면 좋으련만 약도 주지 않은 채 두 달, 석 달을 지루한 관찰만 계속되었다. 그러던 어느 날 진찰을 마친 교수가 수술 날짜를 잡으라고 오더를 내렸다. 6월 14일로 날짜가 잡혔다. 차라리 수술을 해서 빨리 회복이 되었으면 하는 마음뿐이었다.

과연 망막출혈의 원인이 무엇이었을까? 일종의 직업병일까? 남편은 건축설계로 외길 인생을 걸어온 사람이다. 가끔 눈에 핏발이 서는 일은 많았다. 아니면 과로였을까? 새문안교회 100주년 사업은 물론 그동안 여기저기 교회 설립에 따른 설계 의뢰가 폭주했던 것은 사실이지만 그게 원인이었을까?

한쪽 눈으로 일을 하다 보면 아무래도 무리가 뒤따를 테고 그래서 쉴 것을 종용했지만 평생을 일에 묻혀 살아온 사람, 내 만류가 허사로 돌아갔다. 자영업이라 일정 조정도 쉬우련만 평상시대로 밀고 나가며 수술 날짜만 기다리게 되었다.

병 발생은 순간인데 회복은 왜 이토록 더디단 말인가. 마음은 자꾸 나약해져갔다. 이런 때 어른들이 계셨으면 힘이 되었을 터인데, 내색은 못 했지만 간병하는 나로서도 그이 못지않게 눈물 삼키는 나날이었다. 나는 울보다. 마음 놓고 울기라도 했으면 후련할 터인데 그렇지도 못한 내가 때로는 밉기도 했다.

5월 3일, 정기검진일, 이 박사는 수련의들을 다 부른 가운데 검안경을 끼고 교과 진행하듯 순서대로 보고 또 보며 검진을 해나갔다. 수련의들에게 전문용어로 설명을 한참 하더니 나를 쳐다보며 '수술을 받지 않아도 자연 치유가 가능하다' 라고 했다. 나는 놀라며 내 귀를 의심했다. 전율처럼 감동에 휩싸였다. '삐신 일꾼 눈동자같이 지키시는 하나님' '아프게 하시다가 싸매시며 상하게 하시다가 그 손으로 고치시나니'. "감사합니다!" 기쁨의 함성이 진료실을 흔들어놓았다.

아직 완쾌되지 않았지만 계속 회복되고 있다고 한다. 낫는다는 확신. 고쳐진다는 자신감이 그 극복의 힘이 아니겠는가.

온 가족이 질병의 급류에 휘말려 시도 때도 없이 병원을 순회하다 드디어 본 여정에 복귀하게 된 것이다. 이 감격을 무엇으로 비유할꼬.

플라톤은 "음미되지 않은 삶은 가치가 없다."고 했다. 추상이나 기대가 아닌 역동하는 간증을 마음에 심어준 창조주께 그 고마움을 어찌 다 표현할 수 있으랴.

한번은 가야 할 나그네 길, 그 푯대를 세우고 어디론가 가고 있는 노정이라면 방향 설정이 잘못되었을 때 방황하게 된다. 자고 나면 달라지는 급변하는 세파 속에서, 변화 그 자체에도 정신을 못 차릴 혼돈 속에 상대적 가치에 따라 덩달아 뛰고 있는 것이 우리의 현실이 아닌가.

우리네 인생길에도 순탄한 길이 있는가 하면 오르막길 내리막길이 있듯이, 산과 넘어야 할 계곡, 건너야 할 내가 있는가 하면 거센 파도가 일렁이는 바다도 있게 마련이다. 넘어야 할 언덕을 우리는

　　　　　　　　　　　　　　성막의 설계사

가늠할 길이 없다. 내딛는 곧게 뻗은 신작로를 치열한 경쟁 속에서 앞만 바라보고 직선으로 따를 것인가, 한 발짝 물러서서 비록 출세와 부와는 거리가 있어도 쉼터에서 땀을 식히고 목도 축이는 여유와 양보, 이해와 타협의 길을 따를 것인가.

건강에는 한계가 있는 법이다. 부질없이 몸을 혹사하거나, 힘을 남용하는 일은 없어야겠다. 절제하고 바르게 사노라면 건강하게 살아갈 수 있으리라. 그것이 엉뚱한 미로에 빠지지 않는, 슬기로운 인생 여로일 듯싶다.

기다림의 정서

"모란이 피기까지는 나는 아직 나의 봄을 기둘리고 있을 테요. 모란이 뚝뚝 떨어져버린 날 나는 비로소 봄을 여읜 설움에 잠길 테요. (중략) 모란이 지고 말면 그뿐 내 한 해는 다 가고 말아 삼백예순 날 하냥 섭섭해 우옵내다."

인생은 어차피 희망과 절망을 휘뚜루마뚜루 살아갈 수밖에 없는 존재이런가. 기다림−설움−절망−또 다른 기다림의 대칭 구조 속에서 울고 웃는 순환을 거듭했다. 김영랑 시인의 절절한 시심에 잠겨 불임의 안타까움에 슬픔이 서려도 혹시나 하는 한 가닥 기대 속에 자손을 기다리며 지샌 세월이 자그마치 10년, 아홉 번의 삼백예순 날들을 기다리던 둘째 아들네가 드디어 아가를 품에 안게 되었으니 세상을 온통 안은 기분이 되었다.

언제면 둘째가 불임의 딱지를 떼고 평범한 여성의 대열에 끼게 될 것인가. 우리 연배 때는 베이비 붐 세대도 거쳤고, 눈만 마주쳐도 아이가 생긴다고도 했는데. 회임하지 못한 경우를 겪어보지 않고는 어찌 그 아픔을 이해할 수 있으랴. 모든 생물체는 본능에 충실할 때 가장 아름다워 보인다고 했다. 성숙한 여인이 출산과 육아를 못 한다면 실존의 깊이를 헤아릴 수 없다 했지 않은가.

평소 임신에 대한 나의 지론은 "첫째 아이는 주시는 대로 낳아야 한다"였다. 그러나 내 자식을 포함해서 젊은이들은 사뭇 계획적이었다. 결혼 초에는 피임을 했다던가. 2002년 여름방학에 미국에서 잠시 귀국했을 때에야 병원을 찾아가 이상 없음을 확인하고 돌아갔었다.

'진작 낳았으면 지금쯤 아이는 열 살이 되었을 터인데.' 저들 나이도 어언 36세 아닌가, 언젠가는 주시리란 확신 속에 담담히 한약을 지어 보내기 수차례, 부모로서의 도리는 챙겼었다. 한국에서라면 시험관 시술도 시도해보련만…….

저들보다 3년 후에 결혼한 조카 소영이는 아이가 벌써 둘이다. 삼촌인 정수는 미국에서 가까이 살면서도 시샘도 없었는지? 저들의 모란은 언제 피려나, 안타깝게 기다리다 지쳐서 체념하고 다시 추슬러 희망을 안고 기다리는 초조한 마음을 어찌 짐작 못 하랴. 그러나 어쩌랴, 그것을 주시는 이는 '힘으로도 능으로도 되지 아니하고 오직 나의 신으로 되느니라' 하신 이의 몫. 회임되기를 바라는 한결같은 마음들은 날이 가고 달이 가도 기도 속에 묻혀 세월을 잊고 살았다.

해마다 교회에서는 봄과 가을에 유아세례식을 거행한다. 아버지가 안기도 하고 어머니가 안기도 한다. 잠든 아가, 조용히 살피는 아기, 막무가내 우는 아기 등, 천진스런 그 모습을 바라보며 우리 둘째네는 언제 저런 의식을 받게 되려나, 가슴이 메어오곤 했다.

막내가 어렸을 때 교회에서 심방을 올 때 구역장 홍서오 권사님에게 "왜 자꾸 우리 집에 와?" 하고 까우뚱했다. 그 권사님을 만나면 늘 정수 얘기로 꽃을 피운다. "정수 애기 있어요?" "아직요." 만날 때마다 되풀이되는 얘기가 나중에는 서로 민망했다. 얼마 전부터는 묻지도 않게 되었다.

나는 미국에 있는 둘째와 주 1회 시간을 정해놓고 인터넷으로 화상통화를 나눈다.

11월 8일, 오후 10시 반, 미국 시간으로 아침 8시 반. 남편의 채팅이 끝나고 내 차례가 되어 의례적인 이야기부터 시작해서 나의 수필집 출간(10월 26일)에 대한 행사가 화제에 올랐다. 며느리와 통화하고 싶다니 몸이 아프단다. 깜짝 놀라서 "어디가 아픈데?" "병원에 다녀왔는데요. 은경이가 임신 8주래요." "뭐야!" 광야에 굶주린 사자처럼 함성과 함께 남편과 나는 눈물 글썽이며 와락 끌어안았다. 아! 이 벅찬 감격, 얼마나 고대했던 소식인가. 결혼 10년 만에 회임이다. 내년 6월 17일이 출산 예정일. 공교롭게도 셋이 모두 돼지띠다. 나의 수필집 발간에 따른 흥분이 채 가시기도 전에 둘째 아들에게서 희보가 날아든 것이다. 이제 남은 시간은 장장 7년이 아니라 고작 7개월,

보다 고차원적인 또 다른 기다림에 내가 임신한 것처럼 들떴다.

임신 18주가 되었다. 웹사이트에 초음파 사진 넉 장이 떴다. 아들이었다! (It's a boy, face, foot, profile.) 우리 부부는 또다시 함성을 지르며 환호했다. 아들이든 딸이든 주신 것만으로도 감사한데 첫 아들이라니! 남편 입에서 나온 첫마디는 "걔네가 대를 이어주는구먼." 이었다. 우리의 의식 속에는 아직도 선조들에 대한 예대가 남아 있나 보다.

임씨 가계는 증조할아버지대까지 5대 독자다. 장손인 임경학 목사는 외아들에 손녀 하나뿐이다. 우리도 큰아들에게는 딸만 둘이다. 이번에 아들을 보게 되었으니 흐뭇한 감회와 환희가 가슴 가득 밀려온다.

우리 아이들을 낳아 키울 때의 기억을 더듬으며 이것저것 일러주지만 세상이 바뀌었으니 임신과 출산에 대한 새 정보를 수집하며 음악 태교 등 새로운 공부를 하게 되었다. 책방에 들러서 임신, 출산, 육아대백과를 샀다. 급행 송료가 자그마치 책값의 두 배가 넘었다.

지난 3월 정수 내외가 바닷가에서 휴가를 보내며 찍은 사진들을 보내왔다. 볼록한 배는 기다림과 희망의 표징, 자랑스럽게 웃고 있는 둘이, 더 부러울 것이 없는, 더 바랄 것이 없는 함박꽃 웃음을 눈 가득 담고 있지 않은가. 한참 동안 사진 속에 빨려 들어가 눈을 뗄 수 없었다. 하늘이 내린 축복에 감사하는 진솔한 마음도 읽을 수 있었다.

3월과 5월 두 차례, 출산을 앞둔 산모와 아가를 위해 짐을 꾸리며 우리 부부는 마냥 즐겁고 행복했다. 소식을 접한 친지들이 더 반가워하며 기뻐했다.

5월 17일 11시 30분, 문산역을 출발하는 남북열차 시범 운행을 지켜보면서 증손자의 소식도 실어 보냈으면 좋으련만……. 이산의 한은 대를 잇는가 보다.

지난 6월 13일에는 아들의 장인 장모님이 미국으로 훨훨 날아가셨다.

출산 예정일인 6월 17일이 한참 지났는데, 25일 아침 6시에 유도 분만을 하기로 하고 입원을 했다. 그런데 감감무소식이었다. 바로 그날 밤 가슴 두근거리는 긴박한 기다림에 우리 부부는 밤잠을 설치며 뒤척였다.

드디어 6월 26일 화요일 오전 4시 23분(미국 시간), 체중 4.06킬로그램, 신장 51센티미터의 아들을 제왕 절개수술로 출산했다는 소식이 왔다. "이왕 수술을 하려면 처음부터 할 일이지." 고생한 며느리가 안쓰러웠다. 그러나 병원 시책은 자연분만을 우선했다. 선진국다운 면모를 그런 점에서도 볼 수 있었다.

드디어 그 성명 임희준(Joshua)! 할아버지가 지은 이름에 임자가 더욱 빛을 낸 것 같았다. 갓 태어난 아가, 엄마가 안고 있는 아기는 애비의 어렸을 적 모습과 꼭 닮았다. 창조의 신비에 머리가 숙여진다.

이제나 저제나 하세월하며 애절하게 기다린 긴긴 날의 서정이 이

성막의 설계사

순간의 환희와 감사가 뒤범벅이 되어 눈물로 흐른다. '찬란한 슬픔
의 봄'이런가. 기쁨을 안겨준 아가와 가족에게 다함없는 축복 있으
라.

주치의

오라버니에게는 아들이 셋이다. 그들은 어렸을 때부터 모두 아버지처럼 의사가 되겠다고 했다. 큰조카는 의과대학에 다니다 도중하차했고 셋째는 약대에 진학했다. 둘째만 내과의사가 되어 우리 집안의 주치의다.

우리 아이들도 다 의사를 지망했지만 뜻대로 되지 않았다. 외삼촌 아들 형제는 다 의사이다. 하나는 안과, 또 다른 하나는 내과다.

대학 문이 활짝 열려 있어 누구나 원하는 과를 쉽게 입학할 수 있는 선진국에 비하면 의욕이 있어도 도전하기 힘든 우리 대학의 좁은 문이 안타깝기도 하다. 입학한 후에 적응이 잘 안 되면 그때 진로를 바꾸어도 늦지 않으련만. 사실 우리나라는 부모의 뜻에 따라 자식들의 행로가 거의 정해지고 있지 않는가.

집안에 의사가 있고 또 같은 도시에 살고 있어서 우리는 여러모로 편리한 혜택을 누리고 있다. 살다 보면 여러 질병들이 우리를 괴롭

성막의 설계사

힌다. 그러나 의사와 연이 닿아 있으면 그 연줄을 통해 최신 의료 정보와 함께 신속하게 질 높은 진료를 받을 수 있다. 우리는 언제나 조카의 정성스런 걱정에 크게 신세를 지고 있다.

나의 자궁근종 수술은 세브란스병원의 조카 친구 집도로 적기에 받을 수 있었다. 벌써 30여 년 전의 일이다. 집을 나서면서 과연 내가 이 집 문지방을 다시 밟을 수 있을까, 착잡한 심령이었다. 조카가 보내온 화사한 꽃 화분을 퇴원하기까지 일주일여를 수시로 바라보며 마음의 평정을 찾았었다.

1994년 8월 28일, 그날은 주일이었다. 교회에 다녀온 남편이 신열을 호소하며 소변이 나오지 않는다고 괴로워했다. 얼른 조카에게 전화를 했다. 조카는 이내 월요일 동대문 이대부속병원 비뇨기과 권성원 과장(비뇨기과의 권위자)의 진찰을 예약했다면서 밤사이 참기 힘들면 가까운 병원에 가서 소변을 빼라고 했다. 그런데 남편은 밤새 물한 모금을 안 마시고 견뎌냈다.

큰아들네는 그해 6월 9일 LA로 수학차 떠났고 작은아들도 형네보다 먼저 4월 19일 뉴욕으로 어학연수차 떠나 집을 비운 형편이었다. 허전하고 두렵기도 한 심정을 달래며 나는 혼자서 무릎을 꿇었다.

신조영술 촬영으로 확인한 증상은 전립선비대증이었다. 1.8gm이 정상인데 48.3gm로 비대해져 레이저 치료보다는 수술이 안전하다고 했다. 9월 7일 오전 7시 40분 링거를 꽂은 채 휠체어를 타고 수술실로 향했다. 마치고 돌아오니 방 안에는 어느새 쾌유를 비는 조카의 난 화분이 기다리고 있었다.

아흐레 만에 퇴원하던 날, 담당의사 권 과장은 조직검사를 의뢰하면서 혹시 암이 아닐까 하고 조카와 함께 걱정을 했는데, 그게 아니었다며 활짝 웃었다. 한 집안 식구처럼 따뜻하게 대해주어 얼마나 고맙던지.

2003년 5월 26일, 남편은 탈장 수술을 받았다. 역시 조카의 소개로 세브란스병원의 이우정 교수가 집도했다. 28일에 바로 퇴원했다. 전신마취가 두려워 차일피일했었는데 국소 마취로 30분 만에 끝이 났다.

한번은 큰아들이 복통을 일으켜 인근 병원 응급실로 달려갔다. 맹장염이라며 다짜고짜 수술을 하자고 했다. 조카에게 문의 전화를 했다. 백혈구 검사부터 하고 검사 결과가 정상이면 염증이 없는 것이니 수술할 필요는 없다고 했다. 잔뜩 긴장했었는데 저절로 안심이 되며 '주여 감사합니다!' 하고 손이 모아졌다.

정기적인 건강검진을 비롯해서 병원에 관련된 크고 작은 일에 대해서는 뻑하면 조카에게 다이얼을 돌리게 마련이다.

황영남 박사, 그는 환자들에게 천사로 통한다. 효심이 지극한 그들 부부는 부모님을 계속 모시고 살았다. 치매를 앓아 입원한 어머니를 병원 일만 끝나면 꼭 지켜보고 있다.

조카라는 연줄이 없었더라도 우리는 조카가 근무하는 해정병원 같은 병원을 찾았을 것이다. 최신 의료시설을 갖추고 앞서가는 진료와 서비스를 제공해주는 그런 병원 말이다. 티끌 하나 없이 깨끗한 실내 환경, 조용한 내 집 같은 분위기, 진료 시간에 얽매이지 않는 친절한 설명 등등이 다 그런 것이다.

『의협신문』의 「칭찬, 이 사람」란에 조카에 대한 칭찬이 실린 적이 있다. 릴레이식의 칭찬 프로그램인데 그 열세 번째로 조카에 대해 소개된 것이다. "인상을 딱 봐도 참 넉넉하고 푸근해 보이는데, 환자들에게 얼마나 친절하고 따뜻하게 대하는지 모릅니다. 그야말로 황 선생님은 환자를 돌보는 데서 재미와 보람을 느끼고 의사를 천직으로 알고 계신 분입니다." 울산의대 서울아산병원 외과교수인 이승규 교수의 칭찬이 내 마음을 대변해주는 것 같았다.

천만 불 미소

— 손자 희준이

가을답지 않은 더위가 이어지고 있다. 가로수길 길가의 즐비한 화분들은 가을 채비에 바쁘다. 소국 몽우리가 궁금했는데 어제 내린 비로 노란 빛깔이 방싯방싯, 거리가 환해졌다. 높푸른 하늘은 분명 가을인데 한여름 같은 늦더위는 무슨 시샘일까. 내게 있어 이 가을은 아무래도 회상과 그리움의 절기 같다.

거대한 지구는 이미 지구촌이 된 지 오래다. 마음만 먹으면 언제 어디든 못 갈 데가 없는 세상이다. 나는 불현듯 희준이가 보고 싶어 나도 모르게 눈물을 흘린다. 미국에 사는 희준이를 만나고 온 지 석 달도 채 안 되었는데, 금방 또 비행장으로 내닫고 싶다. 가을의 서정이 그렇게 마음을 여리게 하고 있다.

임희준! 그는 둘째 아들네가 10년 만에 얻은 귀한 손자이다. 둘째도 늦둥이로 첫째와는 9년 터울이다. 남편도 2남 1녀 중의 막내로 형과는 12년 차이였으니 온 집안이 자그마치 10년 터울의 가계(家系)

를 이룬 셈이다.

내 등에 업혔던 희준이의 체온이 새록새록 가슴을 훈훈하게 한다. 한 달 가까이 나눈 혈육의 정이 이토록 그리울 줄이야. 뒤뚱거리던 걸음마가 날쌔지고 하루가 다르게 늘어나는 재롱과 예쁜 짓이 눈에 선하다. 계단 오르기에 재미가 나서 걸핏하면 내 손을 잡아끈다. 눈 깜박할 사이 오르고는 혼자선 내려오지 못해 안달이다. 어찌나 설쳐대던지 땀에 촉촉이 젖어 있다. 책을 펼쳐 들면 제 할 일이 그것인 양 얼른 와 자리잡고 다소곳해지던 눈망울이 사슴 같다. 할아버지가 도리도리를 가르쳤더니 할아버지만 쳐다보아도 조건반사가 일어난다. 심지어 인터넷 채팅에서도 할아버지가 나오니 도리도리다. 잠투정이 좀 심해서 머리카락을 잡아뜯는 앙탈도 부린다. 차를 타고 밖에 나가기를 무척 좋아한다. 시트에 매여 있으면서도 CD에서 한국의 동요만 흘러나오면 어쩔 줄을 모른다. 곡과 곡 사이의 몇 초의 사이도 "어흐~ 어흐" 하고 재촉한다. 장거리도 지루해하지 않지만 때로는 조용히 잠들기도 한다. 부러 아프다고 엄살을 하면 입을 삐죽거리다 그만 울어버린다. '에비!' 하면 금세 알아차리는 것이 참 기특하다. 아직 말은 못 하지만 무엇인가 자꾸 좋알거리는 품이 곧 말문이 열릴 것 같다. 한번 울음을 터트리면 성이 다 풀릴 때까지 계속 울어댄다. 제 부모는 모른 척해도 할머니인 내가 공연히 응석받이로 만들고 오지 않았는지? "어른들은 이렇듯 어린아이들 속에서 아름다움을 발견하고 행복해하며, 천국의 그림자를 본다. 아이들 생활은 그대로 하늘에 속한다.""부모의 자식에 대한 애정은 무릇 이해를 떠난 순수무궁한 정서다." 하물며 눈에 넣어도 아프지 않는 손자임에랴. "한 사람의 손자는 세 사람의 자기 자식보다 예쁘다"(유대인)고 하지 않았던가.

지난 6월 12일, 우리 부부는 워싱턴행 비행기에 올랐다. 희준이를 만나기 위해서다. 쾌청한 날씨만큼이나 우리의 기분도 상쾌하였다. 인터넷 화상채팅에서 제 엄마 뱃속에 있을 때부터 출생에 이르기까지 굽이굽이 과정을 줄곧 지켜보았던 터라 이를 직접 만난다는 게 얼마나 가슴 설레는 일인지⋯⋯. 장장 열세 시간이 넘는 비행이지만 그다지 힘든 줄도 몰랐다. 좌석마다 비디오, 오디오 시스템이 설치되어 클릭만 하면 영화든 게임이든 척척이다. 정보를 요하는 편의시설도 상세하게 알려준다. 하루가 다르게 변하고 발전하는 세상이 그저 놀랍고 신기하다.

인천공항을 이륙한 지 꼭 세 시간이 되는 2시 15분, 비행기는 사할린 상공을 날며 오수의 신호인 듯 창문이 닫히고 소등이 된다. 눈을 붙여도 정신은 말똥말똥이다. 저녁 7시 55분, 저녁식사를 마치고 잠을 청해도 얼른 잠이 들지 않는다. 희준이와의 첫 대면을 상상하면 마냥 미소가 끊이질 않는다. 오래전 큰아들네가 미국에서 두 딸을 데리고 귀국했을 때 둘째 딸 희주와는 첫 대면이었다. 지금 만나러 가는 희준이와 비슷하게 돌이 채 안 된 때였다. 현관을 들어서자 반기는 할아버지 할머니가 낯이 설어 "아앙~ 아앙~" 울어버리던

성막의 설계사

기억 역시 웃음을 짓게 한다. 이국땅에서 호젓하게 혼자 손에서 자란 아이, 낯가림을 하는 것은 당연한 일이다. 희준이도 울어버리면 어떻게 하나.

미국 시간으로 같은 날 6월 12일 오전 11시 5분, 미국의 덜레스 공항에 도착했다. 공항에는 아들 내외와 희준이가 함께 나와 있었다. 이곳 워싱턴에서 아들 집이 있는 롤리까지는 네 시간 남짓 거리여서 아들만 마중 나오려니 했는데 세 식구가 나란히 다 나와 있다. 미리 와서 하룻밤을 묵은 것이다.

2년 반 만의 상봉이다. 엄마 품에 편안히 안긴 희준이! 드디어 만났다. 사진에서 보던 튼실한 모습보다 더 단단하고 또렷한 인상이다. "희준아!!!" 외마디로 불렀다. 방긋 웃는다. 하늘에 속한 웃음이다. 아마 천만 불 미소가 이런 것이 아닐까? 어찌나 고맙고 반갑고 예쁘든지, 두 팔을 내밀었다. 외면이다. 퇴짜를 맞았다. "내 그럴 줄 알고 있었지." 쓴웃음이 흘렀지만 코끝이 새큰해진다. 웃어주고 울지 않은 것만으로도 사실 처음 맞는 할아버지 할머니에 대한 최고 최상의 환영이 아닌가. 우리 희준이 브라보!

교통사고

임희승이가 일산병원에 입원했대요. 지난 2월 11일, 눈이 펑펑 쏟아지던 날, 백신중학교를 졸업, 증산고등학교 입학을 앞두고 있었다. 22일, 큰아들의 전화였다. 안부전화려니 했는데 뜻밖의 소식에 "어디를 얼마나 다쳤니?" "다리골절인데 대단치는 않으니 걱정하지 마세요." 가슴이 벌벌 떨려왔다.

남편과 나는 부랴부랴 일산병원으로 달려갔다. 희승이는 큰아들의 장녀다. 다리를 반깁스로 처맨 상태였다. 친구들이 일곱이나 와 있었다. 방학 때여서인지 얼른 떠날 기미가 보이지 않았다. 한참을 밖에서 기다렸다. 친구를 위한 마음 씀씀이가 고맙기도 해서 우리는 매점에 달려가서 그들을 위한 음료와 스낵 등을 한 뭉치 샀다. 나는 그들에게 "할아버지가 잠깐 기도하고 우린 갈게, 너희들이 희승이를 외롭지 않게 위로해줘. 고맙구나." 하고 끼어들었다. 할아버지의 간곡한 기도가 가슴을 울컥하게 하였다. 이만한 게 다행이었다. 가슴을 쓸어내리며 빠른 회복을 빌고 또 빌었다.

2월 19일 오후 5시쯤, 희승이는 친구랑 함께 학원에 가는 길목의 횡단보도를 걷고 있었다. 난데없이 한 승용차가 뛰어들어 희승이를 덮친 것이다. 발등과 다리뼈 골절 등 6주의 진단이 나왔다. 승용차 기사가 자신이 과오를 순순히 인정하고 경찰에 신고했다. 같이 가던 친구가 집에 알리고 앰뷸런스를 불러 일산병원에 입원시키기까지 어른 뺨칠 정도로 기민하게 움직였다. 정작 당사자는 모여든 사람들을 의식, 부끄러운 생각을 주체하지 못하고, 응급실에 가서도 눈물만 흘렸단다. 오죽했으랴. 고교 진학을 앞두고 가슴 부풀었을 그녀였다. 첫 시험 일등을 목표로 밤잠을 줄이고 공부했었다는 며느리의 말이었다. 마음이 아려왔다. 16세 소녀에게는 가혹한 시련일 수 있다. 티없이 밝고 예쁘게 자란 희승이를 누가 시샘한 것일까? 오른쪽 하지의 비골과 발등 부상이 꽤 깊어서 피부과에서는 피부이식 수술을 고려하고 있다고 했다.

우울해 있을 그녀에게 나는 휴대폰으로 자주 통화했다. 그러구러 열흘이 지나 우리가 희승이를 다시 찾았을 때는 상처도 많이 아물고 피부이식은 안 해도 되겠다 했다. 화장실 출입도 휠체어를 타고 혼자서 가능해지고, 오늘도(3월 8일) 휴대폰으로 통화, 낭랑한 그녀 목소리에 마음이 편안해진다. 10여 일 후에 엑스레이를 찍어보고 퇴원도 가능하다고 했다. 목발을 짚고서라도 어서 학교에 가야겠단다. 다부진 그녀 결의에 안심이 되면서도 다 잊고 푹 쉬라고 일러주었다. 한두 달 정도의 공부는 쉽게 따라잡을 수 있다고, 그러나 나의 속내는 그것이 아니었다. 학교 교실이 4층에 있다니, 빠진 수업을 노트라도 빌려서 정리했으면, 인터넷 수업이라도 받았으면, 이런저런 걱정이 나를 압도해왔다.

임희승은 부모가 결혼한 지 3년여 만에 미국에서 태어났다. (1994.9.14), 3년 후 임희주 동생을 거느리게 되었다. 한국으로 돌아오기까지 LA에서 자랐다. 며느리는 아들을 낳아드리지 못해 미안하다고 하지만 나에게는 딸들이 더 소중하다. 나는 유독 남자들 틈에서 살아야 하는 운명을 타고났는지 내 주위에는 언제나 여자보다 남자들이 법석인다. 여형제의 살가운 정에 굶주려 산 탓인지 손녀 자매가 더없이 예쁘고 고마웠다. 해마다 저들의 생일 때가 되면 데리고 식당을 전전하고 쇼핑도 하며 옷치장을 했다.

고1, 중1이 되고 보니 둘이가 아리따운 처녀티가 난다. 몽실몽실 가슴이 부풀고 피부가 야들야들 풋풋한 청순미가 넘친다. 싱그럽고 터질 것 같은 그들의 젊음이 한없이 아름답다. 지금은 아들보다 딸들을 선호하는 시대, 나도 딸이 있었으면 하고 얼마나 기다렸던가, 요즘은 그녀들을 만날 때마다 무르익어가는 모습에 놀라며, 잊고 살았던 내 나이를 의식하게 된다.

무엇보다 둘 사이가 너무 좋아 사랑스럽다. 다투는 것을 보지 못했다. 교회에도 빠지지 않고 잘 다니고 있다. 일산의 외가 가까이에서 살고 있으나 자주 가지는 못한다. 저들 역시 공부가 바빠져서 자주 만나지 못하는 것이 아쉽기만 하다.

임희승, 그녀는 할머니 마니아, 공부를 곧잘 한다. 독서광이다. 독서 삼매경에 빠지면 누가 와도 가도 모른다. 이상한 벌레들이나 애완동물에 관심이 많다. 집에서 기르기도 한다. 내가 징그러워 질색하는 모습이 재미있던지 예사로 만지며 나에게 달려든다. 생물학자가 되려나?

한번은 일산에서 생일 모임이 있었다. 식사를 마치고 노래방으로 이어졌다. 마이크를 잡은 희승이, 율동을 하며 노래하는 솜씨가 연예인 못지않다. "임희승 맞아?" 희주도 덩달아 함께 즐긴다. 학교의 시험이 끝나면 친구끼리 노래방에서 스트레스를 날려 보낸다 했다. 그녀의 또 다른 면을 엿볼 수 있었다.

할아버지 할머니 생일이나 크리스마스에는 카드를 손수 만들고 또박또박 깨알 같은 글을 써서 보낸다. 하트 그림으로 도배를 하고, 할머니와의 세대차를 소리 없이 좁혀주는 역할도 담당한다. 요즘 보내오는 글들의 필체도 수준급이다. 졸필인 나로서는 부럽기 짝이 없다. 글 잘 쓰고 필체 좋은 것은 아빠를 닮았나 보다.

희승이의 갑작스런 교통사고는 나에게는 적지 않은 충격으로 다가왔다. 나도 다리 부상으로 발이 묶인 채 많은 날들을 동동거리지 않았던가. 사건과 사고는 우리의 일상에서 예고 없이 빈번히 일어나는 것. 언제 어디서나 누구에게나 어떤 형태로든 일어날 수 있는 것이 사실이다. 삶이 있는 한 그것을 피할 길은 없다. 또한 감당할 수 없는 시련은 세상에 존재하지 않는다. 시련은 극복하기 위해 있는 것. 정신상의 괴로움도 사람들이 이겨나가야 하는 하늘의 시련이다. 내가 극복해나가야 한다는 의지와 정신력이 있다면 그것이 위기가 되었건 호기가 되었건 간에 살아나가야 할 지침이 될 수도 있고 성패를 판가름하는 잣대가 되지 않겠는가. 아무쪼록 이번 시련이 자기가 무엇인가를 스스로 깨닫게 되고 마음을 다스리는 기회가 되었으면. 나 자신을 극복하고 강해지는 희승이가 되기를 빌어본다.

성막의 설계사

성막의 설계사 (2)

남편은 지나간 삶을 반추해보며 이를 책으로 엮을 준비를 하고 있다. 6·25 한국전쟁 후 황폐해진 조국의 재건을 위해 성심을 다한 보람을 간추리는 것이다. 교회 건축에 전념한 그 궤적을 통해 문화사적 의미를 되새겨보려는 것이다. 치밀하게 계획하고 이를 열정적으로 수행하는 남다른 경륜을 공개함으로써 작게는 집안들에 크게는 사회 전반에 귀감이 되려는 것이다.

내가 남편을 처음 만난 것은 피난지 대구의 '추억' 다방에서였다. 나는 언제든 남북이 하나 된 다음에 어머니의 축복을 받으면서 결혼하고 싶었다. 그러나 그것은 기대할 수 없는 것이었다. 주변 어른들에게 상의했다. 오라버니는 "네 생각이 옳기는 하다만." 하고 망설였다. 그 밖의 여러분은 결혼할 것을 강권했다. 친구들이 또 들고 일어나 얼떨결에 내몰린 결혼이 되었다. 상대방은 인상부터 믿음직스러웠다.

그로부터 반백 년여, 하루같이 평탄한 생활을 영위케 하신 하나님께 무한 감사를 드린다. 이산가족이어서 명절이나 절기만 되면 걷잡을 수 없는 가슴앓이는 기이한 동병상련이었다. 서러움 위로하며 향수를 달래곤 했다. 뜻하지 않는 민족상잔은 잔혹하고 처절했지만 재앙이 아니었다. 다 함께 겪고 헤쳐나가야 할 민족적 의지의 수련이기도 했다.

둘이 손 잡고 나아가는 길은 힘이 실린다. 인고의 험산을 넘어 마침내 이룩한 집! 그 집으로 나는 지기들을 불러들였다. 대구 친구들은 서울의 우리 집을 정거장이라 했다.

우리는 둘 다 모태신앙이다. 서울로 이사하고는 바로 교회부터 찾아 나섰다. 인근의 옥인교회, 자교교회, 영락교회 등, 결국 새문안교회로 교적을 옮겨 오늘에 이른 것이다.

같은 이북 출신이지만 남편과 나는 식성이 달랐다. 성향도 다분히 보수적인 남편에 비해 해외유학파인 나는 개방적이었다. 남편은 스포츠 편향인데 나는 영화 마니아였다. 쇼핑 같은 건 전적으로 나 혼자의 몫이다. 같이 할 수 없음이 서운하기만 했다. 흔한 편지나 선물 교환도 없었다. 엎드려 절 받기 식의 무미한 지폐가 전부였다. 언젠가 한번 내 생일에 남편의 꽃바구니가 배달되었다. 카드에 적힌 사연에 눈물이 글썽거렸지만 그것은 꽃집에서 서둘러 적은 것이었다.

바쁘다는 것은 핑계일까, 성의가 없는 것일까. 집안일은 거의 모르는 편에 속한다. 남자가 손보아주어야 할 집안일이 얼마나 많은

성막의 설계사

가. 그런 것도 내 값비싼 눈물을 보고서야 후다닥 고쳐주곤 웃으며 묵묵부답이었다. 남편의 그런 무심에 말할 수 없는 갈등을 겪으면서 그런대로 길들여졌다. 팔자다. 운명이다. 아니다. 하늘이 짝지어준 백년 짝은 이 세상 끝날까지 함께 가는 거다.

드디어 나도 마음을 다잡고 맞불작전에 나섰다. 서예, 꽃꽂이, 수지침 등을 배우러 다녔다. 일기도 쓰면서 채워지지 않는 정서를 달래곤 했다. 교회 여성들을 위한 교육과정을 받으며 사회 봉사에 눈을 돌렸다. 장로 부인으로서 교회 봉사에 발벗고 나섰다. 과묵한 남편의 보살핌은 하나님을 향한 전적인 투지였다. 그 향도에 힘입어 새문안교회의 제1호 여장로로 취임했다. 부부 장로가 된 것이 교회는 물론 집안의 영광이라며 처음으로 산뜻한 휴대폰을 손에 쥐여주었다. 그 후 내가 틈틈이 써온 글을 모아 수필집을 냈을 때도 성대한 기념잔치를 열어주며 자랑스러워하였다. 외조의 기쁨을 남편은 만끽한 것 같았다.

건축은 그 시대 그 사회를 표현하는 대표적인 문화 행위다. 남편의 건축 업무는 작품을 구상하는 기획에서부터 설계, 시공을 거쳐 완성하기까지 치밀한 공정에 의해 이루어졌다. 남편은 전쟁으로 황폐해진 우리 강산을 재건해야 한다는 사명에 불타 있었다. 남편은 정말 일을 좋아하며 즐기는 사람이었다. 일에 대한 열정은 식을 줄을 몰랐다.

남편은 교회 건축에 전념하게 되면서 급변하는 교회 건물의 시대적 추세에 맞추어 부단한 연구와 노력을 기울였다. 새로운 정보를 얻기 위해 많은 책들을 섭렵했다. 견문을 넓히기 위한 해외 나들이도 서슴없이 했다. 성지순례를 비롯하여 미국, 유럽, 캐나다 등을 탐방하곤 했다.

건축은 건물 목적에 걸맞은 편리함, 안전함, 아름다움 등의 3대 요소를 창출해내는 작업이다. 교회 건축은 교회와 설계사 그리고 시공자 삼자가 상호 이해와 협력 속에서 최선을 경주할 때 하나님이 기쁘게 받으시는 예배당으로 서게 되는 것이다.

어쩌다 집에서 쉴 때도 제도용지에 스케치하기 일쑤다. 그 모습은 기도하는 모습이요, 갈망하는 열기다. 창조자와의 소통이기도 하다. 근접할 수 없는 그만의 영역이다. 어떤 경우든 남편이 설계한 교회 하나하나는 하나님의 무조건적인 사랑과 은혜로 이루어진 작품들이다. 그래서 "나의 나 된 것은 하나님의 은혜요, 성전 건축의 길을 열어주신 이도, 이끌어주신 이도 하나님이시라" 입버릇처럼 고백한다.

교회 건축에 전념한 후 그 봉헌예배 때는 나도 참석했다. 광림교회 봉헌예배는 길이 기억되는 감격적인 것이었다. 감리교회로서는 최첨단의 시설과 설비로 동양에서 가장 큰 교회로 세워졌다. 설계자에게 감사패가 주어졌다. 우레 같은 박수를 받으며 단상에 오른 그를 바라보며 하나님께 영광 돌리는 일임을 절감할 수 있었다. 교회

성막의 설계사

봉헌예배에 초청을 받을 때마다 느끼는 그 성취감과 환희의 충일을 어디에다 비길까. 하나님께 감사하며 남편이 자랑스러워 감읍하곤 했다.

하나님의 예정이 계셔서 남편으로 출애굽시키신 은혜를 감사한다. 황폐한 이 땅에서 건축에 몸담아 일하게 하시고 이 나라의 경제 성장과 맞물린 교회 성장의 도정에서 교회 건축을 천직으로 삼고 평생을 몸 바쳐 일할 수 있게 하신 하나님께 영광을 돌린다. 방방곡곡에 세워진 크고 작은 교회들, 그것이 전적으로 하나님의 은혜와 사랑의 동역하심인 것에 거듭 감사한다. 실적을 보고 찾아준 교계 목사님과 장로님들께 감사한다.

개 교회 하나하나에 영광을 올려드리며 다시금 생령(生靈)의 삶을 상재하게 된 것을 중심으로 축하한다.

아내로서 작으나마 내조를 감당하게 하신 하나님께 무릎 꿇어 감사를 드린다.

당신과의 동행이 더없는 축복이었습니다, 라고.

제6부

기도문

수필집 출판기념예배 기도 | 여전도회 주일 연합헌신예배 | 권사회
정기기도회 | 한나여전도회 월례회 기도 | 제18회 여성 세미나 |
중국어성경반 기도 | 성탄절 2부예배 기도 | 중국어성경반 중국인
유학생팀 영성훈련예배 기도 | 중국어성경반 새날에 드리는 기도 | 새문안
기독교문예창작반 제10집 출판기념예배 기도 |『새문안교회 여성 110년사』
출판 감사예배 | 한나여전도회 생일 기도 | 신년예배 기도

수필집 출판기념예배 기도

거룩하시며 사랑이 넘치시는 하나님, 오늘 이 시간 이 자리에서 지헌 황경운 장로님이 지어 펴내신 수필집 『하늘에 그린 초상화』를 전쟁 중 평양에서 헤어진 어머니에게 바치면서 먼저 하나님께 예배를 드릴 수 있도록 섭리하신 하나님께 감사하오며 영광을 드립니다.

지은이와 지은이의 가족, 그리고 기쁜 마음으로 축하하기 위하여 여기 모인 회중의 뜻을 모아 함께 드리는 예배를 주님께서 받아주시고 우리 모두의 마음에 축복의 큰 은혜를 베풀어주옵소서.

하나님께서는 황경운 장로님을 너무너무 사랑해주심을 믿습니다.

① 모태신앙의 축복 ② 120년 새문안교회 역사상 최초의 여장로로 장립하신 축복 ③ 임급주 장로님과 함께 새문안의 첫 부부 장로가 되신 축복 ④ 임급주 장로님이 이미 10여 년 전 『성막의 식양』이라는 교회 설계 작품집 출판예배 드린 것으로 인하여 최초의 부부 출판기념예배의 당사자 되신 축복 등, 헤아리기 어려운 많은 축복을

받은 것을 우리가 기뻐하며 하나님께 감사와 영광을 드립니다.

바라옵기는 이 작품집이 한갓 서가의 장식품이 되지 않게 하시고, "신앙과 문학의 일치성을 찾아 새로운 장르를 열어보고 지고" 하는 지은이의 의도가 글 속에 잘 녹아 있어서 읽는 우리가 장로님의 삶의 여정에서의 소중한 경험을 신앙고백적으로 진솔하게 보여주는 진정성과 삶의 일치성 때문에 우러러 감동하게 하시며 읽는 이들로 하여금 그의 삶을 본받아 살고자 하는 결단의 촉매제가 되게 하는 한편 자신의 신앙의 삶과 몸가짐이 상대적으로 초라하고 부끄러운 자화상임도 발견하고 깨달을 수 있도록 성령으로 역사하옵소서.

오늘 이 모임을 후원하는 새문안교회 기독교문예창작반을 주님께서 축복하셔서 비록 역사는 짧지만 역사를 단축시키는 노력을 통해서 긴 역사를 가진 자를 부끄럽게 하는 일찬 모임체로 성장 발전하도록 이에 참여하고 지도하는 손길들을 주님께서 기억하시고 도와주옵소서.

황경운 장로님, 임급주 장로님께 건강을 허락하셔서 뜻하시는 바 하나님을 영화롭게 하는 일을 계속하게 하시고 장로님의 가정에 하나님의 평강이 넘치게 하옵소서.

이제 목사님의 말씀 선포를 통해서 오늘 모임의 뜻이 잘 드러나게 하시며 하나님의 뜻이 이루어지게 하옵소서. 예수님의 이름으로 기도하옵니다. 아멘.

오장은 장로

여전도회주일 연합헌신예배

사랑과 은혜의 본체이신 하나님!

감사와 찬송 영광을 올립니다.

예비하신 주의 날을 맞아 은혜로 채워주시고 이 저녁 4개 여전도회가 여전도회주일 연합헌신예배를 드릴 수 있게 됨을 감사합니다.

89년 전 평양 장대현교회의 전신인 널다리교회에서 시작된 선교의 횃불은 오늘에 이르기까지 그 맥을 이어받아 거국적으로 여전도회 주일로 성수할 수 있게 하여주심을 감사를 드립니다.

오늘이 있기까지 믿음의 선배들은 사회적인 몰이해와 악조건 속에서도 혼신의 힘을 기울여 선교하였습니다. 말씀을 전하지 않고는 견딜 수 없는 뜨거운 소명에 불타 있었습니다. 애국애족하는 심령으로 앞장서서 전도하였습니다. 무지와 싸우고 가난을 극복하며 할머니들도 배우고 가르치며 선교사를 파송하는 일에 힘을 기울여왔습니다. 그 뜨거운 선교 열의와 투지가 있었기에, 오늘의 여전도회로 장족의 발전을 이루어왔음을 감사하지 않을 수 없습니다. 그 많은 기도에 응답해주셨고, 시련과 역경을 통해서 주님의 임재를 체험하게 하였습니다. 이렇듯 신앙의 본을 보인 많은 선배들의 뒤를 이어 못다 이룬 유업을 힘 있게 성취해나갈 수 있도록 우리들에게도 힘과 능력, 믿음과 용기를 더하여주옵소서.

여기 부복한 우리들은 어리석고 이기적인 마음뿐이며 주님께 드릴 아무것도 지니지 못하였지만 진정 하나님의 역군이 되어, 주님 이끄시는 대로 성실하게 살기를 원합니다. 민족사에 이어져 내려온 선교의 불길이 더욱 힘차게 타오를 수 있도록 우리들 속에 역사하여주옵소서.

전쟁의 폐허와 빈곤에서 이 민족을 구원하여주시고 오늘의 발전을 이루게 하셨음을 감사합니다. 1,200만 명의 기독교인을 자랑할 수 있게 하심도 감사를 드립니다. 눈부신 발전의 뒤안길에는 아직도 우리를 필요로 하는 많은 이웃이 있습니다. 시기와 불신, 부정과 부패가 난무하는 세상, 첨단기술과 정보화 시대로 급속히 변화하고 있는 현실, 안일한 사고와 타성에서 벗어나 시대의 요구에 부응하는 선교 전략을 세워서 나누고 섬기는 교회의 역할을 감당해나가게 하옵소서.

교회 여성 전체를 여전도회 일꾼으로 선교 대열에 동참하게 하시고 하나님을 향한 깊은 신앙과 믿음으로 기꺼이 헌신하게 하옵소서.

전국 3천여 개의 교회에 지회가 조직되고 10만 명이 넘는 회원으로, 장로교 여성들이 해외 선교를 비롯해서 국내 특수 선교에 앞장서 오고 있습니다. 우리의 숙원인 선교회관도 준공을 눈앞에 두고 있습니다. 계속 교육원에서는 교육을 통해서 선교 의식을 고취시키고 교회 여성 지도자를 양성하여 한국교회 발전에 밑거름이 되어오고 있습니다.

위정자를 위해 기도합니다. 주님 의지하고 정직한 정치를 펴나가며, 섬기는 자세로 신뢰받는 위정자들이 되게 하옵소서. 분단된 이 민족이 하나 되게 하여주시기를 간절히 기도합니다.

선교 100주년을 맞은 새문안교회를 기억하여주옵소서. 당회장과 남녀 교역자를 비롯해서 6천여 교우에 이르기까지 말씀으로 성령으로 한마음 한뜻이 되어 계획한 사업들이 하나님 영광에 모아지게 하시고, 합력하여 선을 이루어나가게 하옵소서.

새문안에 속한 4개 여전도회를 사랑하여주옵소서. 서로 협력하고 보완하는 유대관계 속에 성장 발전할 수 있기를 바랍니다. 미래지향적인 여전도회로 인도하여주옵소서.

귀히 쓰시는 이동선 전국연합회 회장을 보내주심을 감사합니다. 말씀 증거하실 때 성령의 두루마기를 입혀주시고 우리의 심금을 울리는 은혜의 시간 되게 하옵소서. 새롭게 결단하고 흩어져서 사랑을 실천하며 힘 있게 살아가는 모두 되기를 기도합니다.

마음과 뜻과 정성으로 드리는 여전도회 헌신예배를 주님 기쁘게 받으시옵소서. 이 시간 여전도회주일 예배를 드리는 제단마다 하나님의 크신 은혜와 축복이 함께하여주옵소서.

성삼위께 예배의 시종을 의탁합니다. 예수님의 이름으로 기도하옵나이다.

아멘.

권사회 정기기도회

고마우신 하나님!

허물 많은 저희들을 사랑의 자녀로 삼으시고 때마다 도우시는 은총 속에 저희들로 하여금 믿음으로 살아가게 하여주셔서 감사합니다. 새문안교회의 권사로 세워주시고 그 뜻에 따라 맡은 소임을 다하게 하여주심을 감사하며 찬송과 영광을 올립니다.

달마다 선별된 시간에 기도의 제단을 쌓게 하여 주님의 말씀으로 깨우침을 받게 하여주셔서 감사합니다. 이 시간에 나오지 못한 권사들도 있습니다. 어느 곳에서 무엇을 하든지 그 형편과 처지를 따라 은혜 가운데 이 기도회를 기억하고 서로를 연결짓는 귀한 역사가 이루어지게 하옵소서. 기도를 쉬는 시험에 빠지지 않게 하옵소서.

어리석고 부끄러운 모습으로 머리를 숙입니다. 말과 행실이 하나 되지 못한 부덕과 무능을 주님 용서하여주옵소서. 바쁘고 피곤하다는 핑계로 반성과 회개를 게을리하였습니다. 하나님! 새 힘과 새 능력을 힘입을 수 있는 기도회가 되기를 간절히 원합니다.

사랑의 하나님! 새문안교회의 권사들 그 이름을 기억하여주옵소서. 장중에 붙드셔서 강건한 힘과 능력을 더하여주옵소서. 낙심한 자, 소외된 자, 병든 자, 미처 손길이 미치지 못한 그늘진 곳에, 사랑과 은혜를 나누고 위로와 권면을 아끼지 않는 권사들이 되게 역사하여주옵소서.

이 시간 병고로 고생하고 있는 권사들을 심방하셔서 치유의 손길로 안찰하여주옵소서. 어려움과 시련에 좌절한 그 심령에 주님 사랑을 베풀어주옵소서. 용기와 믿음 더하여주옵소서. 모든 삶의 문제를 주님께 맡기고 주님의 진리 안에서 형통한 삶을 살아가게 하옵소서.

오랜 세월 동안 새문안교회와 함께하신 주님! 교회의 많은 지체들이 한 목적을 가지고 그 역할을 충실히 감당하면서 교회 발전에 정성을 기울여왔습니다. 그런 가운데 특히 권사들의 책임이 막중함을 절감하고 있습니다. 국가와 민족의 앞날을 위해 교회와 가정을 위해 항상 깨어 기도하는 기도의 어머니들이 되게 하옵소서. 언행이 일치하는 실생활을 통해서 신앙의 어머니들로 귀감이 되게 하옵소서.

이 시간 불쌍한 이북의 동포들을 위해 간구합니다. 주님 긍휼을 베풀어주옵소서. 어느 때까지 우리는 분단국가로 남아야 합니까? 어리석은 사람은 할 수 없지만 주님만은 이를 하실 수 있으십니다. 마음과 정성을 모아 간구하오니 우리의 기도를 들어 응답하여주옵소서. 주님의 사랑으로 말씀의 능력으로 통일을 이루게 하여주옵소서.

기도문

여름철을 맞아 교회 각 부서마다 수련회를 계획하고 진행 중에 있습니다. 말씀과 성령의 뜨거운 열기로 영성을 풍요롭게 하는 수련회 되게 하옵소서. 하나님의 깊으신 지혜와 사랑을 배우면서 하나님의 뜻과 예정을 찾을 수 있는 수련회가 되기를 원합니다. 심신의 연단을 통해서 변화를 받아 다시 태어나는 귀한 역사 있게 하시고 새롭게 헌신을 다지는 수련회 되게 하옵소서.

피택된 두 분의 장로와 열네 분의 안수집사를 주님 사랑하여주옵소서. 택하여 세우셨사오니 능력 있는 일꾼으로 인도하시고 하나님께 영광 돌리게 하옵소서. 제비는 사람이 뽑았지만 그 길을 인도하시는 이는 여호와 하나님이신 것을 확신하오니 저들의 헌신을 기쁘게 받으시옵소서.

다시금 간구합니다. 권사들을 주님 장중에 붙드셔서 어디를 가든지 무엇을 하든지 삶의 터전이 선교지가 되게 하시고 우리를 필요로 하는 곳에 복음을 심고 사랑을 실천하게 하옵소서.

돌아가는 발걸음도 주님 지켜주시고 남은 하루를 은총 속에 지나게 하옵소서.

무한한 자원을 공급해주시는 예수님의 이름으로 간절히 기도하옵나이다.

아멘.

한나여전도회 월례회 기도

사랑의 하나님!

시간과 공간을 초월한 하나님의 지극한 사랑을 감사하며 찬송과 영광을 올립니다.

허물 많은 우리들을 택하여 의롭다 하시고, 믿음을 주셔서 은혜가운데 살아가게 하심을 감사합니다.

선별하여 허락하신 거룩한 날 주의 전에 나와 예배드리게 하시고 연이어 한나여전도회 월례회로 모이게 하심을 감사드립니다. 우리들에게 건강과 소명을 주셨기에 이 시간도 하나님을 향한 간절한 심령들이 한자리에 모였습니다. 성령으로 임재해주셔서 지난 한 달 동안의 삶을 통회하고 새롭게 선교 열의를 결단하는 시간이 되게 하옵소서.

이 시간 나오지 못한 회원들을 위해 간구합니다. 병고로 고생하는 회원, 혹은 어려운 처지로 나오지 못한 심령들을 주님, 형편을 따라서 사랑으로 보살펴주옵소서. 임마누엘의 축복을 내려주옵소서.

우리의 육신은 날로 쇠약해져갑니다. 가는 세월 붙잡을 수 없습니다. 우리에게 우리의 날을 계수하는 지혜를 주옵소서. 명철을 허락하여주옵소서. 삶의 연륜과 깊은 신앙 체험들이 후대들에게 귀감이 되게 하시고 말과 혀로만 사랑하지 말고 진실함으로 본이 되는 삶을 살아가게 하옵소서. 어려움 속에서도 기쁨을 찾는 여유, 가난한 마음에 부요함을 찾는, 밝고 깨끗하게 살아가는 한나여전도회 회원들이 다 되게 하옵소서.

하루가 다르게 변화하는 어지러운 세상, 핵과 테러, 전쟁의 회오리 속에 내일을 예측할 수 없는 어두운 현실을 주님 굽어 살피시옵소서. 나라와 민족을 위해, 교회와 이웃을 위해, 세계평화를 위해 언제나 무릎 꿇고 기도하는 기도의 어머니들이 다 되게 하옵소서.

한나여전도회 주체인 160여 명의 회원 한 사람 한 사람에게 큰 은혜와 축복을 내려주옵소서. 저들의 기도와 물질, 시간을 할애한 헌신이 있었기에 오늘의 한나여전도회로 발전 성장하여왔음을 익히 알고 있습니다. 더욱 여력을 한데 모아 뜨거운 열정으로 하나님 나라 확장에 충성하게 하옵소서. 새문안교회의 장자 여전도회로서 긍지를 가지고 헌신하게 하옵소서.

수고하는 회장님과 임역원들을 주님 장중에 붙드셔서 영육 아울러 강건케 하시고 맡겨진 소임을 감당할 수 있도록 지혜와 능력을 넘치게 채워주시옵소서.

한나여전도회를 위해 기도와 정성을 쏟고 있는 집사님이 계십니다. 주님 기억하시고 축복 내려주옵소서.

우리의 선교지를 위해 간구합니다. 재정 지원 못지않게 관심과 정성, 기도가 뒷받침이 될 때 귀한 결실을 맺게 되리라 확신합니다. 저들 교회와 기관을 통해서 하나님의 공의가 널리 전파되어 하나님께만 영광 돌리게 하옵소서.

세우신 목사님 말씀 선포하실 때 성령으로 역사하여주옵소서. 주시는 말씀이 삶의 원동력이 되게 하시고 그 힘으로 승리의 삶을 살아갈 수 있도록 은총 내려주옵소서. 한 해 동안 한나 여전도회를 위해 수고하실 목사님의 사역에 시온의 대로가 활짝 열려지기를 기도합니다.

이 시간 월례회의 시종을 성삼위 하나님께 의탁하오며 한나여전도회를 친히 이끌어주시는 예수님의 이름으로 간절히 기도하옵나이다. 아멘.

기도문

제18회 여성 세미나

만유의 대주재자로서 역사를 펼치시는 전능하신 하나님!

찬송과 존귀 영광을 세세무궁토록 받으시옵소서.

부족하고 허물 많은 저희를 자녀로 삼으시고 교회를 섬기고 복음을 전하는 영광스런 직분을 감당하게 하셔서 다함 없는 감사를 드립니다.

저희는 그 모든 은혜를 문득문득 잊곤 합니다. 어디를 가든 무엇을 하든 친히 임재하여 계심을 잊고 저희 힘으로 무엇이든 해낼 수 있다고 자만에 빠지곤 합니다. 주님 그 경망을 용서하여주옵소서. 이 시간 신령과 진정으로 예배드리게 하시고 머리 숙인 저희에게 은혜 내려주옵소서.

교회 창립 100주년을 기념한 여성 세미나는 이수한 권사님의 뜨거운 선교 열의와 적극적인 후원으로 출발되었습니다. 그 후 10년이 넘도록 기도와 지원을 아끼지 아니하였습니다. 새문안 여성들에 의

한, 여성들을 위한 교육의 장으로 면면히 이어져, 오늘 제18회째를 맞게 됨을 감사를 드립니다. 해를 거듭할수록 더욱 성장 발전할 수 있도록 역사하여주시옵소서.

하나님께서 남성과 여성의 구별 없이 주님의 동역자로 부르셨습니다. 여성의 역할이 더욱 요구되는 현실입니다. 주님 말씀에 굳게 서게 하옵소서. 주님을 아는 지식이 풍성해지기 원합니다. 주님 닮기를 원합니다. 역사의 중심에 서서 민족과 국가의 정체성을 더욱 공고히 하며 주신 사명을 능히 감당할 수 있기를 원합니다.

국가의 위기 때마다 이 민족을 구원해주셨던 하나님! 이 민족의 현실을 굽어 살피시옵소서. 저희가 당하는 일의 시종이 하나님 장중에 있음을 믿습니다.

전능하신 하나님! 불안하고 심각한 혼돈에 빠져 있는 이 민족에게 소망의 빛으로 임하시옵소서. 대통령을 위시하여 각계의 지도자들에게 먼저 하나님을 두려워하는 마음을 주시옵소서. 정직하고 성실한 마음으로 민의를 살피고 정의로운 제언, 바람직한 제언에 귀 기울일 줄 아는 지도자들 되게 하옵소서.

민족의 영원한 장래를 화해와 협력, 자기희생과 뜨거운 헌신, 평화통일의 열망으로 가득할 때 하나님은 분명 이 민족과 교회에게 바라던 것을 이루어주실 줄 믿습니다.

변화와 개혁의 목소리가 날로 높아가고 있습니다. 먼저 나부터 변화되어야 하겠습니다. 나라와 교회의 주역이었던 믿음의 선배들은

기도문

고난의 역사를 통해 인내와 희생을 배웠으며 역사의 길잡이가 되어 왔습니다. 저희들도 이 시대의 길잡이가 되기를 원합니다. 교회의 사명을 바르게 인식하고 애국애족하는 실천 의지를 깨우쳐주시옵소서.

'급변하는 가정문화에 대한 기독교적 성찰'이란 주제로 세미나를 열려고 합니다. 기꺼이 시간을 할애해주신 강사님들께 감사를 드립니다. 바라옵기는 시간 시간 성령으로 뜨겁게 역사하여주시옵소서. 주시는 말씀을 통해서 21세기 여성의 시대에 걸맞은 신앙의 어머니, 민족의 어머니들로, 사명을 새롭게 결단하고 실천하게 하옵소서. 가정이 변하여 힘이 모아질 때 그것이 국가와 사회발전의 기간이 되리라 확신합니다.

협의회 회장을 비롯한 아홉 개 여전도회 임역원들, 이 자리를 가득 메운 여전도회 주체인 회원 한 사람 한 사람의 뜨거운 기도와 뒷받침, 애쓰신 이들의 수고와 헌신을 주님 열납하시사 영광을 홀로 받으시옵소서.

여성 세미나의 시종을 성삼위 하나님께 위탁하옵고 길이요 진리요 생명이 되시는 예수님의 이름으로 간절히 기도하옵나이다. 아멘.

중국어성경반 기도

역사를 주관하시는 전능하신 하나님!

허물 많은 우리들을 사랑하여주심을 감사합니다. 찬송과 영광과 존귀를 받으시옵소서.

사순절 넷째 주일을 맞았습니다. 우리의 죄 사하여주시기 위하여 십자가의 고난을 기꺼이 담당하여주신 주님의 은총을 감사드립니다. 거룩한 날 예배 드리는 뭇 심령들에게 하늘의 신령한 복을 내려주시고 세상에 흩어져 살아갈 때에도 내 몫의 십자가를 지고 주님 가신 길 따르게 하옵소서.

금년은 평양 대부흥운동 100주년이 되는 해입니다. 새문안교회 창립 120주년의 해이기도 합니다. 앞서 가신 선대들의 뜨거운 신앙 열정을 이어나가게 하옵소서. 어려울 때 우리를 들어 기도하게 하시는 주님! 나라와 민족을 위해 마음을 찢고 회개하게 하옵소서. 어느 것 하나 소망이 없어 보이는 암울한 이 나라의 현실에 주님 긍휼 베풀어주옵소서. 위기 때마다 이 민족을 구원하여주셨던 주님! 성령으로 일깨워주셔서 진리의 횃불 들고 위기를 기회로 극복해나가게 하옵소서.

한중 국교가 정상화된 지 15년이 되었습니다. 중국과의 활발한 교류가 이루어지고 있습니다. 모든 현실이 믿는 우리들에게 큰 도전으로 다가오고 있습니다. 이태홍 목사님을 중국 선교사로 파송한 지 12년, 겹겹의 제재 속에서 지금도 사역하시는 목사님! 장중에 붙드셔서 영육을 아울러 강건케 하옵소서. 믿음과 용기, 힘과 능력 주셔서 서시는 곳마다 가시는 곳마다 성령의 뜨거운 역사가 함께하여주셔서 그 땅에 뿌려지는 복음의 씨가 귀한 결실 맺게 되기를 기도합니다. 하나님께 영광 돌리게 하옵소서.

중국어성경반을 허락하여주신 주님! 해를 거듭할수록 차고 넘치는 성장을 감사드립니다. 특히 어린이들을 불러주신 주님! 먼 훗날 귀하게 쓰시기 위한 섭리를 감사드립니다. 언어를 익히며 문화를 배워서 서로 이해하고 말씀으로 하나 되는 그날을 허락하여주옵소서. 동북아의 평화공존과 호혜적 우호관계를 유지하며 좋은 이웃으로 화합을 이룰 수 있도록 은총 내려주옵소서.

중국어성경반을 위해 수고하는 손길들을 일일이 기억하여주옵소서. 저들의 헌신을 기쁘게 받으시고 축복 내려주옵소서. 중국어성경반이 사랑의 공동체 되기를 원합니다. 서로 섬기며 나누는 작은 수고 하나하나가 하나님의 뜻을 이루는 일에 모아지게 하옵소서. 소명을 일깨우고 주님 부르심에 기꺼이 응답해나가게 하옵소서. 어느 곳에 있든지 무엇을 하든지 주님 동행해주셔서 실족하지 않게 하시고 형통한 삶을 살아가게 하옵소서.

이 시간 시종을 주님 주관하여주옵소서. 부활의 소망을 주신 예수님의 이름으로 기도하옵나이다. 아멘.

성탄절 2부예배 기도

말씀이 육신이 되어 이 땅에 오신 주님이시여!

높은 보좌 버리시고 말구유에 나시고, 갈보리산 십자가까지 우리 죄를 구속하시기 위하여 기꺼이 속죄양이 되신 주님! 그 은혜와 사랑을 어찌 다 감사할 길이 있사오리까. 찬송과 영광, 존귀를 세세에 받으시옵소서.

이 시간 왕의 왕으로 임하시옵소서. 평화의 왕으로 임하시옵소서. 우리들 심령 속에 영원히 메마르지 않는 생명의 샘으로 임하시옵소서.

만복의 근원이 되시는 전능하신 하나님!

2007년은 1907년 평양의 대부흥운동 100주년이 되는 해였습니다.

한국교회의 새로운 부흥의 역사는 진정한 회개를 통해서 영적 각성이 우선되어야 함을 깨닫게 하셨습니다. 우리 사회와 우리 교계의 부조리를 깨지 않고는 이룰 수 없는 부흥의 불길임을 알았습니다.

성경대로 돌아가 실천이 뒤따르는 진정한 회개 운동이 계속되는 한 성령의 뜨거운 열기가 이 나라 이민족 속에 뜨겁게 타오를 수 있으리라 확신합니다. 세상을 변화시켜주옵소서.

'민족을 깨우는 진리의 빛으로 다시 서자'라는 표어와 함께 시작한 2007년, 교회 창립 120주년을 기념해서 언더우드 선교사의 발자취를 따라 행사를 치르며 크게 도약할 수 있었음을 감사드리지 않을 수 없습니다. 선교 초기 한국교회가 이 사회를 이끌어온 것처럼 새문안교회가 이 시대의 역사를 선도해나가야 한다는 소명을 일깨우면서, 120년의 은혜를 나누는 교회 되기를 결단하였습니다. 말씀으로 하나 되는 교회, 성령으로 하나 되는 교회, 세상의 소망이 되는 교회 되게 하여주시기를 기도합니다.

이수영 담임목사님을 위시해서 당회와 남녀 교역자, 해외에서 사역하는 선교사, 10개 교구의 파수꾼으로 수고하는 구역장 권찰, 교회학교 교사, 교회의 모든 제직들, 부르심에 충성하고 있는 손길마다 열매가 있게 하시고 뜻을 모아 선한 역사 이루어 새문안교회를 이 땅에 있게 하신 하나님께 영광 돌리게 하옵소서.

새로운 대통령이 선출되었습니다. 주님 장중에 붙드셔서 민족을 섬기며 희망을 주는 대통령으로 선정을 베풀어나가게 하옵소서. 이 민족의 대화합을 이루게 하옵소서.

태안 앞바다 기름 유출사고로 청정해역이 죽음의 바다로 변했습니다. 발 빠른 자원봉사자 수십만이 돕고 있습니다. 그러나 우리가 당하는 일의 시종이 하나님 장중에 있음을 믿습니다. 주님 불쌍히 여기시사 바다에 의지해 살아온 어민들의 눈물을 거두어주시기를 원합니다.

전쟁과 핵, 테러의 어두운 그림자가 지구를 뒤덮고 있습니다. 불안과 충격, 공포 속에 무력한 우리 모습을 회개합니다. 주님 구휼을 베풀어주옵소서. 주님 통치하시는 그 나라 임하기를 간절히 기도합니다.

우리의 길 예비하시고 인도하시는 주님! 새문안의 믿음의 형제들을 사랑으로 보살펴주옵소서. 아픔과 고통, 실망과 외로움, 소외되고 억울한 심령들, 갈 길 못 찾아 방황하는 심령들에게 자비를 베풀어주옵소서. 성령으로 임재해주셔서 위로와 치유와 평강을 온전히 누리게 하옵소서. 고통이 올 때 낙심하지 않게 하시고 하나님의 계획과 섭리를 기다리는 인내를 배우게 하옵소서. 시련을 주시되 피할 길을 예비하사 능히 감당케 하시는 주님이신 것을 확신하게 하옵소서. 어려움 속에서도 오히려 감사하며 믿음을 다져나가는 기회로 삼게 하여주옵소서.

이 시간 부모의 신앙으로 유아세례를 받는 아기들에게 축복 내려주옵소서. 주 안에서 튼실하게 자라나게 하시고 말씀의 훈계와 교훈으로 양육받게 하여주옵소서.

다시 오신 주님을 경배하며 예배 드리는 이 시간, 이수영 목사님 선포하는 성탄절 메시지가 우리들 심령 속에 은혜와 기쁨이 넘치게 하옵소서. 우리 모두 복음의 전령들이 되어 이 기쁜 소식 온 누리에 심어나가게 하옵소서.

　새로핌찬양대의 찬양을 기쁘게 받으시옵소서. 온 회중이 구주 나심을 기뻐하며 부르는 성탄절 찬양이 은혜와 감사 감격이 넘치게 하옵소서.

　예배의 시종을 성삼위 하나님께 의탁하오며 예수님의 이름으로 간절히 기도하옵나이다. 아멘.

중국어성경반 중국인 유학생팀
영성훈련예배 기도

역사를 주관하시는 전능하신 하나님! 죄 많고 허물 많은 우리들을 주의 자녀 삼으시고 시마다 때마다 베푸시는 은총 속에 믿음을 지키며 살아가게 하심을 감사드립니다. 찬송과 영광과 존귀를 세세에 받으시옵소서.

우리에게 허락하신 귀한 날들을 말씀 따라 살지 못하였음을 회개합니다. 나누고 섬기는 일에 얼마나 헌신하여왔는지 심히 부끄러운 모습뿐임을 용서하여주옵소서. 이 시간 성령으로 임재해주셔서 우리의 예배를 기쁘게 받아주시옵소서. 우리의 길 예비하시고 인도하시는 주님!

오늘 중국어성경반과 중국인 유학생 예배팀과 함께 영성 훈련에 임하게 하심을 감사드립니다. 잡다한 도심을 벗어나 하나님의 창조 세계 속에 우리를 내어 맡기고 자연을 통해서 섭리하시는 하나님의 깊으신 뜻과 사랑을 깨우치게 하여주옵소서. 일상에 지친 심신을 일

으켜 세우는 시간 되게 하시고 내일을 위한 재충전의 기회 되게 하옵소서.

특히 이 시간 중국인 유학생 예배팀과 손에 손을 잡고 예수 그리스도 안에서 하나 되는 기쁨 누리게 하심을 감사합니다. 이름도 성도 아는 것이 없는 지체들이지만 이렇듯 우리를 만날 수 있도록 인도하여주신 이는 여호와 하나님이신 것을 믿습니다. 우리의 만남이 일회적인 만남이 되지 않게 하시고 계속 이어질 수 있기를 원합니다. 위로와 격려가 있으며 기쁨과 감격이 있는 깊은 사귐의 시간이 될 수 있도록 인도하여주옵소서.

중국인 유학생들을 위해 기도합니다. 저들에게 꿈과 도전을 주옵소서. 무엇보다도 예수 그리스도를 구주로 영접할 수 있기를 간절히 원합니다. 한국에서의 모든 계획과 꿈들이 다 이루어질 수 있기를 기도합니다. 스스로 배우고 깨우치고 결단하고 실천해나가는 당당한 청년들이 다 되게 하옵소서.

비록 언어와 풍습과 생활습관이 달라도 가까운 선린으로 호혜적인 관계를 유지하며 그리스도의 사랑 안에서 마음과 뜻과 성령의 하나 되는 역사 이루어나가게 하옵소서. 세계의 평화와 번영을 위해 크게 기여하게 하옵소서.

이 시간 장마가 목사님 세우셔서 말씀 선포하실 때 말씀을 통해서 역사하시는 하나님의 음성 듣게 하옵소서. 아직 주님을 영접하지 못한 심령들 속에 구원의 확신을 심어주옵소서.

오늘을 위해 수고하신 모든 손길들을 일일이 기억하시고 크신 은총 내려주옵소서. 오늘의 모든 일정 주님 주관하시고 인도하여주옵소서.

"형제가 연합하여 동거함이 어찌 그리 선하고 아름다운고"라는 시편 기자의 말씀이 오늘 우리들의 모습이기를 확신하며 예수님의 이름으로 기도하옵나이다. 아멘.

중국어성경반 새날에 드리는 기도

만복의 근원이 되시는 전능하신 하나님!

때를 따라 도우시는 은총 속에 믿음을 지키며 바르게 살아가게 하심을 감사드리며 찬송과 영광을 올립니다.

2010년 새날, 힘찬 첫걸음을 내딛게 하시니 감사를 드립니다.

우리를 있는 그대로 받아주시는 주님! 우리에게 있는 것은 부덕과 허물뿐임을 고백합니다. 회개의 영으로 임재해주셔서 주님 기뻐 받으시는 심령들로 이끌어주옵소서. 금년 한 해도 주님의 뜻을 헤아리며 그 뜻을 이루는 일에 마음과 뜻과 정성을 모으게 하옵소서.

10년 전 중국어성경반을 허락하셔서 중국의 언어와 문화를 접하게 하시고 비전을 주심을 감사합니다. 한중수교 18년을 맞아 활발한 교류 속에 기도하게 하시니 감사를 드립니다. 서로 이해하고 좋은 선린으로 동북아의 평화 공존에 크게 기여하는 두 나라가 되게 하옵소서.

이 시간도 수고하시는 이태홍 목사님을 기억합니다. 숱한 제재 속에서도 굴하지 아니하고 사역하시는 목사님에게 건강과 힘과 능력을 덧입혀주시옵소서.

중국어성경반을 위해 기꺼이 헌신하시는 두 분 선생님과 임역원들에게 축복 내려주옵소서. 저들의 수고 하나하나가 아름답게 열매 맺게 되기를 기도합니다.

중국인 대학생을 위한 예배팀에게도 주님 함께 역사하여주옵소서. 장마가 목사님을 위시해서 함께 동역하는 귀한 손길들을 사랑하여주옵소서. 특히 장마가 목사님에게 믿음의 영역 더하셔서 학업에 진전이 있게 하시고 소기의 목적을 이룰 때까지 하늘의 지혜와 명철을 넘치도록 채워주옵소서. 할 일 많은 중국을 위해 유능한 사역자로 크게 인정받는 목사님으로 인도하여주시옵소서.

여기 머리 숙인 모든 지체들 일일이 기억하시고 은총 베풀어주옵소서. 주님 동행해주셔서 형통한 삶을 살아가는 우리 모두 되게 하옵소서. 우리 중성반의 한 사람 한 사람의 존재가 서로에게 기쁨이 되고 격려가 되고 힘이 되기를 기도합니다.

이 시간 시종을 주님 주관하여주옵소서. 예수님의 이름으로 기도하옵나이다.

아멘.

새문안 기독교문예창작반 제10집 출판기념예배 기도

— 2010년 12월 10일 오후 2시 언더우드 교육관

사랑의 하나님!

우리들의 오늘이 있게 하신 하나님께 감사와 찬송, 영광과 존귀를 올려드립니다. 부족하고 허물 많은 우리들을 사랑하셔서 은혜 가운데 믿음으로 살아가게 하심을 감사드립니다.

10년 전 교회 정책에 따라 뜻 있는 이들의 노력의 결실이 문예창작반을 시작하게 하시고 글쓰기의 특권을 허락하여주심을 감사합니다.

오늘 그 10주년을 기념하여 문예 특집을 출간하고 먼저 하나님 앞에 예배를 드리며 다 함께 기쁨을 나눌 수 있게 됨을 감사합니다.

글쓰기가 좋아서 모인 우리들에게 10년 동안 꾸준히 가르침을 주신 오인문 교수에게 감사를 드립니다.

성경이야말로 만고불변의 진리라는 사실을 강조하며 고전이나 철학, 명작을 많이 읽고 지적으로 무장해야 한다는 사실을 배웠습니다.

글쓰기란 감성에 전달되는 희로애락을 언어나 말을 빌려 상상의 힘으로 가슴으로 써야 한다는 것, 말 그대로 인품과 문장이 일치한다는 사실도 배웠습니다.

마치 산고의 고통이 새 생명을 출산하듯 하나의 작품이 완성되기까지 각고의 노력 끝에 얻어지는 창작물이라는 것과 글은 쓰면 쓸수록 더욱 어려워지는 사실도 실감하고 있습니다.

전능하신 하나님!

우리에게 진리의 영으로 임재해주셔서 지식 나열에 불과한 글이 되지 않게 하시고 진실을 담은 역작이 태어나기를 기도합니다. 믿음으로 살아온 나의 이야기, 우리의 이야기에 인생을 담아 문학적 정서와 기법으로 써진 글들이 정보의 홍수 속에서도 능히 소통할 수 있게 되기를 원합니다. 독자들과의 공감대를 이루어 문서 선교의 일익을 담당하게 되기를 기도합니다.

수고한 문예창작반 역대 반장과 임원들에게, 작품을 쓰느라 애쓴 반원들에게 그 노고를 치하하며 하나님의 은총이 함께하여주시기를 기도합니다.

세우신 뜻에 순종하여 시작된 문예창작반이 서로 협력하여 사랑을 나누며 그 사랑 안에 거하시는 하나님의 임재를 날마다 체험하면서 진솔한 창작 활동에 힘쓰는 우리 모두 되기를 기도합니다. 하나님께만 영광 돌리게 하옵소서. 시종을 주님께 의탁하오며 길이요, 진리요, 생명이 되시는 예수님의 이름으로 기도하옵나이다. 아멘.

『새문안교회 여성 110년사』 출판 감사예배

역사를 주관하시는 전능하신 하나님!

부족하고 허물 많은 우리들을 택하여 세워주셔서 주님 사역에 동참하게 하심을 감사드립니다. 찬송과 영광, 존귀를 받으시옵소서.

오늘 우리는 가슴 벅찬 감격으로 주님 앞에 나왔습니다.

교회 창립 100주년의 해, 여전도회 협의회에서 여성사 편찬에 뜻을 모아온 지 실로 25년 만에 『새문안교회 여성 110년사』를 세상에 내놓게 되었습니다. 먼저 하나님 앞에 올려드리며 예배드리게 하심을 감사합니다.

이 땅에 복음이 전파된 지 125년, 믿음의 선배 여성들은 일제강점기와 전쟁 등 시대적 우여곡절에도 죽음까지도 불사하며 나라와 교회의 주역으로 역사의 길잡이가 되어왔습니다. 사회적 악조건 속에서 가난과 무지와 싸우며 선교 열의에 불타 있었습니다. 그들의 불굴의 의지와 눈물 어린 헌신이 오늘 우리 교회의 초석이 되어왔음을 다 감사할 길이 없습니다.

그러나 안타깝게도 기록된 사료의 빈곤과 구전도 미진하여 미처 발굴하지 못한 족적들을 명문화할 수 없었음을 고백합니다.

돌이켜보면 지난 25년간 사명을 가지고 막중한 작업에 임하여왔습니다. 주님께서 친히 임재해주셔서 우리의 기도 들으시고 시마다 때마다 지혜와 명철, 믿음의 인내와 용기 주셔서 감당하여왔음을 감사드립니다.

이 책을 접하게 되는 새문안 여성들에게는 물론 모든 독자들에게 교회의 새로운 도전과 선교 비전을 제시할 수 있게 되기를 기도합니다.

교회의 중추적 역할을 감당해오고 있는 뭇 여성들로서 자긍심을 가지고 급변하는 역사 앞에 바로 서서 치유와 화해의 역사 이루어 새 지평 힘차게 열어나가게 하옵소서.

오고 오는 세대들에게도 강인한 믿음과 실천 의지를 바탕으로 어머니 교회의 위상을 계승해나갈 수 있도록 은총 내려주옵소서.

모든 기록의 보전을 위한 체계적인 관리를 아울러 일깨워주시옵소서.

출판 기금 마련을 위해 수고한 앞서가신 여전도 회원들과 한결같이 애쓰며 동참해오신 여전도회 모든 회원들에게 감사드립니다.

책이 나오기까지 수고한 모든 분들의 헌신을 기쁘게 받으시옵소서.

이 시간 말씀을 선포하시는 목사님의 메시지가 역사를 주관하시는 하나님의 임재를 재확인하며 새롭게 결단하는 시간 되게 하옵소서.

찬양과 순서를 담당하는 모든 분들의 헌신을 기쁘게 받으시옵소서.

능력 주시는 자 안에서 내가 모든 일을 할 수 있다고 하신 말씀을 확신하며 하나님께만 무한 영광 올려드립니다.

시종을 성삼위께 의탁하오며 예수님의 이름으로 기도하옵나이다. 아멘.

기도문

한나여전도회 생일 기도

역사를 주관하시는 전능하신 하나님!

엄청난 시련과 어려움 속에서 아파하며 가슴 시린 한 해를 보내고 2015년 새해를 허락하신 하나님께 감사와 찬송, 영광과 존귀를 올려드립니다. 우리가 당한 모든 일이 우리를 쳐서 강하게 하시는 하나님의 연단임을 믿습니다.

일의 시종이 주님 축복의 통로가 될 수 있기를 간절히 기도합니다. "세상을 치유하는 교회"로 새롭게 출발하였사오니 우리에게 믿음과 힘과 능력, 용기를 주셔서 이 땅이 고침을 받고 치유되고 회복이 되는 사역에 우리 모두 힘 있게 동참하게 하옵소서.

새롭게 출발하는 한나여전도회를 위해 기도합니다. 회장님 이하 임역원들, 주님 택하여 세우셨사오니 섬기시는 손길마다 영육을 아울러 강건케 하셔서 그 수고와 헌신이 아름답게 열매 맺게 되기를 기도합니다. 한나여전도회 회원 한 사람 한 사람이 주인 의식을 가지고 기도와 능력, 정성이 모아져서 교회가 교회다워지고 하나님의 뜻을 이 땅에 이루는 일에 장자 여전도회 역할 감당하게 되기를 기도합니다. 당면한 새 성전 건축에도 힘을 실어줄 수 있도록 은총을 내려주옵소서.

우리의 길 예비하시고 인도하시는 주님!

우리들에게는 지금까지 살아온 날들보다 앞으로 살아갈 날들이 짧아지고 있습니다. 우리 안에 착한 일을 시작하신 이가 예수 그리스도의 날까지 이루실 줄 확신하노라 하였사오니 진리 안에 붙들려 살기 원합니다. 쉬지 않고 기도하며 범사에 감사하며 성령의 임재를 날마다 체험하며 살아가게 하옵소서.

생일 맞은 회원들 위해 간구합니다.

나를 이 땅에 있게 하신 하나님! 지금까지 지켜주셔서 수를 누리게 하시고 나누고 섬기는 삶 속에서 기쁨을 찾고 신실하게 살아왔음 감사드립니다. 의인은 늙어도 결실한다는 말씀처럼 믿음의 결실 맺으며 하나님께 영광 돌리는 삶이 이어지게 하옵소서.

우리 모두 강건케 하시고 밝고 활기찬 모습으로 다음 월례회에 기쁘게 만날 수 있기를 간구합니다. 우리의 선교를 통해 하나님의 복음과 공의가 널리 전파되기를 간구합니다.

우리의 허물까지 사랑하여주시는 예수님의 이름으로 기도하옵나이다. 아멘.

신년예배 기도

복의 근원이시며 인간 역사의 주관자이신 아버지 하나님! 테러와 전쟁과 사건사고로 앞을 예측할 수 없는 격동하는 세상에 저희들을 두시고, 이 시간까지 생명과 믿음과 생활을 지켜주시고, 2004년 새해를 맞이하여 첫날 첫 시간에 하나님께 예배드릴 수 있는 시간 주시니 감사합니다.

새해를 맞으면서 지난 1년을 뒤돌아볼 때, 저희들은 너무나 덧없이 세월만 허송하였고, 나태와 게으름뿐이었고, 복음에 합당하게 생활하지 못한 어리석음을 용서하여주옵소서.

새해에는 전보다 주님을 충성스럽게 섬기게 하시고, 우리들의 생활은 하나님 말씀 중심으로 살며, 쉬지 않고 기도하는 희망의 한 해가 되어, 옛것은 완전히 벗어버리고 그리스도 안에서 새 사람 되게 하소서.

우리 새문안교회 속한 모든 식구들은 가정마다 신앙의 훈련장이 되어 믿음이 움트고 자라 아름다운 생활의 열매 맺게 하시고, 세상적인 물질, 명예, 권세보다 영원한 것을 중히 여기는 경건한 가정이 되어, 주님을 모시고 사는 작은 천국을 이루는 믿음의 복된 가정 되게 하소서.

새문안교회는 담임목사님을 중심으로 하여 그리스도 안에서 온 교회가 하나 되게 하시고, 인간의 생각이나 세상적인 방법이 아닌 성령이 주관하는 교회 되게 하소서. 세상의 과학이나 어리석은 변론이 아닌 말씀으로 충만하게 하시어 한국교회의 중심이 되는 교회 되게 하소서.

새해를 맞이하는 한국교회는, 어두움에서 갈 바를 모르는 민족에게, 등대의 역할을 감당하게 하시고, 죄에 잠에서 깨어나지 못하는 이 사회에 파수꾼의 사명과, 불법과 불의로 마비된 이 사회에 양심으로 세워주시어 민족의 복음화를 이루어 교회의 사명을 다하게 하소서.

새해에는 이 나라가 민족의 복음화가 이루어져 하나님의 법이 이 나라의 모든 법의 기초가 되게 하시고, 하나님을 경외하며 주의 법도를 지켜 복 있는 민족 되게 하시고, 온 나라가 영적 부흥이 일어나 상실된 윤리와 도덕이 회복되며, 사회정의가 이루어지게 하소서.

새해에는 이 나라를 이끌어가는 지도자들, 명예와 물질과 사리사욕을 버리고 나라와 민족을 위하여 자기 목숨까지도 바꿀 수 있는 애국심을 허락하여주시어 온 국민 앞에 솔선수범하는 지도자들 되게 하소서.

특히 노 대통령 위하여 기도합니다. 그에게 대통령의 권한은 하나님께서 주신 것으로 깨닫고 하나님을 두려워하게 하시고, 그에게 솔로몬의 지혜와, 다윗의 용기와, 모세의 지도력을 주시어, 국내외적으로 어려운 이때 모든 면에 있어 합리적으로 국정을 이끌어 갈 수 있는 대통령 되게 하소서.

이북에 있는 2,200만 우리 동포들, 철권정치하에서 자유와 인권을 박탈당하고, 기아에 못 이겨 수백만의 아사자가 발생했으며, 그들은 지금 인간 이하의 생활을 하고 있습니다. 새해에는 그들에게 자유와 인권이 회복되게 하시고, 하나님의 참사랑을 맛볼 수 있는 은혜를 그들에게 허락하소서.

새해에는 테러와 전쟁이 끊이지 않는 이 지구상에 평화를 주시옵소서. 모든 나라 지도자들에게 평화의 주님이 임하시어, 평화를 갈망하는 인류를 위하여 공포무기 생산을 중단하고, 칼을 쳐서 보습을 만드는 평화의 역사가 일어나게 하소서.

금년 한 해도 우리 새문안을 이끌어가실 이수영 목사님, 영육간에 강건하게 하시어 가는 곳마다 서는 곳마다 하나님의 영광이 드러나게 하시고, 성령으로 충만하여 제사장으로서, 예언자로서, 선한 목자로서 사명을 다할 수 있도록 영역을 더하여주옵소서.

이 시간도 말씀을 증거하실 때, 전하는 말씀이 능력의 말씀이 되어, 은혜를 사모하여 나온 성도들에게 영의 양식이 되게 하소서.

특별한 달란트를 받은 찬양대원들, 하나님께서 그들의 지난해의 수고를 기억하시고, 금년 한 해도 충성되게 봉사하여 믿음으로 부르는 찬양이 하나님께 영광이 되며, 우리 모두와 같이 하나님께 드리는 신앙고백의 찬양이 되게 하소서.

새해 첫 예배를 드리는 우리들의 경건한 마음이 일 년 내내 이어지는 예배의 자세가 되기 바라면서, 예수 그리스도의 이름으로 기도드립니다. 아멘.

임급주 장로

제7부

핏줄의 화음마당

어린 시절의 그리움 | 외할아버지 신문기사가 감동을 | 신앙생활의 모범 |
열정과 도전 | 호수에 비친 상 | 가족들의 원천이자 지팡이 | 할머니의 손과 발

어린 시절의 그리움

어머님의 산문집 『지팡이와 두문불출』 출간을 진심으로 축하드립니다.

어머님께서는 예전부터 남달리 배우고자 하는 열의가 대단하셨습니다.

꽃꽂이, 서예, 가곡 교실, 중국어성경반 등등 지금까지도 열심히 공부하시더니 이제 문학에까지 발을 들여놓으셨습니다. 웬만한 노력과 열성이 아니면 이루기 힘든 일입니다.

이번 산문집은 어머님의 부모님, 즉 저희 외할아버지와 외할머니를 중심으로 한 이북의 고향 이야기가 주를 이루고 있습니다.

고향과 부모님 그리고 어린 시절의 그리움을 어머님만의 감성으로 옛날이야기를 들려주시듯 써내려간 한생의 발자취는 잔잔한 감동을 줍니다.

아무쪼록 이번 산문집을 계기로 더 좋은 글들을 계속 읽게 되기를 바랍니다.

다시 한 번 『지팡이와 두문불출』 출간을 축하드립니다.

큰아들 임정원

핏줄의 화음마당

외할아버지 신문기사가 감동을

　글이란 어떤 생각이나 일 등을 글자로 표현하여 나타낸 것으로 정
보나 감정의 표현, 사실이나 의견 등을 전달하는 목적을 가진다고
합니다. 글을 잘 쓰기 위해서는 학습이 필요한데 그중 사실이나 정
보를 전달하는 글과 감정이나 의견을 전달하는 글은 그 필요한 방법
이 다른 것 같습니다.

　공학을 전공한 저로서는 사실이나 정보를 정리하여 전달하는 것
에는 익숙하지만 감정을 전달하는 데는 서툽니다. 그래서 감정을 표
현하는 글을 보면 그 글을 쓴 사람들이 참 대단하게 느껴집니다.

　어머니는 오랫동안 일기와 글을 써오셨기 때문에 감정과 느낌을
표현하는 데 능숙하십니다. 어릴 적에 보아왔던 어머니의 일기장이
생각납니다. 저의 일기는 단순한 사건의 나열과 간단한 감정의 표현
이 주된 내용이었고 어머니의 일기는 그 당시 어머니의 감정과 느낌
으로 가득 차 있었던 것으로 기억합니다.

어머니는 가끔 이북에 계신 가족들에 대해 말씀하셨는데 외할아버지에 대해서는 많이 듣지는 못했습니다. 어머니 자신도 어려서 돌아가신 외할아버지에 대한 기억이 많지는 않으신 것 같습니다. 그런데 얼마 전 어머니는 외할아버지에 대한 신문기사를 보게 되셨고 이는 산문집 출간을 결심하시는 데 적지 않은 영향을 주게 되었다고 합니다. 신문기사에 나온 단편적인 내용이었지만 어머니의 마음에는 큰 기쁨과 감동으로 다가왔고, 이를 글로 표현하여 다른 사람들과 나누고 싶으셨겠지요.

어머니의 지금까지의 발자취를 담고 있는 산문집 출간을 축하드립니다.

어려서는 저 자신만을 바라봤고, 커서는 떨어져 살고 있어서 잘 알지 못했던 어머니의 생각과 감정들을 산문집을 통해 느끼고 공감하는 기회가 될 것 같아 무척 기대가 됩니다.

작은아들 임정수

핏줄의 화음마당

신앙생활의 모범

평생을 믿음 안에서 신앙생활의 모범이 되어주시는 어머님의 삶의 단상들을 글로 엮어 세상에 내놓았습니다. 노을녁에도 날마다 쉬지 않고 일취월장 성장하시는 모습이 너무나 아름답습니다. 어머님이 출간하시는 이 책이 많은 이들에게 위로와 감흥을 주리라 믿습니다.

큰며느리 이우영

열정과 도전

어머님의 산문집 출간을 축하드립니다. 늘 부지런하시고 자기 관리에 철저하셨던 어머님의 모습이 새삼스럽게 떠올려집니다. 10여 년 전에 『하늘에 그린 초상화』라는 수필집을 내셨을 때도 너무 놀라웠는데 두 번째 책을 내신다니 너무 존경스럽습니다. 남북 분단으로 헤어진 아버지에 대한 그리움과 한평생 인도하신 하나님 아버지에 대한 감사가 이 책 속에 녹아져 있어서 더욱 기대됩니다. 앞으로도 더욱 건강하셔서 자녀들에게도 주변 사람들에게도 열정과 도전의 의미를 깨우치며 그 뜻이 널리 확산되기를 기대합니다.

작은며느리 마은경

핏줄의 화음마당

호수에 비친 상

의미 있는 할머니의 작품에 함께 협업할 수 있어서 고심하기도, 행복하기도 합니다.

글로 전하는 것보다 그림을 그려내는 것이 편한 저이지만, 아쉬운 마음 지울 수 없어 표지에 의미를 담아보았습니다.

왼편에 보이는 풍경은 봄에서 여름을 넘어가는 화창한 날을 그림 안에 잡아본 모습입니다. 언제나 하늘을 동경하는 나무의 우거진 모습이 싱그럽고 환한 빛을 담고 있습니다. 그런데 사실 그림의 가장자리 부근을 자세히 살펴보면, 이 풍경이 잔잔한 호수에 비친 상이라는 것을 알아차리게 됩니다. 물체의 그림자를 어떤 물체 위에 다시 비추는 일, 즉 할머니의 산문집에 담긴 아름다운 일화들이, 글을 통해 다른 이의 마음까지 비춰지고 귀감이 되는 모습을 호수에 비유해보았습니다.

어찌 보면 단순한 풍경 그림 같기도, 달리 보면 방 안에서 바라보는 창 너머 세상 같기도 한 이 표지를 기쁘고 애정 어린 마음으로 보냅니다. 온 마음으로 응원하고 사랑합니다.

큰손녀 임희승

가족들의 원천이자 지팡이

존경하고 사랑하는 할머니의 일생을 책 한 권으로 엮어 남겨둘 수 있다는 것은 여느 손녀에게나 주어지는 행운은 아닙니다. 제가 아주 어릴 적 『하늘에 그린 초상화』로 할머니는 이미 자신의 삶을 기록해 두셨습니다.

지금 그간의 세월을 다시 모아 또 한 권의 책을 집필하신다고 들었을 때 어찌나 기뻤는지 모릅니다. 그것은 할머니께서 식지 않는 삶에 대한 무한 애정을 지니고 계셨기 때문입니다. 핏줄인 우리는 그것을 보고 자랐고 또 다음 세대에게 물려주겠지요. 할머니는 언제나 저희 가족들의 원천이자 지팡이십니다.

작은손녀 임희주

할머니의 손과 발

나를 반갑게 맞이하러
가장 먼저 마중 나오시는 할머니의 손
내가 먹을 것을 사 오시려
시장에 다녀오시는 할머니의 발

아버지를 키우셨던 할머니의 손
가족들을 먹이시려 수많은 날
울퉁불퉁 욱신욱신한
할머니의 손

한평생 수고하신
할머니의 손과 발
이 세상 무엇보다 훌륭하고 빛나

핏줄의 화음마당

행여나 아프실까 기도드리면서

이제는 누구보다도 앞장서 나의 손으로
박수를 쳐드리고 싶다

손자 임희준

황경운 黃景雲

아호 지헌(芝軒). 평양에서 출생하여 평양의 서문고
녀와 대구 계명대학교를 졸업하고 뉴질랜드에서 유
학하였다. 2003년 『한국수필』을 통해 등단하였으며,
한국문인협회 회원, 한국 수필가협회 회원, 1997년
새문안교회 장로 임직하였다. 저서로는 수필집 『하
늘에 그린 초상화』 등과 기독교 문예창작, 타래, 문
향 공저 다수가 있다.

지팡이와 두문불출

1쇄 인쇄 · 2019년 7월 25일
1쇄 발행 · 2019년 8월 1일

지은이 · 황경운
펴낸이 · 한봉숙
펴낸곳 · 푸른사상사

편집 · 지순이 | 교정 · 김수란 | 마케팅 · 김두천
등록 · 1999년 7월 8일 제2-2876호
주소 · 경기도 파주시 회동길(서패동) 337-16
대표전화 · 031) 955-9111(2) | 팩시밀리 · 031) 955-9114
이메일 · prun21c@hanmail.net
홈페이지 · http://www.prun21c.com

ISBN 979-11-308-1448-3 03810
값 19,000원

이 도서의 국립중앙도서관 출판시도서목록(CIP)은
서지정보유통지원시스템 홈페이지(http://seoji.nl.go.kr)와
국가자료공동목록시스템(http://www.nl.go.kr/kolisnet)에서
이용하실 수 있습니다.(CIP제어번호 : CIP2019028082)